ELLA DANZ
Nachbarinnen

ELLA DANZ
Nachbarinnen

ROMAN

Personen und Handlung sind frei erfunden.
Ähnlichkeiten mit lebenden oder toten Personen
sind rein zufällig und nicht beabsichtigt.

Die automatisierte Analyse des Werkes, um daraus Informationen
insbesondere über Muster, Trends und Korrelationen gemäß § 44b UrhG
(»Text und Data Mining«) zu gewinnen, ist untersagt.

Immer informiert

Spannung pur – mit unserem Newsletter informieren wir Sie
regelmäßig über Wissenswertes aus unserer Bücherwelt.

Gefällt mir!

Facebook: @Gmeiner.Verlag
Instagram: @gmeinerverlag

Besuchen Sie uns im Internet:
www.gmeiner-verlag.de

© 2024 – Gmeiner-Verlag GmbH
Im Ehnried 5, 88605 Meßkirch
Telefon 0 75 75 / 20 95 - 0
info@gmeiner-verlag.de
Alle Rechte vorbehalten
1. Auflage 2024

Lektorat: Claudia Senghaas, Kirchardt
Umschlaggestaltung: U.O.R.G. Lutz Eberle, Stuttgart
unter Verwendung eines Fotos von: © jock+scott / photocase.de
Druck: GGP Media GmbH, Pößneck
Printed in Germany
ISBN 978-3-8392-0743-7

Allen meinen wunderbaren Nachbarinnen!

*Those were the days,
my friend, we thought
they'd never end ...*

Wir wollten noch so viel zusammen machen. Wenn uns die Arbeit mal wieder über den Kopf wuchs, wir dem Hamsterrad unseres Alltags nicht entfliehen konnten, beglückwünschten wir uns, wie gut es uns doch ging: Wir hatten keine Reichtümer angesammelt, aber wir hatten einander, und die Zeit würde kommen, da würden wir das noch viel mehr genießen können. Wir würden weniger arbeiten, dafür reisen, Kultur genießen, die Seele baumeln lassen, wir würden ein paar Jahre älter, aber immer noch zusammen und glücklich sein.

Die Zukunft lag vor uns wie ein Versprechen. Doch es wurde nicht eingelöst, denn von einer Sekunde zur anderen zerstoben unsere Träume. Da habe ich begriffen, dass wir etwas falsch gemacht hatten.

Vera

Kapitel I

Eisengraue Wolken treiben über den Himmel, nur für kurze Momente blendet die Sonne auf und taucht Straßen und Häuser in gleißendes Licht. Nach ein paar Sekunden verschwinden die Gründerzeitbauten wieder hinter einem Schleier von Grau, aus dem feine Nebeltröpfchen niedergehen. In dieser Kreuzberger Straße haben alle Wohnhäuser vier Stockwerke und exakt die Berliner Traufhöhe von 22 Metern, auch das Haus, von dem hier erzählt werden soll.

Hinter seiner hübsch dekorierten Fassade leben sehr unterschiedliche Menschen in sehr unterschiedlich gestalteten Wohnungen nebeneinander und übereinander, sie sind Nachbarn und Nachbarinnen, grüßen sich im Treppenhaus, und die meisten kennen sich kaum.

Ein Paar ist seit mehr als 30 Jahren im dritten Stock daheim, Vera und Reinhold. Vera hat lange als Journalistin gearbeitet, mittlerweile schreibt sie unterhaltsame Romane. Reinhold war Filmproduzent. Ihr Leben floss dahin wie ein ruhiger, breiter Fluss zwischen blühenden Ufern, der nur selten von Stromschnellen aufgewühlt wurde. Es waren ihre glücklichsten Jahre, wie Vera heute weiß.

Vera

Ich weiß, dass ich ihn töten werde, aber manchmal ist es wirklich nicht einfach. Ich kann mich nicht entscheiden. Wie soll ich es tun? Schnell, nachhaltig und spurlos muss es sein, jedenfalls so, dass es keinen Verdacht erregt. Gift? Aber welches? Meine Gedanken verknäulen sich, und ich komme nicht voran, werde mich später darum kümmern müssen. Jetzt dudelt sowieso mein Radiowecker los.

Was für eine Nacht! Dreimal aufgestanden wegen ihm, ab 5 Uhr kaum noch geschlafen. Ich fühle mich wie betäubt. Oh Mann, eine Frau in meinem Alter sollte kein Baby haben, das ihr die Nachtruhe nimmt. Das zerknautschte Gesicht im Badezimmerspiegel nehme ich nur im Vorübergehen wahr.

Geduscht und angezogen, ich spüre die Müdigkeit nicht mehr oder denke einfach nicht daran. Ach ja, bin ein pflichtbewusstes, altes Schlachtross.

»Guten Morgen! Jetzt muss der liebe Schatzi aufstehen.«

Decke wegnehmen, zum Auslüften legen. Aus dem Bett ein geplagtes Stöhnen. Jalousie hochziehen. Ein Stockwerk tiefer über den Hof schließt die junge Frau gerade das Fenster. Vor drei Wochen habe ich ihr Brot und Salz zum Einzug gebracht. Sie hat es dankend angenommen, mich aber nicht reingebeten. Entweder wollte sie keinen

Kontakt oder sie hatte wirklich keine Zeit. Abends sehe ich manchmal einen Mann in der Küche werkeln, sie steht mit einem Weinglas daneben. Wahrscheinlich ist sie eins von diesen jungen Dingern, die stolz drauf sind, nicht kochen zu können. Und er so ein Küchenperfektionist. Ich hasse kochende Männer, wäre auch mal ein Mordmotiv. Na ja, wir werden uns schon noch kennenlernen.

Mir gefällt es, dass immer mehr jüngere Leute ins Haus ziehen, dann vergreisen wir nicht so schnell. Jedes Mal freu ich mich, wenn ich Tanja und ihre Kinder treffe. Die bringen wenigstens Leben in die Bude. Demnächst muss ich mal wieder mit Tanja einen Kaffee trinken. Neulich hat sie versucht, die Leute aus dem Haus für die große Demo vor der *Grünen Woche* für gesunde, sauber und fair produzierte Lebensmittel zu interessieren. Sie ist überzeugt, dass viele Menschen auch viel ändern können. Ihr Engagement beschämt mich. Ich bin so gleichgültig geworden politischen Dingen gegenüber, denke immer nur an meine eigenen Probleme, bei denen mir eh keiner helfen kann. Dabei bin ich im Gegensatz zu den meisten anderen im Haus wohl direkt noch aufgeschlossen, wie Tanja meint. Ein weiterer Klagelaut aus dem Bett. Schluss mit Mutmaßungen über Nachbarn, zurück in meine Routine.

»Schau mal, die Sonne scheint!«

Endlich ist die Aufmerksamkeit meines Babys geweckt.

»Aaah!«

Das klingt erfreut. Er wälzt sich herum, setzt sich auf die Bettkante. Ich raffe zusammen, was wir für seine Morgentoilette brauchen, sprinte ins Bad, komme zurück, Pyjama ausziehen, Windel ab und auf in die Dusche. Er beginnt zu singen, eine ausgedachte Melodie, unverständliche Laute. Er wirkt zufrieden. Wahrscheinlich denkt er an das schöne Wetter. Ich weiß nicht, was in seinem Kopf vorgeht, und werde es auch nicht erfahren. Seine Freude rührt mich. Er kann so lieb sein. Da entgleitet mir die Shampooflasche und rutscht in die Wanne. Sofort gibt es eine lautstarke aufgebrachte Rüge.

Ich war einmal der ruhigste Mensch der Welt. Das hat sich geändert, wie so vieles. Heute mache ich beim Duschen fast alles richtig, erst als ich das Gesichtwaschen vergesse, ernte ich wieder einen Rüffel.

Anfangs hat mich das sehr getroffen. Ich will doch alles gut machen. Als Reinhold aus der Reha nach Hause kam, war mein einziger Gedanke, ihm noch ein paar schöne Jahre zu bereiten. Das will ich immer noch. Aber inzwischen frage ich mich, wie viele Jahre das sein werden und wie lange ich meinen Vorsatz noch durchhalten kann? Mein Nervenkostüm ist schon nach drei Jahren ziemlich ramponiert. Doch man gewöhnt sich an alles, und zum Glück kann ich die meisten seiner Beschwerden inzwischen einfach überhören.

»Du nimmst ihn viel zu ernst und du bist viel zu lieb«, sagt meine Freundin Ute des Öfteren, »du musst viel strenger mit ihm sein. Schließlich machst du alles für ihn. Dann hat er auch Rücksicht zu nehmen und zu parieren.«

Ach Ute, wenn du wüsstest … So einfach ist das leider nicht mit einem, der seine Sprache und teils auch seine Vernunft verloren hat.

Als er seine Beine aus der Wanne schwingt, verliert er kurz das Gleichgewicht und kippt nach hinten. Sofort bin ich da und fange ihn auf. Großer Schreck, aber nix passiert.

Was, wenn ich es einfach hätte geschehen lassen? Wäre er hintenüber gekippt? Wäre er mit dem Hinterkopf auf den Wannenrand geschlagen? Wäre er sofort tot gewesen? Weg mit dem Gedankenmüll, hat ja keinen Sinn.

Frühstück herrichten, eingeübte Routine, alles am selben Platz, alles wie jeden Morgen. Trotzdem nicht lieblos. Und besser gute Stimmung machen, damit der Tag so läuft wie geplant und ich wenigstens am Nachmittag zum Arbeiten komme.

Jenny

Nein, nicht noch eine dieser Bilderstrecken über das schwere Schicksal von Stephanie, den englischen Skandalprinzen oder sonstige arme Reiche an den schönen Orten dieser Welt. Ich lege die Hochglanzgazette zu den anderen auf den Stapel und schaue auf mein Handy. Jetzt sitze ich schon über eine Stunde hier, trotz Termin, und werde immer nervöser. Mein anfängliches Hochgefühl weicht leiser Verärgerung. Auch die mit kunstvollem Stuck, Goldkanten und bunten Malereien ausgeschmückte Gründerzeitdecke der Praxis habe ich mittlerweile ausreichend bewundert. So langsam könnte ich drankommen.

Die Hochschwangere mit dem quengelnden kleinen Mädchen neben mir wartet nur wenig kürzer als ich. Geräuschvoll atmet sie ein und aus. Im Gesicht hat sie braungelbe Pigmentflecke, und ihr Bauch gleicht einem Gymnastikball Größe XXL.

»Ja, meine Süße, das ist langweilig hier für dich. Aber du weißt ja, es ist für dein Brüderchen, das bald kommen soll. Du freust dich doch auch darauf«, versucht sie, das Kind zu beruhigen. Sie klingt ein wenig kurzatmig und streichelt zerstreut über den Kopf der Kleinen.

»Gar nicht!«, gibt die trotzig zur Antwort und streckt mir die Zunge raus, als ich versuche, sie anzulächeln. Die

Schwangere seufzt. Ich schau wieder an die Decke mit den Blumenbouquets zwischen dem goldenen Stuck. So ein ekelhaftes Balg wird unser Kind bestimmt nie, nie werden!

»Frau Meier, bitte.«
In ihrem etwas zu engen weißen Kittel steht die Ärztin in der Flügeltür zum Sprechzimmer, freundlich lächelnd, und streckt mir die Hand entgegen. Endlich! Sie wurde mir von meiner Freundin Hanna empfohlen, die sich mit ihrer Zwillingsschwangerschaft in der Praxis bestens aufgehoben fühlte. Und natürlich erkundigt sich Frau Doktor auch gleich nach Hannas und der Kinder Wohlergehen. Dafür bekommt sie von mir einen Punkt. Ihr persönliches Interesse an ihren Patientinnen finde ich wirklich gut. Aber vielleicht hat sie sich das auch auf meine Karteikarte geschrieben, wer weiß.

»Danke, es geht ihnen prima. Wir sprechen uns allerdings nicht so oft. Hanna ist reichlich beschäftigt mit den beiden Jungs.«

Viel mehr kann ich nicht berichten, denn meine Telefonate mit Hanna sind selten und brechen oft abrupt ab, wenn sich lautstark eines der Kinder meldet.

»Das glaub ich gern«, stimmt die Ärztin zu, »die beiden waren ja schon im Bauch unglaublich lebhaft.«

Ich finde die Frau wirklich sympathisch. So eine nette Gynäkologin hatte ich noch nie, und ich hatte einige!

»Und was führt Sie zu mir, Frau Meier?«

»Ich glaube, ich bin schwanger«, platzt es aus mir jubelnd heraus. Sie blättert in ihren Unterlagen.

»Sie waren erst vor zwei Wochen hier. Woran machen Sie Ihre Annahme fest?«

»In meinen Brüsten habe ich so ein Ziehen, und seit Kurzem wird mir morgens beim Zähneputzen übel.«

Die Ärztin schaut mich über ihre Lesebrille hinweg aufmerksam an.

»Ach so: Und einen Urintest hab ich auch gemacht. Positiv!«, setze ich selbstbewusst hinzu. Die Verfärbung war zwar ein bisschen blass, aber das behalte ich für mich. Es war jedenfalls eindeutig eine Verfärbung.

»Na gut«, sie lächelt und steht auf.

»Dann legen Sie bitte ab. Wir schauen mal nach.«

Die kurzen Absätze ihrer schon etwas schief gelaufenen schwarzen Pumps klacken trocken auf den Parkettboden, als die kleine rundliche Frau zum Waschbecken läuft.

Ich steige auf den Untersuchungsstuhl. Die Ärztin tastet meine Bauchdecke nach beiden Seiten ab.

»Halten Sie mal bitte.«

Sie gibt mir den Griff des oberen metallenen Spekulums in die Hand. Es dauert. Meine Spannung steigt. Sie untersucht mich sehr gründlich. Schließlich ist sie fertig, streicht mir fürsorglich mit der Hand übers Knie.

»Sie können sich wieder anziehen, Frau Meier.«

Wann bestätigt sie endlich, dass ich schwanger bin? Hastig streife ich meine Klamotten über und lasse mich auf den Stuhl am Schreibtisch ihr gegenüber fallen.

»Also, ich konnte leider keinerlei Anzeichen für eine Schwangerschaft feststellen, liebe Frau Meier.«

Ich schlucke.

»Aber der positive Test?«, protestiere ich schwach.

»Sie müssen sich getäuscht haben. Bei minimaler Verfärbung liest man diese Tests manchmal auch falsch.«

»Können Sie nicht vielleicht so einen Bluttest auf HCG machen? Der ist doch wirklich sicher!«

Ich bin so enttäuscht, ich klammere mich an jeden Grashalm. Zu Hause steht der Champagner kalt. Ich wollte heute Abend mit Kai unser Baby feiern.

»Ich bin seit über 30 Jahren Gynäkologin, und Sie können mir wirklich glauben, dass ich auch ohne Test erkennen kann, ob eine Schwangerschaft vorliegt oder nicht.«

Mit einer energischen Bewegung wirft sie ihr halblanges Haar zurück. Es ist von einem glänzenden, warmen Braunton. Sicher ist die Haarfarbe nicht echt und sie ist drunter schon ganz grau, denke ich böse. Die Frau wirkt nicht mehr ganz so gelassen.

»Wenn Sie meine Diagnose anzweifeln, bitte. Sie können ja einfach einen Kollegen aufsuchen.«

Nachdem sie sich kurz in ihre Unterlagen versenkt hat, sagt sie ruhig zu mir: »Frau Meier, in ein, zwei Tagen werden Sie Ihre Blutung bekommen, und dann können Sie bald wieder darangehen und einen neuen Versuch starten. Das klappt schon irgendwann. Sie sind doch noch jung!«

Sie wirft mir einen aufmunternden Blick zu und erhebt sich.

»Und dann werde ich Sie natürlich gerne durch Ihre Schwangerschaft begleiten.«

Der alte hölzerne Fahrstuhl klappert nach unten. Ich schaue in den schon leicht blinden Spiegel. Ich bin noch jung? Ich bin 33 und hatte bereits eine Fehlgeburt, wie sich das nennt. In der 13. Woche bekam ich Krämpfe, es setzten Blutungen ein und ich verlor das Kind. Eine Geburt stelle ich mir anders vor. Das ist jetzt zwei Jahre her, und seitdem hat es nicht wieder hingehauen. Muss ich mir noch überlegen, ob ich bei dieser Ärztin bleibe.

Die Sonne von heute Morgen ist verschwunden, draußen empfängt mich graues, kaltes Februarwetter. Unschlüssig stehe ich einen Moment herum. Soll ich bei Hanna vorbeifahren und mich ausheulen? Sie ist die Einzige, der ich von meinem vermeintlichen Glück erzählt hatte. Auch Kai hatte ich nichts gesagt. Er ist zurzeit so intensiv mit seiner Firma beschäftigt, dass ich ihm nicht mit dem Thema Baby kommen wollte. Jedenfalls nicht theoretisch. Wäre ich jetzt wirklich schwanger, dann wäre auch seine Freude übergroß, da bin ich mir sicher.

Ich versuche, Hanna anzurufen, erreiche aber nur ihre Mailbox. Trotzdem beschließe ich, auf gut Glück zu ihr zu fahren, und nehme den 119er Bus den Ku'damm hoch.

War eine blöde Idee. Hanna war zu Hause, war ganz lieb und wollte mich trösten, als sie von meiner Enttäuschung hörte. Aber kaum standen unsere Kaffeetassen auf dem Tisch, hatte erst der eine Junge die Windel voll, dann fing der andere an zu greinen, er kriegt Zähne. Ich versuchte zu helfen, normalerweise lieben mich Babys, aber er schrie nur noch lauter, nur die Mama ließ er an sich heran. An ein Gespräch war überhaupt nicht zu denken. Hanna wollte, dass ich bleibe, sagte sie jedenfalls, aber sie wirkte ziemlich erleichtert, als ich nach einer halben Stunde gegangen bin.

»Hallo, Frau Nachbarin! Habt ihr euch denn schon ein bisschen eingelebt?«, fragt jemand, als ich gerade den Hausschlüssel aus den Tiefen meiner Handtasche fischen will. Es ist die ältere Frau aus dem dritten Stock, die mir vor ein paar Wochen zum Einzug Brot und Salz vorbeibrachte, und der ich öfters im Treppenhaus begegne. Sie schließt auf, ihr Mann sagt nichts und lächelt schief. Dann hält er mir die Tür auf.

»Fast alle Kisten sind ausgepackt, manches ist noch nicht an der richtigen Stelle, aber wir machen uns da keinen Stress«, antworte ich, schon im Flur, »und die Stadt kennen wir ja. Haben nur zwischendurch für zwei Jahre auf dem Land gewohnt und sind jetzt wieder zurückgekehrt.«

»Reumütig?«

Ich zucke mit den Schultern.

»Kann man so nicht sagen.«

Ich habe keine Lust, dieser Frau, deren Namen ich schon wieder vergessen habe, das Scheitern unseres, oder besser meines Traumes vom Landleben zu schildern.

»Es war okay. Jetzt kommt eben wieder was Neues.«

Mit ihren klaren blauen Augen schaut sie mich forschend an. Keine Ahnung, wie alt sie ist, wahrscheinlich könnte sie meine Mutter sein, obwohl sie sich so locker gibt. Sie sagt nicht direkt »Du«, aber verwendet immer eine unverfängliche zweite Person Plural. Ihre Haare sind hennarot, ihre Augen mit Kajal umrandet, die Lippen dunkelrot geschminkt, und sie trägt Klamotten, die immer ziemlich lässig, dabei aber auch irgendwie schick sind. Manche davon würde sogar ich anziehen, was mir bei den Sachen meiner Mutter, die ist 58, nie einfallen würde.

»Ja, immer mal wieder eine Veränderung, das ist gut, wenn man die Möglichkeit dazu hat. Ich beneide euch junge Leute!«

Mir fällt etwas ein: »Ach, vielen Dank noch für das Brot neulich. Es hat wirklich toll geschmeckt!«

Die Nachbarin strahlt.

»Das freut mich! Wenn ich nächstes Mal backe, bring ich euch wieder was vorbei.«

»Gerne. Tja, ich muss jetzt schnell hoch und was tun. Bis bald mal wieder!«

»Ja, bis bald. Gehen Sie vor, Sie sind bestimmt schneller als wir. Lässt du bitte die Frau Meier mal durch, Reinhold!«

Ihr Reinhold hat die ganze Zeit stumm dabeigestanden. Er ist ein gut aussehender Mann, ebenfalls immer mit Geschmack gekleidet. Jetzt macht er gehorsam einen Schritt zur Seite, was ein bisschen unbeholfen aussieht. Irgendwie ist der merkwürdig.

Mit Getöse öffnet sich die Haustür. Auf der Treppe holt mich ein Junge mit schwarzer Lockenmähne ein und stolpert an mir vorbei. Seine Jacke ist offen, sein langer Schal schleift auf einer Seite über den Boden, die Schultasche hängt schief auf dem Rücken, und seine Schnürsenkel sind offen. Im ersten Stock bleibt er vor einer Wohnungstür stehen. Auf seiner rechten Wange prangt eine blutige Schramme.

»Oh, hast du dir wehgetan?«, frage ich mitfühlend, aber er schaut mich nur mit großen Augen an, während er das Schlüsselbund von seinem Hals nimmt und aufschließt. Dann spende ich eben keinen Trost. Auf dem Klingelschild steht »Tanja Freudenreich«. Die hab ich noch nicht gesehen, dafür zwei Männer. Einer davon ist mir neulich mit einem Kleinkind im Schlepptau begegnet. Scheint eine Art WG zu sein.

Als ich eine Etage höher ankomme, tritt gerade die Frau von Gegenüber aus der Tür, auf dem Arm ihr Kind. In den Kleinen hab ich mich sofort verliebt. Blonde Löckchen, Strahleaugen und ein total süßes Lächeln. 15 Monate ist er alt und kann schon laufen, was seine Mutter ganz schön in Atem hält, wie sie mir bei einem kurzen Gespräch auf dem Treppenabsatz erzählte.

»Hallo«, sage ich erfreut und gucke nach dem Blondköpfchen, »Sie gehen bei jedem Wetter raus, oder? Ist ja auch wichtig für die Kleinen, frische Luft. Aber ist heute ekelhaft draußen. Ich bin ehrlich gesagt froh, dass ich wieder zu Hause bin.«

»Hallo, Frau Meier! Nein, heute leider kein Spaziergang. Ich muss mit Frederic zum Arzt.«

»Ach, was hat er denn?«

»Schon den dritten Tag Bauchkrämpfe und Durchfall, selbst mit strenger Diät ist es nicht besser geworden.«

Sie bemüht sich, mir ruhig Auskunft zu geben, aber ich spüre ihre Besorgtheit.

»Oh, dann wünsche ich dir gute Besserung, armer, kleiner Freddy!«

Ich streichle über den Kopf des Kleinen, der ziemlich apathisch in den Armen seiner Mutter hängt, dabei habe ich das Gefühl, dass sie das Kind von mir wegdreht. Das finde ich ein wenig übertrieben. Kai hält sie nach meinen

Schilderungen sowieso für eine typisch überbesorgte Mutter. Aber es ist wohl normal, sich um so ein krankes Kleines Sorgen zu machen.

»Wenn ich Ihnen helfen kann, sagen Sie einfach Bescheid. Ich bin heute den ganzen Tag daheim. Und ich hab Ihnen ja schon gesagt, ich kann auch mal zum Babysitten rüberkommen. Ich würde das wirklich gern machen!«

»Vielen Dank für das Angebot, das ist sehr freundlich von Ihnen, Frau Meier. Jetzt muss ich aber, damit ich es noch zur Sprechstunde schaffe. Wiedersehen.«

Obwohl sie bestimmt ganz schön im Stress ist, bedenkt sie mich mit einem höflichen Lächeln und eilt die Treppe hinunter. Irgendwie bewundere ich sie. Sie hat einfach Stil. Ich würde sie wirklich gern kennenlernen, ganz im Gegensatz zu der Brotbäckerin. Diese Frau sieht immer total toll aus, dezentes Make-up, gepflegte lange Haare, zeitlos schicke Klamotten, und sie hat eine super Figur. Ich muss sie unbedingt fragen, wie sie das gemacht hat nach dem Kind. Ich hab ja schon jetzt, vor der Schwangerschaft, ein paar Kilos zu viel (was Kai aber eher gut findet, jedenfalls im Bett). Unsere Nachbarin strahlt so eine unglaubliche Sicherheit aus, auch jetzt, wo sie sich um das Kind sorgt, als ob sie immer genau weiß, was zu tun ist. Und das Kind, ihr entzückender kleiner Junge, der hat es mir natürlich vor allem angetan.

Schnell verschwinde ich hinter meiner Wohnungstür, bevor die Nachbarin aus dem Dritten mit ihrem komischen Mann auf dem Treppenabsatz auftaucht. Ich werfe die Kaffeemaschine an. Wenn ich nicht schwanger bin, kann ich ja wieder hemmungslos meiner Koffeinsucht frönen. Mein PC ist inzwischen auch hochgefahren. Schon seit zwei Monaten bin ich mit der Neugestaltung des Internetauftritts von *Militzke & Co*, dem Spezialisten für Treppenlifte, beschäftigt. Firmenmotto: Wir bringen Sie nach ganz oben! Treppenlifte waren schon immer meine Leidenschaft ... Doch die Firma zahlt gut, und deshalb muss ich mich jetzt wirklich dahinterklemmen.

Aber bevor ich meine Mails checke, gehe ich zu *MyEisprung.de* und trage, nach den Angaben meiner Gynäkologin, dort das Datum von übermorgen als den voraussichtlich ersten Tag meiner nächsten Blutung ein. Das ist super! Die beiden fruchtbarsten Tage liegen dann am Wochenende in 14 Tagen, da haben wir richtig viel Zeit, können es ganz entspannt angehen lassen. Und mein persönlicher Eisprungkalender sagt mir, es wird ein Junge, Geburtsdatum 9. November, Sternzeichen Skorpion. Das klingt doch alles ganz wunderbar! Ich verstehe meine Verzweiflung von heute Morgen schon gar nicht mehr. So, *Militzke & Co.*, heute bringen wir's zu Ende!

Tanja

Ach ja, Dylan und seine spontanen Ideen! Manchmal finde ich es total toll, wenn er mich damit überrascht: »Come on, pack die Kiddies ein und ein paar Sachen. Ich hab das Auto von Duncan. Wir fahren übers Wochenende zu Max und Lucie auf den Bauernhof.«

Das kann sehr schön sein. Aber manchmal macht er's mir damit auch nicht leicht, so wie heute beim Frühstück. Er will nach Irland fliegen, und zwar schon morgen. Na ja gut, er hat natürlich gefragt, ob ich was dagegen habe. Ein Freund hat ihm einen Termin in den *Blackwater Studios* in Cork verschafft, eine einmalige Gelegenheit, wie er sagt. Was kann ich da machen? Ich kann ja nicht sagen, das geht nicht, weil ich dich hier brauche, Jamie ist schließlich auch dein Kind. Ich kann ihm doch diese Chance nicht verbauen! Außerdem soll er bei einem Benefizkonzert am ersten Märzwochenende mitmachen – angeblich werden auch *U2* auftreten – für ein Projekt zur Verbesserung von Wasserversorgung und Hygiene in Somalia. Das finde ich natürlich wahnsinnig wichtig. Der Klimawandel, die islamistischen Milizen, der Bürgerkrieg – alles Sachen, für die auch wir irgendwie verantwortlich sind. Die Menschen dort hungern seit Jahren. Ich kann die Bilder nicht anschauen, ohne dass mir die Tränen kommen, denn wie immer trifft es die Kinder, die Kleinsten und Schwächsten, am härtesten.

Natürlich ist doof, dass er noch nicht sagen kann, wann er zurückkommt. Die ganze Zeit im Café hab ich überlegt, wie ich es organisiert bekomme mit dem Job und den Kindern. Aber das klappt schon. Am Vormittag sind sie eh in der Schule und Jamie jetzt im Kinderladen. Noch hat er sich nicht so richtig dort eingewöhnt. Aber Jamal ist ja auch noch da. Notfalls kann ich meine Omi mal fragen. Außerdem, was sind ein paar Wochen ohne Dylan doch für ein kleines Problem verglichen mit dem Schicksal der armen Menschen in Somalia.

Ich hatte Dylans Reisepläne also gerade verdaut, da kam der nächste Schreck, als ich vorhin vom Job nach Hause kam: Dayo hat eine blutige Schramme im Gesicht! Er weiß, dass ich es nicht mag, wenn er sich mit anderen Kindern kloppt. Ich denke immer, wenn nicht schon die Kleinen lernen, Konflikte mit Worten statt mit Muskeln zu lösen, als Erwachsene lernen sie es erst recht nicht mehr. Aber heute bin ich stolz auf meinen Großen!

Er hat erzählt, dass sie einen Neuen in der Klasse haben. Seine Eltern sind aus Mali, sein Name ist Amadou, und er ist tiefschwarz. Keiner wollte neben ihm sitzen, und so ein paar kleine Machos, die in der 6a den Ton angeben und immer einen Grund suchen, sich mit anderen anzulegen, haben angefangen, ihn zu ärgern, einfach so, weil er neu ist.

»Ich hab Volkan und Yunus gesagt, dass ich das gemein finde und sie ihn in Ruhe lassen sollen. Aber sie haben immer weitergemacht, wollten ihn nicht raus auf den

Schulhof gehen lassen und haben gefragt, ob er zu lange in der Röhre war, weil er so schwarz ist. Die waren zu dritt gegen einen, der Marcus war auch noch dabei. Das ist doch ungerecht! Und da hab ich nur versucht, den Volkan wegzuschieben …«

Und dann ging natürlich die Klopperei los, zwei gegen drei.

»Aber am Schluss hatte der Volkan Nasenbluten!«, sagt Dayo, und ich höre den Stolz in seiner Stimme. Es stimmt schon, manchmal kommt man mit Gewaltfreiheit nicht weiter und muss sich einfach wehren.

Dayo hat der Lehrerin gesagt, er wäre bereit, sich erst mal neben Amadou zu setzen. Zwar bedauert er jetzt, den Platz bei seinem Freund Jonathan aufgegeben zu haben, denn Amadou ist sehr schüchtern und reagiert nicht so richtig auf Dayos Kommunikationsversuche.

»Aber das ist doch auch doof, wenn der niemanden kennt und auch noch nicht alles so weiß, und da ganz allein sitzen muss.«

Ach ja, mein Sohn und sein Helfersyndrom – von wem er das wohl hat?

Dylan kommt auch dazu, haut Dayo kumpelhaft auf die Schulter.

»Gut gemacht, mein Freund!«

Dann dreht er sich zu mir.

»Hi, my love!«

Er nimmt mich in seine Arme, ich fühle mich wie in einer Höhle, so sicher, so warm. Dann hebt er mein Gesicht und schaut mir in die Augen.

»Darf ich fahren?«

Frederikes Tagebuch

1. Februar

Was für ein Tag! Musste mit Frederic schon wieder zum Arzt. Seine Beschwerden im Bauch sind einfach nicht besser geworden, obwohl ich das arme Kind schon seit Tagen auf Diät gesetzt habe. Aber er ist so tapfer, mein kleiner Prinz. Klaglos lässt er sich mit Heilnahrung und Zwieback ernähren und trinkt nur Tee, Unmengen von Kamillentee, und natürlich Elektrolytlösungen. Wenigstens scheint er Appetit zu haben, das beruhigt mich ein bisschen, auch wenn ihn der ständige Durchfall natürlich mächtig schlaucht.

Doktor Böttner hat mich für meine umsichtigen Maßnahmen gelobt. Er ist überzeugt, dass diese – ja was eigentlich? Selbst er als Mediziner konnte es nicht benennen! – Beschwerden sich auf die Weise in ein paar Tagen wieder geben werden. Aber schließlich hat Frederic schon über ein Kilo abgenommen! Das ist unglaublich viel für so einen kleinen Organismus in so kurzer Zeit. Wenn bis übermorgen keine sichtbare Besserung eintritt, werde ich mit ihm ins Krankenhaus gehen. Solche Sorgen!

Und dazu noch das andere, das mich vor ein paar Tagen völlig aus der Bahn geworfen hat: Mutter rief an.

Sie möchte mich besuchen. Sie war ganz aufgeregt. Wir haben uns Jahre nicht gesehen. Sie will endlich ihren Enkel kennenlernen, hat sie gesagt. Wann es uns denn passen würde? Ich war so überrascht, ich habe erst einmal nur gesagt, dass ich mich bei ihr melde. Irgendwoher muss sie von Frederics Existenz erfahren haben. Wahrscheinlich hat der arme Henry sich verplaudert und konnte dann nicht anders, als ihr meine Nummer zu geben. Aber ich will das eigentlich nicht. Ich will nicht, dass sie kommt, schon gar nicht zusammen mit ihm! Es soll nicht wieder anfangen …

Ach, und Thomas ist mir auch keine große Unterstützung. Von Mutters Anruf habe ich ihm gar nichts erzählt, es hätte eh keinen Sinn gehabt. Er kam heute wieder völlig fertig nach Hause, einzukaufen hatte er auch vergessen. Wenn ich sehe, wie hilflos er sich unserem kranken Kind gegenüber verhält, macht mich das richtig wütend! Thomas leidet in erster Linie an sich selbst, an seiner schief gelaufenen Lebensplanung. Er versteht sich als Künstler. Und es stimmt ja auch, er ist kein guter Lehrer, nicht interessiert an seinen Schülern, nicht engagiert für seinen Kunstunterricht. Und je älter er wird, desto weniger kommt er mit den Schülern klar, desto mehr laugt ihn der verhasste Brotjob aus. Er hat einen ganz klaren Burn-out, aber wenn ich das Thema nur andeute und was man dagegen unternehmen könnte, blockt er sofort ab. Wahrscheinlich hat er Angst vor dem Gerede der Kollegen. Wenn er bloß früher aus dem Schuldienst ausscheiden könnte! Aber mit seinen 49 Jahren wäre das natürlich Wahnsinn, das packen wir finanziell nicht. Schon gar nicht, solange ich wegen Frederic zu Hause bleibe.

Wenn ich Thomas heute so vor mir sehe, gebeugt, dürr, die Haare fast gänzlich grau, frage ich mich, was ich vor fünf Jahren gesehen habe, als ich ihn kennenlernte. Hat er sich so sehr verändert? Ich wage es kaum niederzuschreiben: In den letzten Monaten schlägt mein anfängliches Mitleid manchmal in tiefe Verachtung um. Obwohl er sich nur mir gegenüber so richtig gehen lässt, fällt auch anderen Thomas' Kraftlosigkeit auf. Selbst Frau K. aus dem Dritten, die einen pflegebedürftigen Mann hat, erkundigt sich schon besorgt, ob der meine krank ist! Das ist so absurd, dass es mich schon wieder darüber lachen lässt. Aber was hilft das Lamentieren? Mein kleiner Frederic braucht einen Vater, und solange es keine Alternative gibt ... Mir fallen die Augen zu, ich muss ins Bett. Mach, dass es Frederic bald besser geht, lieber Gott!

P.S. Heute bin ich wieder der neuen Nachbarin begegnet, und sie hat schon zum dritten Mal gesagt, dass sie gern bei uns babysitten würde. Ich hatte Frederic auf dem Arm. Sie hat ihm übers Haar gestreichelt und ihm begehrliche Blicke zugeworfen. Es mag merkwürdig klingen, aber ich habe das Gefühl, ihr Interesse an meinem Sohn übersteigt normales Niveau. Natürlich will ich gute nachbarschaftliche Beziehungen nicht gefährden, trotzdem werde ich versuchen, sie von ihm fernzuhalten. Gute Nacht!

P.P.S. Außerdem nennt sie meinen Sohn Freddy, was ich absolut geschmacklos finde.

P.P.P.S Ihr Mann wirkt ganz sympathisch.

Kapitel II

Die Stadt wird leise. Für eine kurze Zeit legt sich eine makellose weiße Decke über Dächer und Straßen. Sie dämpft die Geräusche und schafft eine perfekte Winterwelt. Bald unterbricht das Kratzen der Schneeschieber die Idylle, und kaum ist die Schule zu Ende, fliegen Kinderstimmen und Schneebälle hin und her, erste Schlitten werden mit rauem Geräusch über gestreute Gehwege gezogen.

Jedes Mal, wenn sich im Haus unserer vier Nachbarinnen die Haustür schließt, hört man das Stampfen von Füßen auf der Schmutzmatte, um den anhaftenden Schnee loszuwerden. Es klingt bis hinauf in die aufwendig modernisierte Wohnung im zweiten Stock, die minimalistisch und edel eingerichtet ist und in die Jenny mit ihrem Freund Kai erst vor ein paar Wochen eingezogen ist. Jenny ist viel allein zu Hause. Kai geht in sein Büro, und Jenny arbeitet im Homeoffice. Ach, hätte ich doch so ein herziges kleines Kind wie Frederic von nebenan, dem ich meine ganze Liebe schenken könnte, denkt Jenny. Sie glaubt, es wäre das noch fehlende Puzzleteil für ein glückliches, perfektes Leben.

Jenny

Ich sitz am Schreibtisch und schau aus dem Fenster. Eigentlich müsste ich was tun. Aber irgendwie fehlt mir die Motivation. Es schneit wie blöde! Dabei hatten alle gedacht, nach einem Weihnachten ohne Schnee und dem warmen Januar, war's das mit dem Winter. Ich bin froh, heute nicht raus zu müssen. Wenn es auch vieles gab, das mir da nicht gefiel, der Winter auf dem Land, der war toll! Eine reine, weiße Landschaft, Krähen plusterten sich auf den kahlen Bäumen im Garten, Wolkenformationen malten Himmelsbilder, und wenn die Sonne rauskam, hab ich mich dick eingemummelt und bin mit unserem schwarzen Hundetier über die verschneiten Felder gelaufen. Das Hundetier fehlt mir! Kai fand es völlig daneben, einen Hund in einer Stadtwohnung zu halten. Ich wollte ihn natürlich mitnehmen, aber dann fiel mir ein, dass es mit Baby und Hund vielleicht nicht so perfekt ist, und so habe ich das Hundetier schweren Herzens unseren Dorfnachbarn zur Adoption überlassen. Aber es wär' schon schön, ihn hier zu haben!

Kai geht jeden Tag in sein Büro, trifft seine Kollegen, hat reichlich Leute zum Quatschen. Ich hänge die ganze Zeit allein zu Hause an meinem Schreibtisch. Natürlich ist meine Selbstständigkeit als freie Webdesignerin von

Vorteil. Ich kann bestimmen, wann und wie lange ich arbeite, kann zwischendurch auch mal was Privates erledigen, und im Hinblick auf das Baby ist der Job geradezu genial.

Momentan aber fehlt mir vor allem der Austausch mit anderen Leuten. Als wir damals rausgezogen sind, dachte ich nicht, dass unser Berliner Freundeskreis so schrumpfen würde. Schließlich wohnten wir gerade mal eine Autostunde entfernt. Doch die vielen versprochenen Besuche blieben aus. Selbst zu unserem großen Einweihungsfest an einem herrlichen Maiwochenende kam höchstens die Hälfte der Eingeladenen. Nur Lulu und ich trafen uns alle vier Wochen abwechselnd bei uns auf dem Land oder bei ihr in Berlin. Und dann ging meine süße, geliebte Lulu, meine allerbeste Herzensfreundin, für einen Job nach Neuseeland. Weiter weg geht gar nicht! Es blieben uns Posts auf Instagram, selten mal eine Mail und noch seltener mitternächtliche Gespräche mit verwackelten Handy-Bildern in Lulus Mittagspause.

Und jetzt bin ich wieder in Berlin und fühl mich schon genauso isoliert wie in der ländlichen Einöde. Einige Leute sind weggezogen, die Verbliebenen haben meist wenig Zeit, arbeiten viel, so wie auch Kai, oder haben Kinder so wie Hanna, meine zweitbeste Herzensfreundin. Nur ich, die ich immer schon ein Kind wollte, ich sitz hier immer noch allein rum!

Untätig starre ich in den Flockenwirbel, bin wie hypnotisiert, denke an den Duft von Babys, ihre Wärme, ihr vertrauensvolles Lächeln, fühle mich so allein. Oh Mann, ich könnte heulen.

Okay, bevor ich endgültig in Selbstmitleid versinke und total schlecht draufkomme, mache ich mich wohl besser an die Arbeit. *V/Formtor*, das Berliner Modelabel, einer meiner treuesten Kunden, eröffnet nächste Woche einen Showroom in einem alten Industriehof in Friedrichshain, und ich muss noch an der Aktualisierung der Website stricken und ein paar zusätzliche Einladungen verschicken. Aber erst mach ich mir einen Kaffee, dann kann ich besser denken.

Jetzt klingelt's an der Wohnungstür!

»Hallo! Mich hat's wieder überkommen. Ich musste heute unbedingt ein neues Brotrezept ausprobieren. Und ihr seid meine ersten Testesser. Hier bitte!«

Die Frau aus dem Dritten, deren Namen ich mir einfach nicht merken kann, streckt mir ein Holzbrett entgegen, auf dem ein Laib Brot liegt. Na, das ging ja schnell.

»Das sieht toll aus! Und das ist für uns?«

Sie nickt.

»Ja dann – vielen Dank!«

»Aber gerne! Mmh, duftet das herrlich nach Kaffee bei euch!«

»Habe grade welchen gemacht«, sage ich etwas überrumpelt, »darf ich Ihnen eine Tasse anbieten?«

Sie schaut auf ihre Armbanduhr, dann die Treppe hoch, zögert. Vielleicht hat sie ja gar keine Zeit, denke ich, meine Einladung schon wieder bereuend.

»Och, danke, da sag ich nicht nein«, strahlt sie mich an, »so viel Zeit muss sein.«

Ich lasse ihr den Vortritt. Sie hat schwarze Leggings und einen Kaftan in Erdtönen an, die Füße stecken in braunen

Crocs. Sie hat ein Händchen für Klamotten. Auf dem Weg zur Küche schaut sie interessiert nach allen Seiten.

»Ist wirklich witzig zu sehen, was die Leute so aus ihren Wohnungen machen.«

»Ja, ich find das auch immer wieder interessant. Schauen Sie sich doch ruhig um.«

Sie bedankt sich und macht es sofort und ausführlich. Beim Blick in mein Zimmer sagt sie augenzwinkernd: »Ach, und das soll wohl das Kinderzimmer werden?«

Sie hat die Wiege in einer Ecke entdeckt, über der ich ein Schäfchenmobile aufgehängt habe. Die hat mein Großvater gebaut, und schon meine Mutter wie auch meine Schwester und ich haben als Baby in der Wiege gelegen. Als ich vor zwei Jahren erfuhr, dass ich schwanger war, hab ich das Teil sofort zu uns geholt.

Ich nicke nur und schlucke. Und plötzlich, keine Ahnung, schießen mir die Tränen in die Augen.

»Frau Meier, Kindchen, ach Gott! Ich hab aber auch eine Begabung für Fettnäpfchen. Jetzt hab ich wieder was Falsches gesagt!«

»Ach Quatsch, nein. Ich weiß auch nicht, was heute mit mir los ist.«

Sie legt den Arm um mich, schiebt mich in die Küche und drückt mich auf einen Stuhl. Dann holt sie zwei Tassen aus dem Schrank. Als ob sie hier zu Hause wäre, fragt sie mich: »Milch, Zucker?«

Ich bekomme meinen Kaffee, und sie setzt sich mir mit einer Tasse gegenüber. Irgendwie tut mir ihre Fürsorge gut.

»Ich trink nur schnell meinen Kaffee und bin gleich wieder verschwunden.«

»Lassen Sie sich ruhig Zeit. Wissen Sie, vor zwei Jahren war ich schwanger und hab das Kind in der 13. Woche verloren. Grund war wohl eine Infektion. Und seither hat es mit dem Schwangerwerden nicht wieder geklappt. Grad vorgestern war ich bei meiner Ärztin, weil ich dachte …«

Verrückt, ich kenn die Frau doch gar nicht und rede über Dinge, von denen nicht einmal Kai was weiß. Verständnisvoll schaut sie mich an.

»Sie dachten, Sie wären schwanger, und dann kam die große Enttäuschung. Wie alt sind Sie, wenn ich fragen darf?«

Ich erzähle ihr alles, schildere meine Versuche, schwanger zu werden, meine Inszenierungen an den fruchtbaren Tagen, die Enttäuschungen, meine zahllosen Arztwechsel und die Überlegung, einen Spezialisten wegen des unerfüllten Kinderwunsches aufzusuchen, obwohl Kai das für völlig überzogen hält und strikt dagegen ist.

»Ach, ich glaub, ihr macht euch heute einfach zu viele Gedanken. Erst Studium, dann Karriere, dann Baby – in genau dieser Reihenfolge soll das klappen, und wenn, dann sofort, und das macht euch Stress, ist doch klar. 33 ist doch kein Alter! Kinder kann man nicht wie am Reißbrett planen. Ich hab das bei der Tochter von Freunden erlebt. Die und ihr Mann haben sogar ein Kind adoptiert, weil sie dachten, das klappt nicht mehr. Und zack, war Amelie schwanger!«

Sie grinst mich aufmunternd an.

»Ach ja, wie anders das doch bei uns damals lief. Jede einigermaßen bewusst lebende Frau lehnte die Pille ab.

Wir verwendeten Diaphragma, Spirale oder die Temperaturmessmethode – zum Verhüten, wohl bemerkt! Und natürlich wurden wir schwanger und dann hatten wir auch ein Problem ...«, meint sie nachdenklich.

Als sie nach über einer halben Stunde geht, duzen wir uns. Sie heißt Vera, hat eine Tochter namens Rebecca, die in New York lebt, wenig älter als ich ist, und nur Becky genannt wird.

»Demnächst machen wir mal ein Essen bei uns. Reinhold wird nicht begeistert sein, aber da muss er durch. Er ist ziemlich ungesellig geworden seit seiner Erkrankung. Ich lebe noch, sag ich ihm immer, wenn er protestiert, und ich brauch ab und zu andere Menschen um mich rum. Und die Tanja lad ich auch dazu ein. Altersmäßig passt ihr zwei, glaub ich, gut zusammen.«

»Was für eine Krankheit hat denn Ihr, äh, dein Mann?«

»Ach, das erzähl ich dir ein andres Mal ... Jetzt muss ich schnell hoch zu ihm. Tschüs, Jenny, und danke für den Kaffee.«

Tja, nun hab ich den ersten Kontakt geknüpft zu unseren Nachbarn. So schwierig dürfte das doch nicht sein, hier Anschluss zu finden, hatte Kai gemeint, als ich mich neulich über meine Vereinzelung beschwerte. Ob er allerdings von Vera so begeistert sein wird? Sie hat ziemlich kritisch über Männer gesprochen, so ganz allgemein. Aber vielleicht hat sie das schon irgendwie auch auf Kai bezogen. Außerdem kennt sie fast alle im Haus und weiß ziemlich gut Bescheid über die meisten. Das findet Kai wahrscheinlich völlig daneben.

Ich find die Frau auch nicht sooo supertoll, sie passt vom Alter her nicht, redet mir auch zu viel übers Kochen und hat noch so manche komische Ansichten. Und im Gegensatz zu ihr glaub ich schon gar nicht, dass es so einfach ist, schwanger zu werden. Aber möglicherweise komme ich über diese Vera an den süßen Freddy und seine Mutter ran. Wenn wir uns mal wieder treffen, werde ich sie auf jeden Fall über Frederike von Thalbach ausfragen.

Tanja

Puh, war das ein langer Tag! Aber heute hab ich einiges geschafft! Im Café hab ich mich vormittags von Esther vertreten lassen, weil ich Jamal frühmorgens zum LAGeSo* begleitet habe. Im Dezember ist er bei uns eingezogen, im Januar hat er den Antrag gestellt, letzte Woche kam die Zustimmung von der Hausverwaltung, und seit heute ist er offiziell mein Untermieter. Das heißt, das Amt bezahlt seine Miete.

Natürlich hab ich Jamal nicht deswegen aufgenommen. Aber auch die Leute vom Flüchtlingsrat haben gemeint, um unangenehme Abhängigkeiten zu vermeiden, sei es besser, ein richtiges Mietverhältnis zu haben. Und dass ich das Geld brauchen kann, ist ja eh klar, auch wenn Jamal auf seine Weise manches andere zum Haushalt beisteuert. Er kümmert sich mal um die Kinder oder geht einkaufen. Und beim Putzen fasst er mit an, auch wenn er das vorher wohl nicht gewohnt war. Ich hab ihm gesagt, ist doch logisch, wir teilen uns die Wohnung und deshalb auch das Putzen.

Jedenfalls war es gut, dass ich heute mitgekommen bin. Seine Deutschkenntnisse hätten für diesen Formularkram sicher nicht ausgereicht. Ich meine, ich selbst musste man-

---
* Landesamt für Gesundheit und Soziales

che Fragen dreimal lesen, bevor ich kapiert habe, was gemeint ist. Und da ich eh unterschreiben musste, ging es so auch schneller.

Jamie hatte ich mitnehmen müssen, er hat sich total geweigert, im Kinderladen zu bleiben, wollte mich nicht allein gehen lassen. Babsi, unsere neue Erzieherin, fand es zwar pädagogisch falsch, dass ich nachgegeben habe, aber ich hätte die ganze Zeit ein schlechtes Gefühl gehabt. Kaum waren wir unterwegs, war mein Kleiner super drauf, hat den ganzen Warteraum im LAGeSo unterhalten und auch dem furztrockenen Sachbearbeiter so was wie ein Lächeln entlockt.

Anschließend bin ich zum *Méditerranée* arbeiten gegangen, war rappelvoll heute. Ich hab mir nur zwischendurch ein Sandwich reingeschoben, 1000 Latte und Capuccini gemacht, bin genauso oft mit dem Tablett die Treppe zur Empore hoch- und wieder runtergelaufen. Nicht mal für eine Zigarettenpause hat's gereicht, aber das ist eh besser so. Sollte mir endlich die blöden Dinger abgewöhnen. Meine Biozigaretten sind ja genauso ungesund. Ich war echt platt, als ich Feierabend hatte.

»Hallo! Was hat denn der Kleine?«

Auch nach zwei Jahren weiß ich nicht, wie ich Thomas' Frau anreden soll. Mit Vornamen? Du oder Sie? Sie ist so sehr distanziert. Ich bleibe im Ungefähren. Sie ist vor unserem Haus gerade aus einem Taxi gestiegen, und das Kind hängt völlig schlaff auf ihrem Arm. Sie kommt vom Heilpraktiker. Der Kleine hat wohl schon länger ernsthafte Magen-Darm-Beschwerden, aber die Globuli werden endlich helfen, glaubt sie. Offensichtlich mag sie nicht viel erzählen und hat es eilig, nach oben zu kommen. Selbstverständlich biete ich ihr meine Hilfe an, wofür sie sich mit einem netten Lächeln bedankt. Ich weiß sofort, sie wird sich sowieso nicht bei mir melden.

Jamal hat Nudeln mit Tomatensoße für alle gekocht. Das finde ich ja total lieb. Die Kiddies hauen rein, und mit ordentlich Käse drüber schmeckt die Pasta sogar ganz gut.

So. Jetzt sind sie alle im Bett, Jamal skypt mit seiner Mutter in Afghanistan. Vielleicht lese ich noch ein bisschen, aber bestimmt fallen mir bald die Augen zu. Dylan Dylan hat jeden Tag ein paarmal eine Whatsapp geschickt, dass er super drauf ist und es gut läuft im Studio. *U2* haben für das Benefizkonzert zwar abgesagt, aber *Walking on Cars* werden wohl mitmachen. Und die Location, wo das Konzert stattfinden soll, fasst um die 2000 Leute. Dylan scheint glücklich zu sein. Das freut mich für ihn, denn er ist ein echt guter Musiker und hätte mal Erfolg verdient.

Drei Tage ist er weg und schon fehlt er mir …

Frederikes Tagebuch

4. Februar

Vorgestern habe ich fast sieben Stunden mit Frederic in der Notaufnahme zugebracht. Unmögliche Zustände dort! Der Warteraum völlig überfüllt, Betten mit Patienten standen auf dem Gang, Pfleger und Pflegerinnen hetzten im Laufschritt vorbei und wollten nicht angesprochen werden. Als Erstes durfte ich einen Patienten-Fragebogen zu Frederic ausfüllen und vor allem die Versicherungskarte abgeben. Dann passierte drei Stunden nichts. Wir mussten auf dem Flur warten, schließlich wurden wir in ein Behandlungszimmer geschickt, wo wir wieder über eine Stunde verbrachten, ohne dass sich etwas tat. Endlich kam ein Arzt! Es war ein Orthopäde, der aus einem Schrank Verbandmaterial holen wollte ... Aber er war immerhin so nett, einen Kinderarzt zu schicken, der nach einer weiteren Stunde endlich auftauchte. Frederic wurde von dem untersucht, allerdings nur durch pure Inaugenscheinnahme und Bauchdrücken. Gründlich nenne ich so was nicht. Eine Ultraschalluntersuchung oder eine Magen- beziehungsweise Darmspiegelung, die ich vorschlug, lehnte der Arzt als verfrüht ab, nicht, ohne zu fragen, ob ich eine Kollegin wäre.

»Kinder können manchmal über mehrere Tage unspezifische Magen-Darm-Beschwerden haben«, sagte er, als ich verneinte, und wenn es nach dem Wochenende immer noch nicht besser wäre, sollten wir wiederkommen. Ich fragte nach einer Infusion, wegen des Flüssigkeitsverlustes. Auch die hielt er für überflüssig.

Ich war empört und habe es dem Herrn auch gesagt. Weil die Symptome nicht nachließen, bin ich gestern mit dem Kleinen noch zum Heilpraktiker. Er hat die Heilnahrung abgesetzt, Heilerde und Calcium Carbonicum Globuli verordnet und weiterhin ganz viel Flüssigkeit empfohlen. Und heute geht es meinem Kleinen schon besser! Warum bin ich nicht selbst darauf gekommen?

Tanja Freudenreich, die Kellnerin aus dem ersten Stock, ist uns begegnet, als ich mit Frederic vom Heilpraktiker kam, und fragte, ob er krank ist, weil er so blass aussieht. Als ich ihr seine Beschwerden schilderte, bot sie sogleich ihre Hilfe an, wenn es nicht besser wird. Sie hat wohl mal Krankenschwester gelernt und auch ein paar Semester Medizin studiert. Ich habe ihr für das Angebot gedankt, aber ich glaube nicht, dass ausgerechnet Frau Kinderreich qualifiziert ist, irgendetwas für Frederic tun zu können …

Die Sorge um ihn scheine ich zum Glück erst einmal los zu sein, dafür geht es Thomas nun nicht gut. Als er aus der Schule kam, hat er sich gleich ins Bett gelegt. Ich denke nicht, dass es etwas Ernsthaftes ist. Kopfschmerzen, Abgeschlagenheit, Appetitlosigkeit – das übliche Schwächeln, sein Schulüberdruss.

Vorhin hat er mir allen Ernstes vorgeschlagen, ich solle

mir einen Fulltimejob suchen, und er bleibt daheim und kümmert sich um Frederic. Ich bin nicht darauf eingegangen, denn wahrscheinlich glaubt er nur, er könnte dann den ganzen Tag seine Bilder malen. Und ganz ehrlich: Ich traue ihm den Rollentausch einfach nicht zu. Die Kinderbetreuung würde ihn bestimmt genauso überfordern wie sein Job. Immer, wenn ich mal bei Gabriella in der Galerie aushelfe, merke ich, wie froh er ist, wenn ich wieder nach Hause komme und ihm das Kind abnehme. Und wie er zusätzlich mit dem Haushalt klarkommen will, weiß ich erst recht nicht.

Als meine Eltern, die ich mehr als 15 Jahre nicht gesehen hatte, damals uneingeladen auf unserer Hochzeit auftauchten und der Alte Thomas zum ersten Mal sah, ließ er ihn kalte Verachtung spüren. Er wünschte uns kein Glück. Mutter stand nur lächelnd daneben, wie sie schon immer völlig ungerührt seine Bosheiten und Schlimmeres ertragen hatte. »Wie hast du dir nur so einen Jammerlappen aussuchen können«, sagte der Alte noch, bevor ich ihm die Tür wies. Ich wollte mir den großen Tag in meinem Leben nicht von diesem bösen Menschen verderben lassen und war unendlich erleichtert, als er weg war, solidarisch begleitet von Mutter, die mich mein Leben lang alleingelassen hatte. Aber ich hatte ja jetzt einen Mann an meiner Seite. Dachte ich. Doch so ungern ich es zugebe, und auch wenn die Ablehnung des Alten sicher ganz anderen Motiven entsprang, mittlerweile glaube ich, dass er mit seiner Einschätzung nicht ganz falschlag …

Jetzt sage ich gute Nacht, liebes Tagebuch, ich bin sehr müde. Die letzten Tage waren anstrengend. Nun, wo es

Frederic besser geht, werde ich bestimmt gut schlafen. Ich kann es brauchen!

PS. Bin heute wieder unserem neuen Nachbarn begegnet. Ich weiß gar nicht mehr warum, weiß auch nicht mehr, worüber wir geredet haben, aber wir kamen ins Gespräch. Er ist wirklich ausnehmend nett und – wann hab ich das letzte Mal so was gedacht? – er ist unglaublich sexy!

Vera

Becky hat aus New York angerufen und auf ein Foto unseres Abendessens reagiert, das ich ihr geschickt habe: Maultaschen mit geschmälzten Zwiebeln und Kartoffelsalat, was Becky dort sicher nicht bekommt, zumindest nicht so gut wie zu Hause. Sie bedauerte, nicht mal kurz zum Essen vorbeikommen zu können. Seit sie dort drüben lebt, weiß sie die heimische Küche plötzlich zu schätzen. Wir schicken uns oft gegenseitig *Foodporn*. So nennt man das, wenn man sein Essen fotografiert und die Fotos veröffentlicht, wie mich Becky aufklärte. Ach ja, was die Kommunikation mit ihr betrifft, bin ich dankbar für Whatsapp, Facebook, Instagram und das alles. So bleiben wir in dieser globalisierten Welt auch über Tausende von Kilometern in regem Kontakt.

Lange hat unser Gespräch heute nicht gedauert. Sie hatte ausnahmsweise früh Feierabend und wollte noch einkaufen gehen, ich war gerade auf dem Weg ins Bett. Total kaputt, wie jeden Abend.

»Du siehst ganz schön fertig aus, Mama«, sagte Becky, als sie mein Konterfei auf dem Handybildschirm sah. Stimmt ja auch. Meine schöne Tochter sah wie immer klasse aus. Aber ich habe mich sehr gefreut. Sie ist ein gutes Kind, meldet sich, so oft sie kann, fühlt sich verantwortlich für uns. Sie hat ein schlechtes Gewissen, dass sie so weit weg lebt, und ich habe ein schlechtes Gewissen, weil die ganze Fürsorge und Verantwortung für ihre alten Eltern allein auf ihren Schultern lastet.

Ich hätte zwei Kinder mehr haben können, aber immer war es der falsche Zeitpunkt. Manchmal bereue ich heute die Entscheidungen von damals. Aber dann denke ich wieder, wer weiß, wie sich dann unsere Beziehung, unsere Familie entwickelt hätte? Eigentlich war ich bis zum großen Knall in unserem Leben ganz zufrieden. Leider hat man nicht die Chance, über manche Weggabelungen im Lauf der Zeit ein zweites Mal zu entscheiden.

Meiner jungen Nachbarin, die so total vom Kinderwunsch beherrscht wird, habe ich nichts Konkretes über Schwangerschaftsabbrüche erzählt. Das hätte ihr bestimmt nicht gefallen. Aber ich kenne kaum jemanden, der damals nicht schwanger wurde, im Gegenteil, und so viele, die sich gegen das Kind entschieden!

Hoffentlich hat diese Jenny den richtigen Abzweig für ihr junges Leben genommen. Ich wünsche ihr, dass es bald klappt mit einem Baby, und dass ihr das Muttersein gibt, was sie erwartet. Mir war das ja zeitweise zu öde. Windeln, Stillen, Kinderwagenschuckeln und mit anderen Müttern über nichts anderes reden als über Kinder. Ich hatte das Gefühl, meine eigene Person verschwand völlig hinter der Schimäre Mutterschaft in der öffentlichen Wahrnehmung.

Demnächst lade ich Jenny zu uns ein, am besten zusammen mit Tanja, der tun ein paar Stunden nur für sich auch mal gut. Obwohl ich Tanja noch nie hab klagen hören. Nur als sie wegen Jamies Geburt das Medizinstudium aufgeben musste, ich glaube, das war nicht leicht für sie. Doch Tanja glaubt fest daran, dass sie irgendwann weiterstudieren wird. Und ich bin überzeugt, sie wird es auch schaffen. Ihr Freund musste gerade beruflich nach Irland, und sie ist allein mit den drei Kindern und ihrem Job, wirkt trotzdem ganz entspannt. Irgendwie bewundernswert.

Und die Jenny ist auch eine Nette, kommt mir etwas unbedarft vor, aber auch an unserer Becky habe ich das schon festgestellt. Vielleicht liegt das am Alter. Sie sind ja noch so verdammt jung, vielleicht waren wir früher genauso.

Nee, aber wenn ich drüber nachdenke ... Wir waren anders, nicht so blauäugig. Als kleine Brüder und Schwestern der 68er eiferten wir den Älteren in allem nach, je kritischer, desto besser.

Was Jenny über ihren Partner erzählt hat, ist nicht gerade nach meinem Geschmack. Er ist der Bestimmer, was sie einfach hinnimmt, solange sie ihn mit Tränen und Trotzkopf bezirzen und ihre Interessen durchsetzen kann und heimlich doch tut, was er ablehnt. So interpretiere ich jedenfalls ihre Erzählungen.

Zwischen Reinhold und mir wäre das völlig undenkbar gewesen. Bei uns wurde alles ausdiskutiert. Das war manchmal ganz schön nervig, aber es hat sich gelohnt. Unsere Beziehung war ein einziger langer Dialog, aus dem wir gelernt haben, an dem wir gewachsen sind. Wir haben ständig geredet, geredet, geredet ... Und jetzt?

Wenn man an den Teufel denkt! Reinhold brabbelt irgendwas im Badezimmer. Ach ja, in gewisser Weise ist er nun bei uns auch zum alleinigen Bestimmer geworden. Diskutieren kann man mit ihm nicht mehr …

»Willst du auch schlafen gehen? Prima! Ich komme.«

Er sperrt brav den Mund auf, damit ich zwischen seinen Zähnen putzen kann. Ich mach das gut. Sein Zahnarzt ist regelmäßig von seinen perfekt gepflegten Zähnen begeistert. Während ich der abendlichen Ins-Bett-Bring-Routine nachgehe, muss ich wieder an Jennys Freund denken. Ich habe ihn heute mit Frau von und zu vorm Haus stehen sehen, er redete, und sie lachte ganz exaltiert. Das habe ich bei der noch nie erlebt. Die ist meistens sehr kontrolliert, ja fast steif in ihrer Art. Wenn sich da mal nicht was anbahnt … Meinem gesunden Vorurteilsempfinden folgend halte ich ihn für so einen Typen, der nix anbrennen lässt. Ich mag solche Kerle nicht. Klar, Reinhold hat auch mal anderen nachgeschaut, ich ja auch anderen Männern. Aber sollte Reinhold mehr gemacht haben, als zu schauen, dann jedenfalls so diskret, dass ich es nicht mitbekommen habe.

Mit frischem Schlafanzug, gewindelt und das Gesicht eingecremt, liegt mein Sorgenkind im Bett. Nimmt meine Hand, legt sie an seine Wange, dann küsst er sie und murmelt irgendwas. Es klingt freundlich, es erinnert mich an früher. Ich fühle Zuneigung und Mitleid gleichzeitig. Ach ja, wenn es nur immer so harmonisch und friedlich wäre!

»Ja, schlaf auch gut. Ich muss noch kurz ins Bad.«

Als ich eine Viertelstunde später in mein Bett falle, schläft er schon, tief und fest. Ich bin zu müde, um noch zu lesen. Stattdessen gehe ich in Gedanken meine Vorräte in Kühlschrank und Speisekammer durch, überlege, was ich morgen Abend kochen könnte. Schließlich entscheide ich mich für einen Auberginenauflauf mit dicker Tomatensoße und Mozzarella und freue mich jetzt schon aufs Kochen. Zufrieden lösche ich das Licht, wickle mich in meine Decke und lausche seinem Atem.

Was, wenn es plötzlich damit vorbei wäre, wenn er einfach aufhören würde zu atmen? Dann wäre ich wieder ein freier Mensch …

Kapitel III

Es ist immer noch Winter. Grau-schwarz gesprenkelter Großstadtschnee hält sich hartnäckig in den Straßen. Am Tag taut es an manchen Stellen, und nachts poliert der Frost daraus wieder Eisflächen. Für die vielen Menschen ohne Obdach ist es nicht nur ungemütlich, sie sind ständig der Gefahr zu erfrieren ausgesetzt. In dem Haus, in dem die vier Frauen wohnen, denen unsere Aufmerksamkeit gilt, sorgen die zum Teil mehr als 100 Jahre alten Heizkörper aus Gusseisen, hübsch verziert, Tag und Nacht für wohlige Wärme.

Vor 13 Jahren zog Tanja Freudenreich mit ihrem Freund Desmond in den ersten Stock links. Sie erwartete ihr erstes Kind, es kam ein zweites, und dann gingen Desmond und sie getrennte Wege. Tanja blieb im Haus wohnen. Mit wenig finanziellem Aufwand zweckmäßig eingerichtet, nie perfekt aufgeräumt, strahlen die Räume im ersten Stock gelassene Gemütlichkeit aus. Es ist die einzige der geräumigen Wohnungen, in der mehr als drei Personen leben: Tanja, ihre drei Kinder sowie Dylan und Jamal.

Jenny

»Dayo! Wer ist denn da?«, ruft eine Frau von hinten durch den Flur. Ich stehe vor der Tür der Wohnung in der ersten Etage, und der Schlaks, vielleicht 13 oder 14 Jahre alt, der auf mein Klingeln geöffnet und sich mein Sprüchlein angehört hat, mustert mich stumm. Ach ja, das ist der Junge, der neulich die Schramme auf der Wange hatte. Er hat ein hübsches Gesicht, olivfarbene Haut und auf dem Kopf einen dicken Wust schwarzer Locken.

»Weiß nicht. Eine Frau …«

»Oh Mann, Dayo!«

»Ich bin die Nachbarin aus dem zweiten Stock und habe ein Päckchen für euch angenommen«, wiederhole ich laut, in der Hoffnung, die Mutter hört es auch. Ein Mädchen, jünger als ihr Bruder, ebenfalls schwarze Locken und noch dunklere Haut, kommt angerannt. In ihren Armen hängt eine riesenhafte rothaarige Katze.

»Von Tante Heidi? Geschenke?«, fragt die Kleine erwartungsvoll, lässt das Tier fallen, das sofort die Flucht ergreift, und streckt begehrlich die ziemlich klebrig aussehenden Hände nach dem Päckchen aus. Ich lasse es aber nicht los und hebe nur unentschieden die Schultern. Eigentlich würde ich die Gelegenheit gern nutzen, auch die erwachsenen Bewohner kennenzulernen. Die mutmaßliche Mutter der Kinder habe ich vor ein paar Tagen nur mal rauchend auf ihrem Balkon stehen sehen, mit einem dunkelhaarigen jungen Mann – und natürlich bin ich neugierig.

»Lasst die Frau doch mal reinkommen, ihr Eulen! Ich bin hier hinten in der Küche!«

Ich folge dem voraushüpfenden Mädchen durch den Flur, in dem es nach Essen und nach Waschmittel riecht. Die Wände sind gepflastert mit Plakaten, die zu Demos aufrufen, Konzerte, Diskussionsveranstaltungen oder den Besuch des Dalai Lama ankündigen.

»Hallo! Ich bin Jenny Meier. Wir sind vor ein paar Wochen eingezogen. Ich hab ein Päckchen für Sie angenommen«, stelle ich mich der Frau vor, die auf einer Eckbank neben dem Küchentisch sitzt.

»Ich wollte aber nicht beim Essen stören«, sage ich mit Blick auf gebrauchte Teller, Gläser, Essensreste und das übrige Sammelsurium, das die Tischoberfläche bedeckt. Auch Arbeitsplatten, Spüle und Herd sind voll mit einer bunten Mischung aus Töpfen, Pfannen, Zeitungen, Katzenfutter, Spielzeug, Lebensmitteln. Ich bin kein übermäßig ordentlicher Mensch, aber gegen diese Küche ist meine ein Ausstellungsstück.

»Hallo, Jenny! Ich bin Tanja. Schön, dass wir uns mal kennenlernen.«

Sie streckt mir ihre Rechte entgegen, während sie mit der Linken ein ziemlich kräftiges Kind mit rotblonden Haaren an ihre Brust drückt.

»Sorry, ich muss Jamie noch fertig stillen. Setz dich doch.« Sie schiebt die Sachen, welche neben ihr die Eckbank bedecken, zu einem bunten Haufen zusammen.

»Ginger, hau ab!«, scheucht sie die Katze, die es sich

neben ihr bequem gemacht hat. Ich bleibe stehen und schau wohl etwas irritiert, denn Tanja sagt: »Ja, ich weiß. Einen fast Zweijährigen muss man nicht mehr an die Brust lassen. Aber der kleine Genießer kann nur so einschlafen, und ich muss doch gleich zur Arbeit. So, aber jetzt ist's auch genug.«

Sie legt das tief und fest schlafende Kind einfach auf den Fußboden, was mich ein bisschen schockt, denn so richtig appetitlich sieht der nicht aus.

»Magst du was trinken?«

Ob's hier wohl überhaupt ein sauberes Glas gibt?

»Danke! Ich will dich nicht aufhalten. Außerdem hab ich bloß das Päckchen abgeben wollen.«

»Danke fürs Annehmen! Ach, das ist von meiner Schwester. Ja, schade, ich hätt gern noch mit dir gequatscht. Aber hab jetzt wirklich nicht so viel Zeit …«

»Was arbeitest du denn?«

»Ich bediene im Café *Méditerranée* um die Ecke, eigentlich tagsüber. Aber eine Kollegin ist krank. Und Dayo ist jetzt ja alt genug, um mit den beiden Kleinen allein zu bleiben. Hast du Kinder?«

»Noch nicht. Aber ich möchte welche.«

Tanja sieht wie ein junges Mädchen aus, so klein und dünn, wie sie ist, in ihren Jeans und dem schwarzen eng anliegenden T-Shirt. Die kurzen Zöpfe, zu denen sie ihr braunes Haar geflochten hat, verstärken diesen Eindruck noch. Aber nach ihrem Ältesten geschätzt, ist sie wohl mindestens so alt wie ich.

»Na, dann pass mal auf, dass du auch den richtigen Erzeuger erwischst!«

Sie lässt ein raues Lachen ertönen.

»Nicht, dass du dann mit der ganzen Brut alleine rumsitzt!«

»Du bist allein mit den drei Kindern?«

»Nein, nicht immer. Aber letzte Woche musste Jamies Vater zu einem Studiotermin nach Irland, und bei der Verwandtschaft muss er da natürlich auch mal wieder vorbeischauen. Ich fürchte, vor St. Patrick's wird er nicht zurückkommen. Ist auch egal. Wenn er hier ist, ist er auch nicht soo viel zu Hause. Als Straßenmusiker ist er häufig auf Achse.«

»Aha«, fällt mir dazu nur ein.

»Nein, nicht was du denkst! Nicht so ein abgerissener Typ wie die in der U-Bahn! Dylan ist richtig gut. Eine CD hat er schon rausgebracht, und wie gesagt, jetzt ist er in Cork im Studio. Ab und zu wird er auch für Auftritte in kleineren Konzertlocations gebucht. Ansonsten hat er seine festen Standplätze. Irgendwann kommt er bestimmt groß raus!«

Ich nicke. Plötzlich kommt aus dem hinteren Teil der Wohnung der dunkelhaarige junge Mann, den ich schon öfters auf Tanjas Balkon gesehen habe. Sie bemerkt meinen erstaunten Blick.

»Das ist Jamal. Er kommt aus Afghanistan und wohnt für 'ne Weile bei uns. Ich muss gleich zur Arbeit, Jamal. Bist du heute Abend zu Hause? Ich meine, die Kids kommen auch so klar, aber wenn du da bist, ist noch besser.«

Er zuckt mit den Schultern und nickt, dann wirft er mir ein schüchternes Lächeln zu, holt sich ein Glas Wasser und verschwindet wieder.

»Ich will dich nicht aufhalten, du musst ja weg«, sage ich.
»Geht schon. Und fühlst du dich wohl hier?«

Tanja lässt sich nicht aus der Ruhe bringen.

»Doch, ja. Die Wohnung ist gut, der Kiez ist klasse. Und die Leute im Haus sind auch nett, soweit ich sie bisher kennengelernt habe.«

Sie wackelt mit dem Kopf.

»Jaaa«, meint sie gedehnt, »die Vera aus dem Dritten und die beiden schwulen Jungs, die ihr gegenüber wohnen, die find ich ganz okay, aber sonst? Der Busfahrer nebenan, der Szcepanski, ist ein unfreundlicher Stinkstiefel und sein Sohn ein Nazi. Der Thomas über uns ist eigentlich auch ganz nett, aber zu seiner Frau kann ich irgendwie keinen Draht finden – schade, wo wir doch beide kleine Kinder haben. Man könnte sich ja auch ab und zu mal unterstützen, und für die Kiddies wär's doch toll, wenn die miteinander spielen können. Ganz oben, im Vierten, da wohnen ein Paar junge und ein Paar alte Spießer, die sind so ein bisschen verdruckst, aber ganz harmlos. So, das war meine kleine Nachbar-Horror-Show.«

Wieder lacht sie ihr raues Lachen.

»Du brauchst das nicht so ernst nehmen. Bis auf die Vera und ihren Mann kenn ich ja niemanden davon wirklich.«

»Aber du wohnst schon lange hier?«

»Kann man so sagen. Bin hier mit Desmond eingezogen, als ich hochschwanger war, vor 13 Jahren. Desmond ist Kenianer. Der Busfahrer hat direkt Schnappatmung gekriegt, als er ihn das erste Mal sah! Na ja, jetzt bei Jamal hat er auch nicht viel anders reagiert. Oh Mann, ich könnte dir so einiges erzählen über unser ehrenwertes Haus. Aber jetzt muss ich echt los!«

Auch ich hab eigentlich gar keine Zeit. Kai hat vor einer halben Stunde angerufen, ich soll was Schickes anziehen und ihn zu einem Senatsempfang für Gründer begleiten. Hab mich also ratzfatz aufgebrezelt. Ich hab mich gefreut, dass er mich mal wieder zu so einem Termin mitnimmt, aber hätte er mir ja auch früher sagen können! Doch ich hab nicht gemeckert. Schließlich beginnt morgen das Wochenende – Unser Wochenende! Das Welcome-Baby-Wochenende! – und da will ich nicht die Stimmung verderben.

»Du findest allein raus? Komm doch mal wieder vorbei, Jenny. War nett, dich kennenzulernen.«

Weiß nicht, ob ich mal wieder vorbeikomme. Die ist ganz nett, diese Tanja. Und ich liebe Kinder. Schließlich will ich ja unbedingt selbst eins haben. Aber nicht so, denke ich, als ich die Treppe hinunterspringe und dabei meinen Mantel überwerfe. Nicht in so einem Chaos, so wild, so schmuddelig, ja, so nebenbei. Da fühl ich mich auch nicht wohl. Eher so wie bei Frederike, oder so wie ich mir das bei ihr vorstelle. Ich hatte ja noch nicht die Gelegenheit, die Wohnung zu betreten. Sie selbst sieht jedenfalls immer perfekt aus, wenn sie mit dem süßen Engel rausgeht.

Vera

Wieder ein Tag vergangen und nicht an meiner Kurzgeschichte gearbeitet. Am Morgen waren verwaltungsmäßig einige dringende Dinge zu erledigen, und nach unserem Mittagsimbiss bestand Reinhold auf seinem Spaziergang. Fast zwei Stunden musste ich mit ihm durch matschigen Schnee laufen. So blieben mir nur kurze Intervalle zum Schreiben zwischendurch, und ich kann mich einfach nicht an diesen zerstückelten Arbeitsalltag gewöhnen. Als ich noch ein anderes Leben hatte, saß ich spätestens um 10 Uhr morgens am Schreibtisch und arbeitete mit kurzen Pausen bis 18, 19 Uhr. Natürlich lief es nicht jeden Tag gleich gut, aber ich konnte in meine Geschichten eintauchen, lebte mit meinen Figuren und entwickelte ihre Schicksale. Meine Leser – eigentlich sind es eher Leserinnen – lieben die spannenden, launigen Krimis um die leicht übergewichtige Lilli Ann, alleinstehende Besitzerin eines Feinkostladens und begnadete Köchin, die immer wieder in schräge Kriminalfälle verwickelt wird und inzwischen ein Verhältnis mit Bernie von der Mordkommission hat.

Tatsächlich habe ich trotz meiner erschwerten Arbeitssituation im letzten Jahr einen fünften Band veröffentlicht und mich gefragt, ob man wohl beim Lesen spürt, dass mir das Schreiben des humorigen Stoffes nicht mehr so leicht von der Hand geht. Ich habe doppelt so viel Zeit wie früher für das Manuskript benötigt und musste mich des Öfteren bremsen, nicht zu viel Düsternis einfließen zu lassen, wenn ich die Szenen mit Lilli Anns dementer Mutter verfasste. Doch das Buch läuft so wie die anderen zuvor, kein Bestseller, aber zufriedenstellend. Und natürlich fragen die Leser schon wieder nach dem nächsten Band … Ach ja, die Undankbaren. Sie haben keine Ahnung, was für eine Anstrengung so ein lockerer Roman inzwischen für mich bedeutet.

Statt zu schreiben, habe ich heute lieber ein kleines Festessen zubereitet. Das ist genauso kreativ und befriedigend wie ein erfolgreicher Tag am PC. So, noch eine Viertelstunde, und die Lammschulter ist butterweich. Sie gart mit ein paar Knoblauchzehen und Thymianzweigen in meinem geliebten Römertopf, den ich sehr praktisch finde, Becky aber total altmodisch. Und wie das duftet! Die Rosmarinkartoffeln und die zarten grünen Bohnen sind auch gleich fertig. Reinhold kam vorhin an und schnupperte neugierig in die Küche. Fröhlich brabbelnd zog er ins Esszimmer. Lamm gehörte schon immer zu seinen Lieblingsspeisen. Und sofort senkt sich das dunkle, schwere Ding über mich, wie immer, wenn ich an früher denke.

In der Wohnung gegenüber im Vierten brennt Licht in der Küche und im Wohnzimmer. Samstagabend. Wahrscheinlich haben die Feldmanns wieder Gäste. Hatten wir früher auch oft. Ich kochte, Reinhold war für die Getränke zuständig, und es wurde gegessen, getrunken, diskutiert und gelacht bis tief in die Nacht. Meist blieben zwei bis drei Gäste übrig, mit denen Reinhold bis zum Morgengrauen bei geistigen Getränken über irgendwelche Probleme dieser Welt debattierte, während ich schon längst im Bett lag. Er liebte solche Nächte mit unseren Freunden.

Ach ja, diese Erinnerungen machen mich auch nicht fröhlicher. Das ist alles Vergangenheit. Hat keinen Sinn, dem nachzutrauern. Weg damit. Nach vorne schauen. Es kommen wieder bessere Tage für mich. Daran glaube ich fest, so wenig ich auch weiß, wie das möglich sein soll. Ich arbeite die Zeit ab, als ob mich das irgendeinem Ziel näherbringt. Ich empfinde Befriedigung über jede geleerte Shampooflasche, Kaffeetüte, jedes geleerte Marmeladenglas, jeden Altpapierstapel und jeden vollen Müllsack, den ich entsorgen kann. Jeden Handtuch- und jeden Bettwäschewechsel begrüße ich freudig. All das sind Meilensteine auf meinem Weg nach vorn, stehen für das Stück Leben, das ich schon geschafft habe. 59 Jahre werde ich im Sommer. Ich habe noch so viel Zeit, dachte ich immer, ich fühlte mein Alter nicht. Wir hatten beide noch so viel vor, Reinhold und ich. Und über Nacht war plötzlich alles anders. Über Nacht waren wir beide alt. Mit dem Ding, das in seinem Gehirn platzte, sind auch meine Lebensträume zerplatzt.

Unten seh ich Jenny mal wieder mit ihrem Weinglas in der Küche stehen, ihr Kai werkelt am Herd. Jetzt schlingt sie von hinten ihre Arme um ihn. Er dreht sich um, und sie versinken in einem innigen Kuss.

Warnen möchte ich sie manchmal, möchte ich alle Verliebten. Wisst ihr eigentlich, wohin die Liebe führen kann, was es heißen kann, sein ganzes Leben mit einem anderen Menschen zu verbringen, der einem viel bedeutet? Welche Verantwortung das mit sich bringt? Nicht nur für die Kinder, die es großzuziehen gilt, bis sie flügge werden, was letztendlich ein gutes und befriedigendes Gefühl ist. Nein, du hast die Verantwortung für den Geliebten, auch wenn es den bös erwischt. Dann erwischt es dich mit. Und wenn du trotz aller Fürsorge nicht mit Entwicklungsfortschritten belohnt wirst – im Gegenteil, dein Partner plötzlich hilfsbedürftig und vollkommen von dir abhängig ist, wirst du trotzdem weitermachen. Das ist diese Scheißliebe. Bis dass der Tod euch scheidet …

»Essen ist fertig, Reinhold!«

Es schmeckt ihm. Er gibt mehrmals diesbezügliche Wohllaute von sich. Seit Reinhold seine Sprache verloren hat, ist es sehr still zwischen uns. Es soll ja Paare geben, die sich irgendwann eh nichts mehr zu sagen haben, aber wir waren immer zwei unermüdliche Quasselstrippen. Als Ersatz für ein Tischgespräch läuft nun der Fernseher. Gemeinsam fernsehen findet Reinhold sowieso gut, weil wir da auf eine ganz eigene Weise über das Gesehene miteinander kommunizieren können. Er ist enttäuscht, wenn ich mich mit einem Buch nach nebenan setze oder mir lieber an meinem PC ein anderes Programm ansehe.

Ich räume den Tisch ab. Reinhold hat inzwischen gelernt, zumindest seinen Teller in die Küche zu bringen, aber mehr Hilfe ist kaum von ihm zu erwarten. Wenn ich diese einfordere, zeigt er auf seinen schlaffen rechten Arm und zuckt bedauernd mit den Schultern. Er versteht gar nicht, warum er helfen sollte. Früher haben wir alles geteilt, auch die Hausarbeit. Aber früher hatten wir auch einen Kaiser ...

Was ist jetzt da unten los? Jenny gestikuliert aufgeregt, knallt ihr Weinglas auf den Küchentisch. Die beiden scheinen heftig zu diskutieren – oder eher zu streiten? Das passt ja gar nicht. Es ist doch ihr fruchtbares Wochenende, wie Jenny mir vor ein paar Tagen auf der Treppe anvertraut hat. Na ja, vielleicht finde ich das Ganze auch eher furchtbar, dieses Kindermachen nach Plan. Außerdem weiß ich nicht, ob sie sich den richtigen Vater für ihr Baby ausgesucht hat. Oha, jetzt rennt Jenny aus der Küche. Ob das heute wohl noch was wird mit den beiden?

So. Kurze Glücksmomente beim Kochen und Essen erlebt, die Küche sauber und aufgeräumt, diesen Tag hätten wir auch fast geschafft. Wieder ein Stück weiter auf dem Weg zum Ende, wann und wie es auch immer kommen mag ...

Frederike

13. Februar

Ich habe am Nachmittag Gabriella bei den Vorbereitungen für die Vernissage geholfen. Wir haben zusammen mit dem Künstler die Werke gehängt, das Licht gerichtet, die Bildunterschriften angebracht. Es war eine schöne Abwechslung. Ich habe das mal wieder gebraucht, und es hat mir viel Spaß gemacht. Ich weiß, dass ich eine echte Hilfe dabei bin. Ich hab einfach einen guten Blick. Gern würde ich so etwas öfter machen, aber ich bin immer irgendwie unruhig, wenn ich Thomas mit dem Kind allein zu Hause lasse.

Und die böse Überraschung, die mich heute beim nach Hause kommen erwartete, hat meine Befürchtungen voll und ganz bestätigt: Da steht doch einfach frech diese Jenny in unserer Wohnung und hat Frederic auf dem Arm! Ich dachte, ich falle sofort in Ohnmacht. Und dann war es gar nicht so einfach, sie wieder loszuwerden! Die Frau ist einfach impertinent, und Thomas bekommt natürlich wie immer nichts mit. Im Gegenteil – er schwärmte mir vor, wie wunderbar sie mit unserem Sohn umgegangen sei. So fröhlich hätte er ihn lange nicht mehr lachen hören!

Manchmal beschleicht mich der Gedanke, dass Thomas schon beginnt, senil zu werden. Hat er sich in den Jahren, die wir zusammen sind, wirklich so verändert, oder habe ich ihn von Anfang an falsch eingeschätzt? Ich lernte ihn kennen, als ich nach meiner mehrjährigen Auszeit zurück in die Stadt kam. Er wirkte auf mich so gefestigt, so angekommen in seinem Leben. Bei ihm fühlte ich mich sicher. Seine Erfahrung, seine Weltläufigkeit und sein Geschmack haben mich sofort beeindruckt, und vor allem schätzte ich seinen Humor. Thomas war charmant, er umwarb mich, er trug mich auf Händen. Den Altersunterschied empfand ich eher als Bereicherung denn als Nachteil. Wir gingen ins Theater, in Ausstellungen, in edle Restaurants, wir reisten viel. Wir hatten eine gute Zeit.

Die große Liebe habe ich nie gesucht. Bis heute weiß ich nicht, was das genau ist – Liebe. Die Männer, die ich vor Thomas kannte, interessierten mich nicht als Menschen, Hauptsache es funktionierte im Bett, das war mir Bestätigung genug. Sex war mir bei Thomas merkwürdigerweise nicht besonders wichtig. Ich suchte eine solide Basis für mein Leben, Vertrauen und Verlässlichkeit. Ich wollte ein Kind. Auch Thomas wollte das, und ich hielt ihn für den passenden Vater. Wir heirateten. Aber ich glaube, er hat vorher nie darüber nachgedacht, was es bedeutet, Eltern zu sein, und wie so ein Kind das Leben verändert. Damit kommt er einfach nicht klar. Aber da kann ich ihm auch nicht helfen. Frederic ist da und der Mittelpunkt meines Lebens. Seit es ihn gibt, fühle ich mich endlich komplett, ahne manchmal, was das heißt: Liebe und Glück …

Thomas hat nicht nur seine Energie verloren. Seit es Frederic gibt, hat er mich nicht mehr angefasst. Er traut sich nicht, glaube ich. Und ich hab das Interesse an ihm inzwischen auch verloren. Ich brauche einen richtigen Mann, nicht so einen Schatten seiner selbst. Ich bin eine Frau in den besten Jahren, ich lebe noch, und das will ich dann und wann auch mal wieder spüren!

Inzwischen ist mir klar geworden, dass ich von Anfang an die Führung in unserer Beziehung innehatte. Solange alles normal lief, es kein Kind gab, jeder seinen Bedürfnissen nachgehen konnte, ist mir das gar nicht aufgefallen. Ich dachte, er liest mir die Wünsche von den Augen ab. Aber das war es nicht. Er ordnete sich von Anfang an meinen Vorstellungen unter, um Konflikte zu vermeiden und weil es der leichtere Weg war, denn ich kann sehr böse werden …

Als unsere Nachbarin heute wieder verschwunden war, habe ich mich aber nicht weiter aufgeregt. Ich hatte nämlich glänzende Laune mit nach Hause gebracht, nicht nur von der Arbeit bei Gabriella … Und ich wollte mir die gute Stimmung nicht gleich wieder verderben lassen, denn liebes Tagebuch, ich habe einen wunderbaren Mann kennengelernt. Einen richtigen Mann (sic!) und ich bin noch immer ganz kribbelig. Wir waren zusammen in einer Bar. Fast eine Stunde haben wir geredet – nun, eigentlich war er es, der redete, sehr witzig und charmant – worüber weiß ich gar nicht mehr. Wir haben gelacht und Gin Tonic getrunken. Die Luft hat geknistert. Ich bin gespannt, wie es weitergeht. Schon lange habe ich mich nicht mehr so lebendig gefühlt. Er hat mir seine Handynummer gegeben …

P.S. Aber eines ist mir jetzt klar: Ich muss wirklich aufpassen, diese Jenny ist gefährlich!

Tanja

So, jetzt geht der erste Tag meines Wochenendes auch schon wieder zu Ende. Eingekauft, Wäsche gewaschen, versucht, mit Dayo, Elani und Jamal so was wie Hausputz zu machen, und dann mit den Kindern Pizza gebacken. Das hat uns allen viel Spaß gemacht, und es hat wirklich super geschmeckt! Erst mal ist das billiger als Fertigpizza, und hier weiß ich wenigstens, dass nur gute Zutaten drin sind.

Nach dem Essen haben wir von den Süßigkeiten meiner Schwester genascht. Seit sie in Brüssel lebt, schickt sie öfter Schokolade und Pralinen, wahrscheinlich weil sie denkt, dass meine armen Kinder nur gesunde Sachen bekommen. Typisch Heidi. Geht es um Benehmen und ordentliches Aussehen ist sie zwar genauso kompromisslos wie Mama, aber wenn ich versuche, den ganzen Süßkram für die Kids vernünftig zu dosieren, hält sie mich für zu streng. Na ja, sie hat keine Kinder, weiß wohl auch nicht, ob sie welche will. Dafür macht sie Karriere und liebt meine drei über alles.

Die neue Nachbarin hat uns gestern Abend das Päckchen vorbeigebracht. Jenny heißt sie, und ich glaube, die ist ganz nett. Hatte leider grade gar keine Zeit, weil ich zum Job musste. Na ja, wir werden uns schon noch kennenlernen.

Bis eben haben wir mal wieder *Monopoly* gespielt. Die Kiddies lieben dieses Kapitalistenspiel. Jamal hat auch mitgemacht, sofort kapiert, worauf es ankommt, und alle wichtigen Straßen gekauft. Aber er hat Elani und Dayo öfter die Miete erlassen, weil die sonst zu gefrustet gewesen wären. Nur bei mir war er knallhart. Hab auch haushoch verloren, aber war trotzdem ein lustiger Abend.

Das Telefon klingelt. Vielleicht Dylan, aber so spät? Außerdem schickt der eigentlich nur Whatsapp oder ruft auf dem Handy an. Hoffentlich nichts Schlimmes. Verdammt, wo liegt das blöde Ding nur wieder?

»Mama, hallo! Seid ihr heute gar nicht im Konzert?«

Sonnabend geht Mama mit ihrem Lebensgefährten Bruno und ein paar Freunden eigentlich immer zu irgendwelchen Kulturevents.

»Ach Tanja, Grete ist im Krankenhaus. Ich sitze hier im Vorraum der Notaufnahme und warte, dass ich zu ihr kann. Sie wird grade untersucht.«

Meine liebe Omi! Im Krankenhaus! Ich merke, wie mir der Schreck in alle Glieder fährt.

»Oh Gott, was hat sie denn? Was ist denn passiert?«

Was kann es dieses Mal sein, denke ich sofort. Das Herz? Ein Schlaganfall? Auch wenn sie sehr reduziert hat, das Rauchen hat sie nie aufgegeben, ebenso wenig wie ihren Rotwein am Abend. Omi hatte schon ein ganzes Bündel an ernsthaften Erkrankungen. Ihre 80 Jahre sieht man ihr trotzdem nicht an.

»Mensch, ich will doch mein Leben genießen! Wenn ich alles nicht mehr darf, was Spaß macht, kann ich ja gleich in die Kiste springen, Frau Doktor!«, protestiert sie immer und grinst, wenn ich mal wieder versuche, ihr Gesundheitstipps zu geben. Sie glaubt 100-prozentig daran, dass ich irgendwann wirklich Ärztin werde, und tut alles, mich in diesem Vorhaben zu bestärken. Unter anderem deswegen liebe ich sie sehr!

»Grete war auf dem Heimweg von einer Freundin. An manchen Stellen ist es ganz schön glatt draußen, weil der angetaute Schnee heute Abend wieder gefroren ist. Gleich, als sie aus der Haustür trat, ist sie auf dem Gehweg hingeknallt. Und du kennst sie ja! Obwohl ihr Knöchel in Nullkommanix angeschwollen ist, wollte sie partout mit ihrem Auto selbst zum Krankenhaus fahren. Ihre Freundin hat sie mit Müh und Not daran gehindert und mich angerufen. Bruno hat mich sofort hierhergebracht.«

Ein Glück, wenigstens kein Oberschenkelhalsbruch, das wär in dem Alter riskant. Ihr Knöchel wird wieder heilen. Am schlimmsten wird es für Omi sein, wenn sie sich schonen soll. Sie, die ja ständig unterwegs ist in Museen, Ausstellungen, bei Freundinnen, im Kino, auf Reisen. Viel Geld hat sie nicht, aber sie ist unglaublich patent und betreibt so eine Art Tauschwirtschaft mit allem, was sie kann. Zeit ist das neue Geld, sagt sie immer, und so gesehen bin ich als Rentnerin doch richtig wohlhabend! Recht hat sie. Das ist eigentlich genial und ein Modell für alle, die es nicht so dicke haben.

Mama will mich anrufen, wenn klar ist, was mit Omis Knöchel genau los ist. Ich nehm das Telefon mit ans Bett, mein großes Bett, in dem ich heute wieder allein liegen werde. Ach Dylan!

Kapitel IV

Es ist wieder ein grimmig kalter Tag. Fahl steht die Wintersonne über unserem Haus. Man genießt die freie Zeit, leistet sich ein ausgedehntes Frühstück, liest in aller Ruhe die Sonntagszeitung, kann endlich etwas Schönes mit den Kindern unternehmen, man tut all das, wozu man sonst nicht kommt. Aber manche sind so mit ihrem Leben beschäftigt, oder das Leben beschäftigt sie so – sie merken gar nicht, dass Sonntag ist ...

So wie Frederike von Thalbach, die zusammen mit ihrem Mann Thomas Holthusen, einem Kunstlehrer, und ihrem kleinen Sohn im zweiten Stock wohnt. Von außen betrachtet ist Thomas ein loyaler Partner, der seine Frau im Rahmen seiner Möglichkeiten unterstützt und zudem ein ausgesprochen liebevoller Vater. Aber Frederike kann das scheinbar nicht erkennen. Genauso wenig spürt sie die ehrliche Bewunderung, die ihr die junge Frau aus der Wohnung gegenüber entgegenbringt und empfindet deren ständige Versuche, nachbarliche Kontakte zu knüpfen, nur als zudringlich.

Vera

Ich habe geduscht, die Haare gewaschen und trage nun meine Körperlotion auf. Die hab ich auch immer auf unseren Reisen dabeigehabt. Ihr Duft nach Agrumenfrüchten entführt mich sofort nach Sardinien, wo ich aus dem Badezimmerfenster in einen Olivenhain sah, dann nach Teneriffa, wo ich die atlantische Brandung hören konnte. Erinnerungen blitzen auf aus einer Zeit, in der alles vollkommen normal und unspektakulär war.

Leise spielt im Radio Musik. Wie friedlich sich so ein Morgen allein im Badezimmer anfühlen kann! Vielleicht ist mein Leben ja doch noch das alte, unaufgeregte, vielleicht ist das andere nur ein böser Traum, denke ich mal wieder. Für einen Moment klammere ich mich an diese wilde Hoffnung. Doch ein Blick auf den Windeleimer neben dem Waschtisch holt mich gnadenlos zurück ins Hier und Jetzt.

Reinhold schläft noch. Er hat einen guten, tiefen Schlaf, und er braucht viel davon. Nachts mindestens neun Stunden und tagsüber meist auch noch ein Stündchen. Als ich angezogen bin, wecke ich ihn. Ich versuche zu vermeiden, dass er mich nackt sieht. Ich will keine Wünsche wecken, die ich nicht erfüllen kann und will. An Sex mit Außerirdischen, mit denen keine Verständigung möglich ist, war ich nie interessiert. Aber vermutlich weiß Reinhold ohnehin nicht mehr, wie das geht zwischen Mann und Frau, und meine Vorsicht ist überflüssig.

Dabei ist Reinholds Körper immer noch schön. Das nehme ich jeden Morgen wahr beim Abtrocknen nach dem Duschen. Die Haut ist glatt, kein Gramm Fett zu viel. Natürlich hat er nicht mehr die starken Muskeln wie früher, aber Beine und Po sind fest und knackig.

Ach ja, es ist ein Jammer! Wir hatten oft und gern Sex. Über die Jahre wussten wir immer besser, was uns gut tat, wie wir einander höchste Lust bereiten konnten. Wenn Reinhold mich dann nur ganz leicht mit den Fingern berührte, egal wo, brannte ich lichterloh und musste meinen Mund fest zusammenpressen, um nicht das ganze Haus an meinen Wonnen teilhaben zu lassen.

Schon seit über drei Jahren läuft nichts mehr zwischen uns. Seit Reinhold an jenem Abend im Dezember ein anderer wurde. Wir waren zu einer Geburtstagsfeier eingeladen, und wie immer konterkarierte mein Mann meinen Hang zur Pünktlichkeit. Als er auch auf meine fünfte Mahnung, endlich aus dem Badezimmer zu kommen, nicht reagierte, riss ich wütend die Tür auf. Nie werde ich den Anblick vergessen. Zusammengesunken hing er auf der Toilette, von der Wand daneben am Herunterfallen gehindert, auf dem Fußboden die aufgeschlagene Zeitung, die ihm aus den Händen geglitten war. Auf meine Ansprache reagierte er nicht. Mir klopfte plötzlich wie wild das Herz, und mit fliegenden Fingern rief ich die Feuerwehr. Ich durfte im Krankenwagen mitfahren und hielt die ganze Zeit seine rechte Hand, die sich schlaff und kalt anfühlte. Wenn er mal kurz die Augen aufschlug, sah Reinhold mich nur stumm an, verwirrt, verständnislos. Nur ungern ließ ich ihn für die folgenden Untersuchungen allein.

Schließlich durfte ich auf die Intensivstation. Dort lag mein Mann – und doch nicht mein Mann. In seinem verschreckten Blick war ein ratloses Erstaunen. Er wirkte sehr erschöpft und offensichtlich verstand er nicht, was ich sagte. Sprechen konnte er auch nicht.

Eine erweiterte Ader in seinem Kopf war geplatzt, wie mir die Ärzte erklärten, auf der linken Hirnseite, deshalb war sein Sprachzentrum betroffen und die rechte Seite gelähmt. Warum, wieso, weshalb? Schicksal. Reinholds Schicksal. Aus heiterem Himmel, grausam, ungerecht, und sein Leben flog einfach so aus der Kurve. Meins leider auch, denn die Operationen, die folgten, brachten nicht den gewünschten Erfolg. Von einer Sekunde zur anderen war mein Mann, mein starker, kluger, optimistischer Mann, der noch so viel vorhatte, zu einem Pflegefall geworden.

Manchmal zupft Reinhold jetzt am Ausschnitt meiner Bluse, schaut hinein, und markiert einen schüchternen Jungen. Hin und wieder fasst er mir an die Brust, wenn ich ihn anziehe, und brabbelt dabei irgendwie entschuldigend, als ob es ein Versehen sei. Auf diese Weise macht er Witzchen, versucht, mich zum Lachen zu bringen. In solchen Momenten ist mir zum Heulen zumute. Nicht weil mir jetzt etwas fehlt, sondern weil er und ich so viel verloren haben.

Aber ich will nicht darüber nachdenken. Ich weiß, dass es keinen Sinn hat und mich nur runterzieht. Ich sammle lieber die hellen Momente meines neuen Lebens, wie den Ausflug mit Ute zu den Kranichen im Oktober, Beckys

Besuch zu Weihnachten, meine erfolgreiche Premierenlesung vor drei Wochen. So schlecht geht's mir eigentlich gar nicht! Ich pflege die Verbindungen zu unseren Freunden, ich knüpfe neue Kontakte zu Kollegen, zu den Nachbarn, ich nehme Anteil am Leben der anderen. So wie jetzt, wo mir einfällt, wie wohl die letzte Nacht bei meiner jungen Nachbarin war. Haben sie ihr Baby gemacht?

Tanja

Lange bin ich heute Nacht nicht allein in meinem Bett geblieben. Erst kam Elani, sagte, sie hätte einen bösen Traum gehabt, und dann weinte Jamie und war erst zu beruhigen, als ich ihn zu uns holte. Und um 7 Uhr – um 7 Uhr, am heiligen Sonntag! – stürmte Dayo herein und schmetterte fröhlich: »Es schneit! Wir können Schlittenfahren, Mami! Es schneit!«

Und trotzdem, ich mag es, am Sonntagmorgen so geweckt zu werden und mit den Mäusen zu kuscheln, und ich liebe es, wenn ihre Begeisterung einfach so ungebremst aus ihnen heraussprudelt, vollkommen ehrlich und total ansteckend. In diesen Momenten weiß ich genau, was das heißt: Glück.

Aus dem üblichen gemütlichen Sonntagsfrühstück wird heute natürlich nichts. Elani und Dayo sind völlig aus dem Häuschen, essen kaum etwas und rennen immer wieder zum Fenster, von dem aus sie glücklich die weiße Pracht begutachten und begeistert kommentieren.

Eine Stunde später sind alle drei Kinder winterfest angezogen. Die beiden Großen ziehen den Schlitten, auf dem Jamie liegt, verpackt in ein Schaffell und stolz wie ein König. Ich schiebe seinen Buggy, und wir stapfen, genau wie viele andere, in Richtung Hasenheide, wo es neben der großen Rodelbahn auch ein paar nette Hügel für die Kiddies gibt.

Erst will Jamie unbedingt auch mit dem Schlitten hinunterrasen, aber nach dem ersten Sturz in das kalte Weiß hat er genug und lässt sich ohne Protest in seinem Buggy mit dem Fell einmummeln. So langsam bekomme ich Eisfüße, schon über zwei Stunden sind wir hier. Mit der Aussicht auf Zimttaschen aus der alten Dampfbäckerei und heißen Kakao bei uns zu Hause locke ich die Bande endlich Richtung Heimat.

Jamal ist auch da, wir trinken Tee, die Kinder ihren Kakao, und als ich wieder etwas durchgewärmt bin, mache ich mich auf den Weg zu Omi nach Charlottenburg. Auf mein Klingeln passiert erst einmal nichts, dann höre ich drinnen eine Tür sich öffnen, es rumpelt, lautes Fluchen, und schließlich steht meine kleine Omi vor mir. An ihrem rechten Unterschenkel prangt ein dicker Gips, sie stützt sich auf eine Krücke, die andere liegt am Boden.

»An diese Scheißdinger muss ich mich erst mal gewöhnen«, knurrt sie statt einer Begrüßung.

»Hallo, Omi! Du machst ja Sachen!«

»Nur weil dort niemand den Schnee weggeschippt hat! Und hätten die wenigstens ordentlich gestreut, wär' das auch nicht passiert.«

Ich hebe die Krücke auf und gebe sie ihr und dann umarme ich sie. Ach, es rührt mich, wie klein und zart sie ist, wie ein Vögelchen.

»Ach ja, ist doof. Aber schön, dass du da bist, meine Kleene.«

Sie strahlt mich an. Ich kenne keinen positiveren Menschen als meine Omi. Und dabei hat sie schon so manches hinter sich bringen müssen. Mein Opa hatte schwerste Diabetes, beide Unterschenkel mussten ihm amputiert werden, und durch die Krankheit wurde er fast blind. Ich war noch ein kleines Kind und hab ihn eigentlich nur schlecht gelaunt erlebt. Omi hat ihn sieben Jahre bis zu seinem Tod zu Hause gepflegt. Danach war ihr Rücken ziemlich ramponiert. Kaum war er unter der Erde, bekam sie Brustkrebs, brauchte eine neue Hüfte, erkrankte an Hautkrebs, eine Zyste am Zungengrund wurde festgestellt und was weiß ich noch – sie hat all diese Plagen eine nach der anderen abgearbeitet, nicht gejammert, höchstens mal über die Einschränkungen geschimpft, die sie erdulden musste, und ansonsten ihr Leben einfach weitergelebt, sich schönen Dingen zugewandt und nie ihren Optimismus verloren.

Jetzt drückt sie im Wohnzimmer die Zigarette aus, die in einem Aschenbecher halb aufgeraucht vor sich hin glimmt, und ich soll das Fenster öffnen. Omi raucht nie in meiner Gegenwart, obwohl ich selbst ja auch noch nicht vom Nikotin losgekommen bin. Ich glaube, sie will kein schlechtes Vorbild sein.

»Wie geht's dir, Tanjakind?«

Ich sage, dass eigentlich alles gut und wie immer ist, nur dass Dylan mir fehlt.

»Bist ein klasse Mädel!«

Sie tätschelt meine Hand.

»Aber sag mal, deine zukünftigen Kollegen haben was von sechs Wochen Gips gefaselt. Das meinen die doch nicht im Ernst, oder? Zweimal die Woche muss ich als Lesepatin in die Schule, in der Gemeinde haben wir einen Basar, gar nicht zu reden von der *Berlinale*, die gerade angefangen hat!«

Vorsichtig versuche ich, Omi beizubringen, dass sie mit ihrem einfachen Knöchelbruch sogar noch Glück hat, weil sie nur mit dem Gips davonkommt und nicht operiert werden muss. Ich verspreche, so oft ich kann vorbeizukommen, und sie soll sagen, wenn sie was braucht.

»Danke, meine Kleene, das ist lieb von dir! Ich weiß doch, wie eingespannt du bist. Ich hab meine Freundinnen und meine Nachbarn, die haben alle viel Zeit. Und wenn ich lange genug übe, kann ich mich mit den Dingern hier auch irgendwann richtig vorwärtsbewegen.«

»Aber versprich mir, dass du nicht rausgehst, solange Schnee und Eis da draußen sind!«

»Zu Befehl, Frau Doktor!«

Als ich gehe, drückt Omi mir einen Schein in die Hand und will meinen Protest nicht hören. Sie hat's ja auch nicht grade dicke. Natürlich freu ich mich über das Geld, das können wir immer brauchen. Zu Hause mache ich noch schnell einen Nudelauflauf mit Lauch und Käse. Wir sind gerade mit dem Essen fertig, da ruft Dylan an. Jedes Kind möchte auch mal mit ihm sprechen. Ich finde es wunderbar, dass Dayo und Elani ihn ziemlich schnell als Familienmitglied angenommen haben, und vor allem, dass auch er sich mit den beiden gut versteht und sich für sie mitverantwortlich fühlt, auch wenn er zurzeit gerade mal wieder nicht da ist.

Leider!!! Dylans Beruf ist halt nicht gerade familienfreundlich, aber Musik ist nun mal sein Leben, und das kann ich ihm doch nicht nehmen!

Jenny

Ich hasse frühes Aufstehen! Na ja, so früh ist es auch nicht mehr, aber gestern ist es halt sehr spät geworden. Trotzdem hab ich mich an diesem Sonntagmorgen schon um 9.30 Uhr aus dem Bett gequält. Eigentlich wäre Kai dran mit Frühstück vorbereiten, aber ich hab was gutzumachen ... Kochen kann ich nicht, das weiß ich. Aber ich kann ein super Frühstück machen! Ich schneide Pilze und rühre Eier für ein Omelett zusammen, decke Lachs und Sahnemeerrettich auf, mische Sahnequark mit Früchten, backe Brötchen und Croissants auf, bereite den Kaffee vor und stelle eine Flasche Champagner in den Kühler. Er muss schließlich belohnt werden für das, was ich gleich von ihm erwarte.

»Guten Morgen, mein Liebling!«, raune ich eine halbe Stunde später an Kais Ohr. Ich bin frisch geduscht und lasse das Handtuch lasziv über meine Brüste nach unten rutschen. Normalerweise reagiert Kai ohne Zögern auf diese Signale. Heute scheinen ihn meine stramm aufgestellten Brustwarzen kaltzulassen.

Oh Mann, hätte ich gestern bloß meine Klappe gehalten! Aber ich war sooo enttäuscht! Kai war Samstagmittag ins Büro gegangen, irgendwas Wichtiges duldete keinen Aufschub. Dafür hab ich natürlich Verständnis. Um

17 Uhr wollte er zurück sein. Er wusste, dass es unser ganz spezielles Wochenende war! Als er auch zwei Stunden später nicht auftauchte, bin ich noch mal runter zum Späti und hab mir ein paar Schokoriegel geholt. Eigentlich will ich auf diese Fettmacher ja verzichten und hab sie erst gar nicht im Haus. Aber ich war sooo gefrustet! Auf dem Rückweg bin ich auf der Treppe dem Nachbarn mit seinem Engelskind begegnet. Der Kleine hatte sich vollgespuckt, war ganz nass, und sein Vater wirkte irgendwie total überfordert. Als ich ihm meine Hilfe anbot, hat er die sofort freudig angenommen. Frederike war nicht zu Hause. Ihre Wohnung ist natürlich sehr geschmackvoll gestaltet, wie ich mir das schon dachte. Sämtliche Farben harmonieren miteinander, selbst das Obst auf dem Esstisch passt zum Teppichboden, nirgends liegt etwas herum, alles ist total aufgeräumt. Allerdings macht diese Perfektion das Ganze auch ein bisschen unpersönlich. Nur im Zimmer ihres Mannes herrscht sympathisches Durcheinander.

Ich hab Freddy umgezogen, saubergemacht, ihm eine Flasche Fencheltee zubereitet und mit ihm gespielt. Er war absolut süß! So glucksend gelacht hat er immer, wenn ich ihm irgendwelchen Quatsch vorgemacht habe. Und wie er sein Lockenköpfchen ganz vertrauensvoll an mich geschmiegt hat! Ein Wahnsinnsgefühl!

Als es klingelte, bin ich zur Tür, Freddy auf dem Arm. Es war Frederike, sie kam von irgendeinem Job und hatte ihren Schlüssel vergessen. Im ersten Augenblick sah sie mich völlig entgeistert an.

»Ist etwas mit meinem Mann?«, fragte sie statt einer Begrüßung. Da kam Thomas gerade in den Flur.

»Nein, nein, alles in Ordnung, Frederike. Der Kleine hat auf dem Nachhauseweg gespuckt. Ich hab unsere Nachbarin auf der Treppe getroffen, und sie war so freundlich, mir ihre Unterstützung anzubieten.«

Seine Frau schaute mich irgendwie merkwürdig an. Dann griff sie nach Freddy, der sich immer noch an mich kuschelte. Sicherlich war das ganz normal, aber im ersten Moment hatte ich das Gefühl, sie wollte mir das Kind so schnell wie möglich abnehmen, als ob ich ihm irgendwie schaden könnte. Als sie schließlich sagte: »Vielen herzlichen Dank! Das war wirklich sehr lieb von Ihnen, Jenny. Aber jetzt bin ich ja wieder da.«

Da hatte sie wieder die freundliche Art, die ich so an ihr bewundere.

»Kein Problem«, meinte ich, »machen Sie ganz in Ruhe. Ich kann mich gern noch um Freddy kümmern, hab nichts Besonderes vor.«

Ich sprach lauter als nötig. Hinter Frederike war nämlich Kai die Treppe hochgekommen und hatte mir einen irritierten Blick zugeworfen, während er unsere Wohnungstür aufschloss. Egal wie, es war klar, meine Nachbarin wollte mich so schnell wie möglich loswerden und vergaß in dem Fall sogar fast ihre sonst übliche Höflichkeit.

Ich hab ihr also Freddy überlassen und bin rüber zu uns. Kai stand in der Küche, wollte gerade anfangen zu kochen. Als ich ihn auf sein Zuspätkommen ansprach, fand er eine Entschuldigung nicht nötig. Das hat mich total geärgert, und ich hab ihm Vorwürfe gemacht, dass ihm unser Baby nicht wichtig genug sei. Wir haben angefangen, uns richtig zu streiten. Alles Mögliche hab ich ihm an den Kopf geworfen. Und dann hat er gesagt, es wäre voll peinlich, wie aufdringlich ich mich unseren Nachbarn gegenüber verhielte. Das sei ihm schon ein paarmal aufgefallen. Dabei wollte ich doch nur helfen! Ich fand seine Vorwürfe so ungerecht, so gemein, dass ich ihn in der Küche einfach hab stehen lassen, in mein Zimmer gerannt bin und die Tür zugeknallt hab. Zwei Minuten später hörte ich die Wohnungstür zufallen. Kai hat in der Küche alles stehen und liegen gelassen und ist abgehauen, ich saß allein zu Hause, hätte mich am liebsten geohrfeigt und betrank mich. Um 1 Uhr bin ich ins Bett. Keine Ahnung, wann er nach Hause kam. Jedenfalls ist gestern gar nichts mehr gelaufen, und wir haben eine wertvolle Gelegenheit verpasst.

Umso mehr lege ich mich jetzt ins Zeug, lasse mein Handtuch fallen, krieche unter die Bettdecke und versuche mit Händen, Zunge, Zähnen und allen Tricks, die ich drauf habe, seine Männlichkeit zu wecken. Es dauert nicht lange und er spielt mit. Wusste ich doch, dass ich das schaffe ... Ich hoffe, wir können's heute Abend noch mal machen. Sicher ist sicher!

Obwohl ich erreicht habe, was ich wollte, lässt mich der Gedanke an unsere Nachbarin nicht los oder vielmehr, dass Kai mir vorwirft, mich aufzudrängen. Das hat mich verletzt. Zumal Thomas wirklich dankbar für meine Hilfe war. Der ist zwar ein bisschen verschroben, aber eigentlich ein ganz Netter. Und Freddy ist wirklich ein tolles Kind! Irgendwann wird Frederike schon kapieren, dass ich keine bösen Absichten habe, sondern nur ganz normal als Nachbarin (vielleicht sogar Freundin?) akzeptiert werden will.

Frederike

14. Februar

Es geht mir nicht gut. In meinem Kopf dröhnt es, und ich fühle mich auf eine Art wie gelähmt. Mutter hat gestern spätabends wieder angerufen. Ich hatte ihr Vorhaben, uns besuchen zu wollen, schon völlig verdrängt, wahrscheinlich gedacht, sie gibt es auf, wenn ich nichts hören lasse. Ob es Anfang März passen würde, hat sie gefragt. Das muss ich erst überlegen, habe ich geantwortet und wieder gesagt, dass ich mich melde.

Ich nehme an, normal ist es nicht, sich nicht zu freuen, wenn die eigene Mutter zu Besuch kommen und ihren Enkel kennenlernen möchte, beziehungsweise zu hoffen, dass sie gar nicht erst kommt. Aber ich hatte nie eine normale Mutter, jedenfalls nicht so eine, wie ich sie mir vorstellte. Ich beneidete meine Mitschülerinnen, die manchmal in die Schule begleitet und geknuddelt und geküsst wurden von ihren Müttern, die stets die Partei ihrer Töchter ergriffen, wenn es Probleme mit den Lehrern gab, und die sogar mir mal zärtlich übers Haar strichen, wenn ich dort zu Besuch war, was nur sehr selten vorkam. Unsere Mutter hat uns ernährt und gekleidet, wir Kinder waren immer sauber, ordentlich und wussten uns perfekt zu benehmen. Das war aber auch alles. Es gab kein Schmusen, kein Kuscheln, keine Fürsorge, schon gar keine Liebe. Nie hat sie sich für mich und meine Geschwister eingesetzt, wenn wir es gebraucht hätten. Mutter war ihr ganzes erwachsenes Leben lang die willenlose Marionette des Alten, der das Sagen hatte. Er war der Alleinherrscher in unserer Familie. Keiner wagte, ihm zu widersprechen. Er machte aus uns Kindern verschreckte kleine Wesen ohne jegliches Selbstwertgefühl.

Mutter hat nun ihren Besuch angekündigt. Ich kann das gar nicht glauben. Soweit ich weiß, hat sie noch nie in ihrem Leben auch nur die kürzeste Reise allein unternommen. Ich wäre sogar bereit, ihr eine Chance zu geben, ihren Enkel kennenzulernen, ihm vielleicht das zu geben, was sie bei uns versäumt hat. Kann ja sein, dass sie sich mit den Jahren geändert hat. Aber sicher wird der Alte mit ihr zusammen fahren und es als sein ureigenes Recht ansehen, unsere Wohnung, Thomas, mich und seinen Enkel zu inspizieren. Und das will ich ganz bestimmt nicht! Er hat in meinem Leben nichts mehr zu suchen. Ich will diesen Menschen nicht in meiner Wohnung haben, nicht seine abschätzigen Blicke, nicht seine abfälligen Kommentare, nicht seinen bösen Geist! Schon bei dem Gedanken daran wird mir übel.

Bis zum ersten Märzwochenende ist es zwar noch eine Weile hin, aber man muss erst einmal abwarten, wie es Frederic geht. Womöglich wäre so ein Besuch für ihn viel zu anstrengend. Er hat heute Nacht eine Art Krampfanfall gehabt. Als Thomas endlich die Lage erfasste, war er natürlich wieder völlig überfordert. Obwohl ich selbst von heftigen Kopfschmerzen geplagt wurde, war ich es, die den Notarzt rief. Der kam, als der Anfall vorbei war, und hat das Kind zur Beobachtung ins Krankenhaus eingewiesen. Ich bin natürlich mitgekommen und habe mit Frederic dort den Rest der Nacht verbracht. Es folgte noch einmal ein Anfall, aber gegen Morgen hatte er sich wieder stabilisiert. Da haben die Ärzte uns wieder nach Hause geschickt. Aber natürlich habe ich Angst vor einer Wiederholung. Insofern ist es wirklich fraglich, ob Mutters Besuch so eine gute Idee ist. Ich habe auch völlig vergessen zu fragen, wo sie denn zu übernachten gedächte. Hier bei uns kommt das natürlich gar nicht infrage.

Den ganzen Tag konnte ich nicht essen. Der Magen war mir wie zugeschnürt (abgesehen davon, dass ich mich eh zu fett finde, wenn ich in den Spiegel schau). Als Thomas mitkriegte, wie krank ich mich fühle, hat er sich tatsächlich aufgerafft und gekocht. Er hat mir vorhin noch einmal gesagt, wie umsichtig und richtig ich heute Nacht gehandelt habe, er bewundere mich. Sogar wenn es mir selbst unglaublich schlecht ginge, täte ich immer das absolut Richtige. Auch wenn es nur Thomas ist, der das sagt, erfüllt mich das mit Befriedigung. Auch die Ärzte und Schwestern im Krankenhaus haben mir schon oft genug meine Kompetenz bescheinigt. Ich weiß, dass ich eine vorbildliche Mutter bin und hervorragend funktioniere, wenn es schwierig wird. Vor allem, wenn es schwierig wird.

Von Thomas' Gemüsesuppe hab ich keinen Löffel runterbekommen. Mir wurde schon allein von ihrem

Geruch schlecht. Ach, liebes Tagebuch, ich wüsste schon, was mir jetzt gut täte ... Ich muss diesen fantastischen Mann treffen! Bald!

Kapitel V

Wie überall gibt es auch in diesem Haus Menschen, die man mag und welche, die man nicht mag. So lange man sich nicht kennt, pflegt man seine Vorurteile, ordnet die Leute nach ihren sichtbaren Merkmalen und seinem verinnerlichten Wertesystem. Das ist ja so einfach.

Die Feldmanns aus dem Vierten, pensionierte Verwaltungsbeamte, freundlich, zurückhaltend, sind für die meisten anderen die Spießer, genau wie das mittelalte Paar ihnen gegenüber. Lernte man sie näher kennen, über die paar Worte im Treppenhaus hinaus, würde man vielleicht merken, dass sie ja doch ganz nett sind, sogar humorvoll und kommunikativ. Doch niemand hat sie bisher zu sich eingeladen.

Der strenge Frost ist vorbei, manchmal leckt kurz die Sonne an den schmutzigen Schneehaufen, doch selten lockt das Wetter zum Spazierengehen. So sitzt man lieber gemütlich im Warmen beieinander.

Jenny

Jeden Tag warte ich auf irgendein Anzeichen, dass es diesmal geklappt hat. Übelkeit, vergrößerte Brüste, Tagesmüdigkeit, sonderbare Gelüste, Launenhaftigkeit und was es sonst noch alles so gibt – am besten alles zusammen, das wäre ein sicherer Hinweis. Als ich Kai vorhin fragte, ob ihm irgendwas davon an mir aufgefallen sei, meinte er nur, launenhaft sei ich doch sowieso immer. Außerdem solle ich endlich mal wieder über was anderes reden als über Schwangerschaft und Babys, mein diesbezüglicher Wahn sei kaum noch zu ertragen. Und dann haben wir uns gestritten. Mal wieder. Leider kommt das in letzter Zeit immer öfter vor. Hat sich mein Kinderwunsch wirklich zur fixen Idee ausgewachsen, wie er behauptet? Spreche ich wirklich von nichts anderem mehr? Oder hat Kai sich irgendwie verändert? Ich dachte immer, er wünscht sich das Kind genauso sehr wie ich. Jetzt finde ich ihn manchmal so kalt, so verständnislos, richtig verletzend in seinem Verhalten mir gegenüber.

Aber vielleicht liegt es ja wirklich an mir. Ich werde ab jetzt drauf achten und bei ihm nicht mehr so viel über Babymachen und Babyhaben quasseln. Manchmal kann ich ganz schön nerven, das stimmt schon. Doch heute ist es erst einmal zu spät zum Einlenken, er ist nämlich ohne ein Wort ins Büro aufgebrochen. Ich hatte das Gefühl, er war richtig froh, hier abhauen zu können.

Na ja, spätestens nach diesem Wochenende werd ich wissen, was los ist. Wenn ich meine Blutung kriege, hat's wieder nicht geklappt ... Huch, ich spür grad so ein merkwürdiges Ziehen im Unterbauch – vielleicht ist es ja doch was geworden!

Jetzt muss ich erst mal überlegen, was ich anziehe. Vera hat für 11 Uhr zum Frühstück eingeladen, zu einem Weiberfrühstück, wie sie das nannte. Tanja kommt auch. Als ich fragte, ob auch Freddys Mutter dabei wäre, warf Vera mir so einen komischen Blick zu.

»Na gut, ich kann sie ja mal fragen«, meinte sie dann. Sie mag sie wohl nicht so besonders. Ich fände das klasse, wenn Frederike käme, vielleicht sogar mit dem süßen Freddy! Ihr Mann hat mir neulich, als ich ihn vorm Haus traf, erzählt, dass der arme Kleine schon zweimal so rätselhafte Krampfanfälle hatte und Frederike jedes Mal mit ihm ins Krankenhaus musste. Beim zweiten Mal haben sie ihn drei Tage zur Beobachtung dabehalten. Glücklicherweise sei Frederike nicht von seiner Seite gewichen, sagte ihr Mann. Es ging dem süßen Engel trotzdem ziemlich schlecht, erst am dritten Tag traten keine Anfälle mehr auf. Aber jetzt ist Freddy wieder zu Hause, er hat Appetit und lacht auch mal wieder. Natürlich machen sie sich Sorgen, so lange man die Ursache der Anfälle nicht gefunden hat.

Also, ich nehme das bordeauxrote Shirt mit den Pünktchen, das fällt so schön locker und verdeckt den Speck auf meinen Hüften. Tanja hat sicher wieder schwarze Jeans mit schwarzem T-Shirt an. Hab sie noch nie anders gesehen, auch beim Kellnern nicht, als ich mal in ihrem Café vorbeigeschaut habe. Gegen Frederike, wenn sie überhaupt kommt, sehen wir anderen sowieso alle aus wie Aschenputtel.

»Ach wie schön, die ersten Tulpen! Da muss es ja bald Frühling werden. Danke sehr!«

Ich bin die Erste, und Vera, heute in einem lässigen Rolli mit Schlabberkragen zur Leggings, nimmt mich mit in die Küche, die in dieser Wohnung größer als unsere ist, um meinen Strauß zu versorgen. Türen, Dielen und Fenster sind abgezogen, auch die Schränke sind aus Rohholz, die Griffe aus Messing. Handgetöpfertes steht überall rum, ein Kasten mit Küchenkräutern auf der Fensterbank. Es sieht aus wie in einem Landhaus, ein bisschen retro, aber gemütlich. Der Tisch ist für vier Personen gedeckt.

»Wir sind nur zu viert?«, will ich wissen.

»Mein Mann hat keine Lust auf unser Weiberfrühstück. Er bleibt lieber in seinem Zimmer.«

Vera zuckt mit den Schultern.

»Reinhold hat überhaupt nie mehr Lust auf Gäste. Ich dafür umso mehr. Da muss er durch. Aber es stört ihn nicht, solange er sich zurückziehen kann. Ah, es klingelt. Entschuldige mich!«

Der Frühstückstisch biegt sich unter dem Angebot an Käse, Wurst, Konfitüre, Aufstrichen und Salaten, auch einen Topfkuchen entdecke ich. Alles ist liebevoll hergerichtet mit Blumen, Kerzen und passenden Servietten. Bestimmt werd ich wieder viel zu viel essen. Aber es sieht alles so gut aus!

Tanja kommt rein und sagt fröhlich Hallo. Sie hat ihren Jüngsten auf dem Arm. Wir begrüßen uns, und als ich den Kleinen freundlich anspreche, schaut er mich aus seinem mit Schnodder verschmierten Gesicht finster an. Anschließend vergräbt er beleidigt den rotblonden Schopf in Tanjas Schulter.

»Ach, Jamie! Zickst du wieder rum, ja?«, Tanja macht eine entschuldigende Geste, »Abwarten. Spätestens wenn's ans Essen geht, taut er auf. Das weiß ich genau!«

Von mir aus. Ich kann schlecht gelaunte Schmuddelkinder eh nicht leiden.

Und dann kommt Frederike, leider ohne Freddy, in einem schmalen beige-braun gemusterten Kleid, eine feine Goldkette um den Hals. Alles nichts Besonderes, eher schlicht, aber sie sieht trotzdem super aus. Glänzend fließt ihr haselnussbraunes Haar den Rücken hinab. Ach ja, und sie hat die Figur, von der ich nur träumen kann. Vera nennt uns beim Vornamen, bittet uns, Platz zu nehmen und stellt es so geschickt an, dass wir alle gar nicht umhin können, uns zu duzen, auch Frederike, die sich bisher ja eher höflich distanziert mir gegenüber verhielt.

»Schade, dass Freddy nicht mitgekommen ist«, bedaure ich, »geht es ihm denn besser?«

Da die beiden anderen nichts darüber wissen, erzählt Frederike von Freddys Anfällen.

»Langsam erholt er sich. Aber so lange wir die Ursache nicht kennen, halte ich es für besser, wenn er mit Thomas zu Hause bleibt. Die Ruhe tut ihm bestimmt gut.«

»Das verstehe ich, klar. Trotzdem schade, dass du ihn nicht mitbringen konntest«, bedauert Tanja, »Jamie hatte sich schon so drauf gefreut, mit ihm zu spielen. Nicht, Jamie?«

Jamie, der eben noch versuchte, mit seinen klebrig aussehenden Fingern ein Croissant aus dem Brotkorb zu angeln, versteckt wieder beleidigt sein Gesicht an Tanjas Schulter. Auf so ein Kind könnte ich echt verzichten …

Im Gegensatz zu mir spricht Frederike wenig und isst kaum etwas. Bald wissen die anderen alles über meinen Kinderwunsch und meine aktuelle körperliche Befindlichkeit.

»Ach, ich wünsche dir, dass es bald klappt, Jenny! Kinder sind so was Tolles. Ich möchte keines missen von meinen dreien«, sagt Tanja und streichelt mir über die Schulter, »denk einfach nicht so viel dran, dann wird das schon!«

Als ich über erhöhte Scheidensekretion und Verdauungsprobleme als Anzeichen für meine vermutete Schwangerschaft zu referieren beginne, bittet Frederike um einen Themenwechsel. Das sei ihr jetzt doch zu intim. Für einen Moment wird es unangenehm still am Tisch, und Vera wirft mir unauffällig einen vielsagenden Blick zu. Sie findet das wahrscheinlich total doof von Frederike. Aber ich versteh sie. Wir kennen uns ja wirklich kaum, und ich bin wohl manchmal irgendwie distanzlos, wie Kai immer sagt.

Vera

Ich muss mich loben: Das war mal wieder eine von meinen richtig guten Ideen! Es war so ein nettes Zusammensein! Ich fühlte mich total wohl unter den jungen Frauen, auch wenn ich eher der Generation ihrer Mütter zuzurechnen bin. Jenny und Tanja schien es zu schmecken, sie waren ganz begeistert von meinen selbst gemachten Aufstrichen, dem Brot, dem Kuchen, dem Krabbenomelett. Der kleine Jamie war zwar etwas anstrengend, und man musste ständig aufpassen, dass er nicht alles anpatscht oder was umkippt, aber Tanja musste ihn mitnehmen, da ihre beiden Großen unterwegs sind und Jamal heute Sprachunterricht hat. Dafür hab ich natürlich Verständnis. Ich bewundere die junge Frau sowieso, wie sie das alles allein schafft. Und sie macht es wirklich gut. Ihre drei Kinder wirken fröhlich und selbstbewusst, und auch sie selbst scheint zufrieden zu sein. Und dass sie jetzt auch noch diesen afghanischen jungen Mann bei sich aufgenommen hat – beeindruckend! Einzig zu kritisieren wäre die Wahl ihrer Partner, die leider nicht zu den Beständigen und Verlässlichen gehören. Aber wer weiß schon zu Beginn einer Liebe, wie sich alles entwickeln wird? Ich wusste es ja auch nicht …

Nur Frederike passte irgendwie nicht hier rein. Ich hab sie eingeladen, weil Jenny das scheinbar so wichtig war.

Ob ihr nun allerdings der Brückenschlag zu ihr gelungen ist, bezweifle ich. Vor etwas mehr als zwei Jahren ist Frederike bei Thomas eingezogen, kurz darauf wurde sie schwanger, dann kam das Baby. Unser Kontakt zu Thomas, mit dem uns fast so etwas wie Freundschaft verband, ist seitdem eingeschlafen, und zu ihr konnte ich nie einen Draht aufbauen. Sie ist eine merkwürdige Person, so reserviert und abweisend. Und unglücklich. Das spüre ich genau. Irgendwas stimmt mit ihr nicht. Ich musste mich ganz schön beherrschen, nicht laut loszulachen, als sie bei Jennys offenherzigen Unterleibserzählungen um einen Themenwechsel bat. In so einer kleinen Frauenrunde, also wirklich! Frederike ist auch als Erste gegangen, hatte angeblich einen Termin in der Galerie, in der sie manchmal einer Freundin hilft.

Auf jeden Fall hat mir die Abwechslung gut getan. Ich nehme gern Anteil am Leben der anderen, ob als Ersatz für mein reduziertes Leben – ich weiß es nicht. Ich habe schon immer gern Leute zu uns nach Hause eingeladen. Mit Reinholds alten Freunden ist es allerdings schwierig geworden. Anfangs hatten sie – wie auch ich, wie jeder – gedacht, seine Sprachlosigkeit sei nur vorübergehend. Sie riefen an und erkundigten sich nach ihm, sie besuchten ihn, nahmen ihn mit zu Ausflügen. In dem Maß, in dem sich trotz aller Therapieversuche herauskristallisierte, dass die Hoffnung auf eine Besserung seines Zustandes – dass man wieder mit ihm reden kann, er zumindest wieder ein wenig sprechen lernt – sich nicht erfüllt, haben die meisten sich zurückgezogen. Ich kann es ihnen nicht verdenken. Eine Unterhaltung mit Reinhold ist ein ziemlich einseitiges Unterfangen. Eigentlich ist es auch keine Unterhaltung, sondern eher ein Ratespiel um kleine, nebensächliche Dinge, die aber Reinhold beschäftigen. Und natürlich braucht es viel Geduld, die ich auch nicht immer aufbringe. Wenn ich mal wieder total genervt bin von seinem unverständlichen Gebrabbel und seinem Insistieren, weil ich nicht kapiere, was er will, dann atme ich tief durch und stell mir vor, wie das für ihn sein muss: In seinem Kopf weiß er genau, was er will, aber er kann es auf Deibel komm raus nicht vermitteln. Er ist gefangen in sich selbst, eine grausame Vorstellung, und dafür finde ich ihn im Großen und Ganzen erstaunlich positiv gestimmt.

Gestern hat Heiner mal wieder angerufen. Sie kennen sich schon eine Ewigkeit, verbunden durch ihre gemeinsame Leidenschaft fürs Motorradfahren. Die Frage, wie es Reinhold geht, hat sich Heiner gleich selbst beantwortet: »Beschissen, wa?«

Als ich ihm schildern wollte, was Reinhold so macht und dass er gar nicht so schlecht drauf ist, ging er nicht darauf ein. Heiner, wie auch manch anderer aus dem großen Freundeskreis, scheint Reinhold für ansteckend zu halten. Die wollen lieber gar nichts über sein Leben hören, haben mehr Angst, ein ähnliches Schicksal zu erleiden, als Mitgefühl für ihren alten Kumpel.

Glücklicherweise scheint die zunehmende Isolation meinen Mann nicht zu grämen. Zusammenkünfte mit redenden Menschen strengen ihn an, weshalb er sie zunehmend meidet. Höchstens zwei, drei seiner Freunde, solche, die sich voll und ganz auf seine eingeschränkten

Kommunikationsmöglichkeiten einlassen, akzeptiert er als Besucher. Und natürlich Becky, die ihn meist noch besser versteht als ich. Am zufriedensten ist er mit mir allein. Das hätte er mir mal früher sagen sollen, da hätte ich es als Kompliment genommen! Jetzt ist es einfach nur anstrengend, weil er mein Bedürfnis nach Austausch und Kommunikation natürlich in keinster Weise mehr erfüllen kann. Auch wenn ich es hasse, wie er einfach meine Zeit verplempert – dieses dämliche Gefühl, das sich Liebe nennt, macht, dass es mich rührt, wie glücklich er mit mir stundenlang schweigend in einem Café sitzen kann, selbst wenn ich dabei lese oder auf meinem Handy rumtippe.

Ich räume den Tisch ab, die Frauen sind weg. Reinhold hatte die Runde nur kurz begrüßt und sich dann die ganzen Stunden nicht in der Küche blicken lassen. Als er charmant lächelnd die Hände schüttelte, waren ihm seine Defizite wieder kaum anzumerken, was Jenny nach seinem Weggang sogleich fragen ließ, was er denn überhaupt für eine Krankheit hätte.

Jetzt hat er sich seinen Stammplatz am Küchentisch zurückerobert und liest die Zeitung. Manches versteht er, manches nicht. Sein Gehirn kommt mir zuweilen so durchlöchert wie ein Schweizer Käse vor. Dann will er etwas wissen, gestikuliert und palavert Unverständliches. Irgendwann kapiere ich, dass er fragt, wie unser Weiberfrühstück war. Es freut ihn, dass ich mit meiner Einladung zufrieden bin. Manchmal kann er genauso warmherzig und anteilnehmend wie früher sein, ein andres Mal scheint er gar nicht zu wissen, wie Mitgefühl geht.

Geduldig erkläre ich ihm anschließend zum wiederholten Mal, wer alles zu Gast gewesen ist, denn das hat er seit heute Morgen schon wieder vergessen. Und dann hat er eine Detailfrage, die ich ihm nicht beantworten kann, weil ich seine sinnlos aneinandergereihten Silben natürlich nicht verstehe. Ich komm nicht drauf, was er meinen könnte. Statt zu verzweifeln an seiner Unfähigkeit, sich in Worten oder Gesten verständlich zu machen, wird Reinhold zornig. Nicht jedoch wegen seines eigenen Unvermögens, sondern weil ich so doof bin und nichts kapiere. Dieser Zorn ist es wohl, der verhindert, dass er in Depressionen stürzt, wie offenbar viele Menschen in seiner Situation. Ich versuche, geduldig zu sein, sage mir zum 100.000 Mal, dass er nichts dafür kann. Manchmal gelingt es mir, aber manchmal platzt auch mir der Kragen, und ich blaffe zurück, was natürlich zu nichts führt, außer zu schlechter Laune bei ihm und bei mir.

Auch jetzt wird er immer lauter, ich schaffe es, ruhig zu bleiben, bis ich das Ratespiel schließlich abbreche und er sich beleidigt verzieht. Glücklicherweise wird er auch das nach einer Viertelstunde schon wieder vergessen haben.

Jenny, Tanja und ich haben jedenfalls bis in den Nachmittag zusammengesessen und Kaffee, Tee und Prosecco getrunken. Den quengelnden Jamie hatten wir aufs Sofa gepackt, wo er mit leisem Schnarchen selig schlief.

Es war sehr lustig zum Schluss, da war Frederike schon lange weg. Sehr wohl hat sie sich, glaube ich, sowieso nicht gefühlt. Gut, vielleicht ist sie einfach unruhig, weil sie sich Sorgen um ihr Kind macht. An unseren Gesprächen über das alte Thema Männer und Frauen hat sie sich jedenfalls so gut wie nicht beteiligt. Als ich den anderen sagte, sie sollten sich vertrauensvoll an mich wenden, wenn sie ihren Mann elegant beseitigen wollen, ich hätte da so einige Tipps, schaute sie mich völlig konsterniert an. Gehört doch zu meinem Job, hab ich erklärt, immerhin schreibe ich Krimis. Sie konnte nicht darüber lachen. Und als Jenny Fragen nach ihrer Kindheit stellte, nach ihren Eltern und Geschwistern, machte Frederike völlig dicht. Na ja, meine Freundin wird sie wohl nicht.

So. Alles aufgeräumt, sämtliche Reste versorgt, die Spülmaschine läuft, die Küche blitzt wieder – ich bin hoch zufrieden. Das hätte mir früher mal jemand prophezeien sollen, dass ich mein Heil in einer sauberen und ordentlichen Wohnung finden werde! Ausgerastet wäre ich! Bin doch kein Putzteufel wie meine Schwiegermutter und ihre Freundinnen, die einen Menschen, zumindest einen weiblichen, nach dem Blinken und Blitzen seiner Behausung beurteilten! Doch das Erste, das mir nach Reinholds Erkrankung Halt gab, war tatsächlich ein fest geregelter Tageslauf und Sauberkeit und Ordnung zu Hause. So hatte ich das Gefühl, wenigstens etwas von meinem Leben im Griff zu haben. Inzwischen arbeite ich daran, dass der Griff wieder fester wird – nicht nur durch Putzen und Aufräumen.

Frederike

27. Februar

Die Einladung bei Frau K. war genauso, wie ich geahnt hatte. Ich wollte ja erst gar nicht annehmen, hätte wegen Frederics Gesundheitsproblemen entschuldigt zu Hause bleiben können. Doch Thomas drängte, ich solle gehen, das wäre wichtig für die nachbarschaftlichen Beziehungen, und auch mir würde eine Abwechslung guttun. Er hat schon öfters angedeutet, dass mir ein Kreis von Freundinnen fehlen würde. Ich selbst habe das noch nie als Mangel empfunden. Er hat es wahrscheinlich nett gemeint. Mir zeigt es, dass Mutters angekündigter Besuch mich so stresst, dass sogar Thomas bemerkt, dass etwas nicht mit mir stimmt und er mir etwas Gutes tun will. Thomas, der sonst gar nichts mitbekommt. Mutters Anrufe habe ich ihm gegenüber immer noch mit keinem Wort erwähnt.

Als sie sich Anfang der Woche wieder gemeldet hat, hab ich ihr von Frederics Gesundheitsproblemen erzählt und den Besuch bis nach Ostern verschieben können. Ob mir danach noch ein weiterer Aufschub gelingt, wird sich zeigen. Irgendwann muss ich der Sache wohl ins Auge sehen. Als ich ihr ein paar Hotels genannt und sie gefragt habe, ob ich ein Zimmer für sie buchen soll, hat sie dankend abgelehnt. Sie wolle das lieber selbst tun – ich weiß auch warum: Sie fährt nicht allein, schon gar nicht in so eine große Stadt wie Berlin. Und das ist es wohl, was mich am meisten beunruhigt …

Das Frühstück bei Frau K. – die, ohne zu fragen, das allgemeine »Du« in die Runde einführte, und die ich jetzt Vera nennen soll – war so eine Art von Frauenveranstaltung, mit der ich überhaupt nichts anfangen kann. Und natürlich diente sie vor allem dazu, uns gegenseitig etwas über unsere persönlichen Verhältnisse zu offenbaren. So etwas liebe ich gar nicht! Den anderen kam das scheinbar sehr gelegen, möglichst viel über sich und ihre Befindlichkeiten zu plaudern – als ob mich das Beziehungswirrwarr von Tanja aus dem ersten Stock mit ihrer bunten Kinderschar interessieren würde! Momentan hat sie auch noch einen Asylbewerber aus Afghanistan bei sich wohnen, was Frau K. absolut bewundernswert findet. Sie lobte Tanjas mitmenschliches Engagement und sagte, diese hätte eben ein großes Herz. Hauptsache, der junge Mann bleibt friedlich … Angeblich hat Tanja ja vor, weiter Medizin zu studieren. Aber sie liebt auch ihren Kellnerjob, erzählte Geschichten über die Arbeit in dem Café an der Ecke, über die schrägen Stammgäste in der »Raucherlounge«. Sie mag auch diese Leute! Ist wohl nicht so ganz meine Welt.

Wie froh war ich, dass Frederic nicht dabei war! So musste er wenigstens nicht mit diesem völlig unerzogenen Riesenbaby spielen, das tatsächlich noch an der Brust seiner Mutter hängt – und zwar am Frühstückstisch, während wir essen!

Frau K. hat erzählt, wie schwierig und anstrengend das Leben mit ihrem behinderten Mann ist. Zwischendurch hat sie so seltsame Bemerkungen über das Loswerden von lästigen Ehemännern fallen lassen. Es sollte wohl witzig sein, aber ich fand es eher geschmacklos. Der ihre soll einmal ein starker, intelligenter Typ, von Beruf Filmproduzent, gewesen sein. Anrührend, ja. Ich hab ihn aber nur in seinem jetzigen Zustand kennengelernt, und weder er noch seine Frau interessieren mich besonders.

Am unangenehmsten aber fand ich meine Nachbarin von gegenüber. Diese Jenny ist so aufdringlich und übergriffig, hat ständig versucht, ein Zwiegespräch mit mir zu führen. Sie hat tatsächlich meinen Namen gegoogelt und gefragt, ob ich etwa auf dem Schloss der Freiherren von Thalbach aufgewachsen bin. Als ich bejahte, war sie unglaublich beeindruckt. Ihre indiskrete Frage wühlte die dunklen Erinnerungen auf, die mich ohnehin gerade bedrängen, seit Mutter angerufen hat. Was denkt diese naive Jenny über eine Kindheit in einem kalten, finsteren Schloss, fernab vom normalen, modernen Alltag? Meine Geschwister und ich, wir hatten kaum Freunde. Das große Tor zum Schlosshof war stets verschlossen, herein kam nur, wer dem Alten genehm war, und das niedere Volk, wie er es nannte, gehörte nicht dazu. Die anderen Kinder mieden uns sowieso, denn sie hatten eine Heidenangst vor unserem Vater. Als ich in die Schule kam und mich in der Sprache ganz selbstverständlich meinen Mitschülern anpasste, wurde mir das zu Hause gründlich ausgetrieben. Jegliche Dialektfärbung war verpönt.

Wir wurden abgerichtet, nicht erzogen – genau wie die Jagdhunde des Alten. Wahrscheinlich bedeuteten ihm die Tiere sogar mehr als wir, die wir unvollkommene, ängstliche Kinder waren, mein zarter kleiner Bruder, meine ungeschickte große Schwester und ich dummes Mädchen. Aber fort mit den alten Geschichten, sie sollen nicht wieder über mich herrschen …

Frau K. hat mich die ganze Zeit über so komisch angesehen und auch die Gelegenheit genutzt, mich auszufragen. Wahrscheinlich hatte sie das schon immer vor. Bedauernd meinte sie, dass Thomas früher öfters mal bei ihnen zum Essen eingeladen war. Jedenfalls wollte sie wissen, was ich beruflich so mache. Natürlich habe ich nicht mein Leben vor ihr ausgebreitet. Ich habe mein Kunststudium angeführt, ohne zu erwähnen, dass ich es nicht beendet habe. Über meine abgebrochene Lehre und die Apothekenjobs hab ich gar nichts gesagt.

Jenny fand das natürlich aufregend, dass ich Kunst studiert habe, und erkundigte sich gleich nach Gabriellas Galerie. Davon hatte ihr Thomas erzählt. Inzwischen ist mir auch klar, warum diese Jenny meine Nähe sucht: Sie will unbedingt ein Kind, es klappt aber wohl nicht mit dem Schwangerwerden, deshalb ist sie so verrückt nach Frederic, will unbedingt bei uns babysitten. Wer weiß, was sie sich davon verspricht! Ich finde das jedenfalls beängstigend und bin auf der Hut.

Als sie dann begann, mit allen unappetitlichen Details ihre körperlichen Veränderungen durch eine vermeintliche Schwangerschaft zu schildern, bat ich erst um Zurückhaltung und dann bin ich gegangen. Ich habe den Termin bei Gabriella vorgeschoben, der ist zwar erst heute Abend, aber weiß ja keiner.

Jenny gehört zu den Menschen, die mir allein durch ihr Äußeres unangenehm sind: Ihre konturlose Figur, die glänzende Gesichtshaut, das dünne, meist etwas strähnige Haar, ihre geschmacklose Garderobe – allein bei dem Gedanken an ihre Erscheinung empfinde ich Widerwillen. Und ihre Tischmanieren sind unterirdisch. Sie isst nicht, sie stopft in sich hinein. Gleich zu Beginn hat sie sich dieses Schlabberteil bekleckert, in dem sie erschienen war. Außerdem spricht sie mit vollem Mund, was so was von unappetitlich ist!

Frau K. scheint das nicht zu stören. Sie und Jenny sind schon richtig eng miteinander. Und dann sollte ich mir auch noch Jennys intime Körpergeschichten anhören! Ich hab natürlich bemerkt, dass die anderen meine ablehnende Reaktion auf diese sogenannten »Frauenthemen« verwunderte. Aber das ist mir völlig egal. Ich brauche diese Frauen und ihre Gespräche nicht, hab das auch deutlich gezeigt. Als ich ging, hat Jenny trotz allem versucht, sich für nächste Woche mit mir zu verabreden, sie ist einfach unglaublich aufdringlich.

P.S. Was ich wirklich brauche, ist eine Abwechslung, da hat Thomas recht, aber ganz anders, als er sich das vorstellt. Noch habe ich nicht den Mut gehabt, die Handynummer zu nutzen …

Tanja

Zum Glück ist noch Rote-Bete-Suppe da, dann brauche ich den Kindern nichts zum Abendessen kochen. Ich selbst bin immer noch satt von dem tollen Frühstück bei Vera. Sie hatte sich wieder unglaublich Arbeit gemacht, Aufstriche selbst hergestellt, zwei Salate gemacht, Kuchen und Brot gebacken und den Tisch auch so liebevoll gedeckt. Aber sie sagt ja immer, das sei für sie keine Arbeit, sie mache das gerne.

»Elani! Dayo! Essen kommen!«

Jamie liegt immer noch im Bett und schläft. Dass er keinen Hunger hat, glaub ich wohl, so wie er sich bei Vera vollgestopft hat mit Kuchen, Croissants und süßem Quark, das kleine Schleckermäulchen! Ich geh trotzdem mal nach ihm schauen. Sein Kopf ist knallrot. Ich fühle auf seiner Stirn. Er glüht, hat hohes Fieber. Das kann immer mal sein, das geht schnell bei kleinen Kindern. Vielleicht hat er sich überanstrengt oder sich einen Infekt eingefangen. Aber Jamie ist so wahnsinnig heiß, da sollte ich doch besser mal messen. Fast 40 Grad zeigt das Fieberthermometer! Das ist kein Spaß mehr.

Dayo bringt mir die Mullwindeln und eine große Schüssel mit kaltem Wasser. Ich mache Wadenwickel, bitte Dayo, bei seinem Bruder zu bleiben. Haben wir Fieberzäpfchen im Haus? Wenn die Temperatur mit den Wickeln nicht sinkt, würde ich gern darauf zurückgreifen. Natürlich finde ich keine Zäpfchen mehr im Badezimmerschrank. Mist!

»Bleibst du bitte noch einen Moment bei Jamie?«, bitte ich Dayo, der eifrig nickt, »ich muss mal zu den Nachbarn. Vielleicht können die ja mit Fieberzäpfchen aushelfen.«

Thomas öffnet und sieht mich erstaunt an.

»Frederike ist leider nicht da«, erwidert er auf meine Bitte nach den fiebersenkenden Zäpfchen, »und ich weiß ehrlich gesagt bei unseren Medikamentenvorräten nicht so genau Bescheid.«

»Jamie hat fast 40 Fieber, Thomas! Bestimmt habt ihr Zäpfchen im Haus, wo doch euer Kleiner so oft kränkelt. Ich kenn mich ja ein bisschen aus mit Medikamenten und weiß, wonach ich suchen muss. Dürfte ich vielleicht selbst mal schauen?«

Bevor er mich wegschicken kann, drängle ich mich in den Flur.

»Ist eure Hausapotheke im Badezimmer?«

Er schüttelt den Kopf und deutet nach links.

»Nein, in Frederikes Zimmer.«

Ein ziemlich kahler Raum in dem ein Bett, ein Schreibtisch, ein Bücherregal voller medizinischer und Erziehungsratgeber stehen und ein riesiger altmodischer Rollschrank. Thomas und Frederike scheinen getrennte Schlafzimmer zu haben, das könnte ich mir für mich überhaupt nicht vorstellen. Ich möchte meinen Mann ganz nah neben mir haben. Manchmal, wenn die Kinder zu uns ins große Bett kommen, weil sie nicht schlafen können, und ich am Morgen neben allen meinen Lieben erwache, das ist ein unbeschreibliches Gefühl, dann könnte ich platzen vor Glückseligkeit.

Bei Frederike hängt über dem Bett eine Version von Munchs Schrei. Ich deute auf den Schrank, und Thomas nickt. Mit Schwung ziehe ich den Rollladen nach oben und staune nicht schlecht. Über mehrere Regalbretter stapeln sich Medikamentenpackungen gegen die unterschiedlichsten Beschwerden. Ich erkenne vor allem eine ganze Reihe Antidepressiva und rätsele sofort, wer von den beiden die wohl benötigt. Thomas ist mein kurzes Stutzen nicht entgangen.

»Frederike hat mal in der Apotheke gelernt«, meint er entschuldigend, »sie hat da so ihre Beziehungen.«

»Ist doch prima, alles da!«, sage ich. Finde dieses Lager zwar auch etwas strange, aber jetzt geht es vor allem um Jamie. Ich überfliege die Aufschriften und greife eine Packung Fieberzäpfchen.

»Habe schon gefunden, was ich brauche! Ich bringe euch demnächst neue rum.«

»Es sind doch bestimmt noch mehr da, oder?«

»Ja«, ich zähle nach, »vier Päckchen gibt es noch.«

»Dann musst du keine neuen besorgen.«

Thomas bringt mich zur Tür.

»Vielen, vielen Dank! Du hast mir sehr geholfen!«

»Das ist doch selbstverständlich. Gute Besserung für den Kleinen!«

Jamie ist so apathisch, dass er sich nicht gegen das Zäpfchen wehrt. Ich gebe ihm mit dem Fläschchen Wasser, das er gierig trinkt. Das Medikament scheint zu wirken. Ich bin erleichtert. Schon nach einer halben Stunde ist seine Temperatur auf 38,5 Grad gesunken.

Was für eine Aufregung. Ich nehme Jamie mit zu mir ins Bett, da kann ich am einfachsten überwachen, wie es ihm geht. Dylan, dem ich per Whatsapp von dem Fieber berichtet habe, meldet sich besorgt auf dem Handy. Ich gebe Entwarnung, und wir quatschen noch ein bisschen. Er sagt, dass ich ihm fehle. Oh ja, er mir auch.

Kapitel VI

Für Tanja sind ihre Kinder, ihr Partner Dylan, das gemeinsame Leben ihre Heimat, ein sicherer Rückzugsort, an dem sie sich wohlfühlt. Vielleicht würde sie selbst das gar nicht so bezeichnen, aber die Geborgenheit, die Zufriedenheit, die Liebe, die sie um sich herum spürt, was ist das, wenn nicht Glück?

Sicher gehört dazu auch ihr Bemühen, den Weg zu innerem Frieden zu finden. In allem, was sie tut, sieht sie einen tieferen Sinn, in ihrem Kellnerinnenjob, in der Unterstützung für Jamal, in ihrem Vegetarismus, ihrem ökologisch bewussten Lebenswandel. Tanja möchte ihr Leben nicht tauschen. Sie hat nur einen großen Wunsch für sich selbst, an dem sie gegen alle Widrigkeiten festhält: Irgendwann wird sie wieder ihr Medizinstudium aufnehmen, daran glaubt sie ganz fest.

Tanja

Wie ständig diese Müllberge in unserem Haushalt zusammenkommen, verstehe ich nicht! Ich kaufe doch schon möglichst verpackungsarm, bevorzuge Pfandflaschen, nutze die Komposttonne und den Grünen Punkt – trotzdem gibt es zweimal die Woche einen Riesensack mit Restmüll. Liegt wohl auch an den Plastikwindeln, die ich für Jamie nutze … Irgendwie habe ich schon ein schlechtes Gewissen deswegen. Die Windeln sind zwar aus dem Bioladen, dürfen aber trotzdem nicht in die Komposttonne. Bei Dayo und Elani habe ich mit Stoffwindeln gewickelt, aber da bin ich auch nicht fünf Tage die Woche arbeiten gegangen. Aber das hat ja hoffentlich bald ein Ende, und mein Kleiner braucht gar keine Windeln mehr.

Links schleppe ich den Müllsack, rechts Jamie, der unbedingt die Treppe runtergetragen werden wollte, und stoße im Parterre die Tür zum Hinterhof auf. Kaum setze ich Jamie ab, schmeißt er sich begeistert in den letzten Schneehaufen, der schmutzig grau im Schatten der Tonnen übrig geblieben ist.

»Jamie, bitte steh wieder auf! Da hat bestimmt auch der Hund drauf gepinkelt!«

Wie aufs Stichwort erscheint der Szcepanski Sohn mit ein paar leeren Kartons unterm Arm. Er schaut uns nicht an, sagt keinen Ton, und Tyson, der natürlich nicht angeleint ist, springt sofort auf Jamie zu, was sein Herrchen nicht im Geringsten interessiert.

»Kannst du vielleicht mal deinen Hund zurückpfeifen, Mario?«

»Tyson!«, blafft er in Richtung des Bullterriers, der nicht reagiert und weiter an Jamie rumschnüffelt, »Ey, Tyson, hierher, aber zackig!«

Wenigstens kommt Tyson jetzt Schwanz wedelnd angelaufen. Ich liebe Tiere, alle Tiere, auch diesen Hund, und er tut mir echt leid. Ich hab sein Herrchen ihm gegenüber bisher nur aggressiv erlebt. Aber wahrscheinlich kann dieser Mario gar nicht anders. Wenn ich ihn mal mit Mädchen gesehen habe, hatte er genau denselben Ton drauf. Was macht er jetzt denn? Ich glaub's nicht!

»Sag mal, tickst du noch richtig? Die Papiertonne ist für alle hier im Haus! Kannst du vielleicht mal deine Kartons vorher zerlegen, bevor du die in die Tonne steckst?«

Er glotzt mich nur blöd an, pfeift seinen Hund ran, der schon wieder Jamie im Visier hat, und verschwindet. Wahrscheinlich schon eine gewaltige Leistung von ihm, dass er überhaupt die Papiertonne fürs Papier nutzt.

Als ich hier eingezogen bin, war Mario vielleicht zehn, elf Jahre alt, ein dicklicher, schüchterner Junge mit einem cholerischen Vater und einer überforderten Mutter. Die ist wenig später gestorben, als Mario mitten in der Pubertät steckte, und ab da hat er sich zum rechten Arschloch entwickelt. Wahrscheinlich sind auch die Umstände schuld, aber ey, der Typ macht mich so sauer! Arbeitet nicht, hängt nur rum, säuft mit seinen Nazifreunden und macht dann noch Jamal an, dass der von unseren Steuergeldern lebt und gefälligst dahin zurückgehen soll, wo er hergekommen ist. Natürlich hab ich ihm daraufhin mal so richtig meine Meinung gesagt. Aber außer einem Schulterzucken und einem dümmlichen Grinsen kam da nichts, denn irgendwo ist der nicht nur dumm, sondern auch feige. Aber was soll man erwarten, sein Vater ist ja genauso.

So, ich habe zwar gar keine Zeit, aber ich mache Marios Kartons noch klein, sonst passt gar nichts mehr in die Papiertonne.

»Ach, hallo Frederike! Dein Kleiner sieht ja so munter aus! Ist er wieder ganz gesund?«

»Guten Morgen. Ja, ich bin sehr froh, es geht ihm wieder gut.«

»Jamie ist auch wieder okay. War wohl so ein ganz kurzer Infekt. Am nächsten Tag war alles wieder ganz normal. Vielen Dank noch mal für die Fieberzäpfchen, die haben toll geholfen!«

Frederike lächelt nur und sagt nichts. Jamie kommt angelaufen, in seiner Hand schmilzt schmutziger Schnee. Der Kleine auf dem Arm unserer Nachbarin brabbelt fröhlich und streckt Jamie sein Holzauto entgegen.

»Schade, hätte gerne noch ein bisschen mit dir gequatscht, und unsere Jungs müssen sich ja auch endlich mal kennenlernen! Aber ich muss los. Jamie in den Kinderladen bringen und dann zum Job. Ciao, Frederike!«

Jenny

Obwohl ich Montage nicht leiden kann, sitze ich brav am Schreibtisch und arbeite, oder besser, versuche es. Über meinen Kunden, den Treppenlift-Hersteller, ist ein Sanitätshaus auf meine Arbeit aufmerksam geworden. Ich soll ihnen ein Exposé und einen Kostenvoranschlag für die Überarbeitung ihres Internetauftritts vorlegen. Entwickle mich wohl zur Spezialistin für Seniorenthemen …

Oh Mann, hab überhaupt keine Lust dazu. Mach mir also einen Kaffee und klicke mich erst mal durch die Neuigkeiten auf Insta. Urlaubsbilder aus Neuseeland, Kambodscha, Südafrika, schicke Häuser, hippe Dachterrassen, Hochglanzhochzeiten. Alles total toll. Ich fühl mich plötzlich schlecht. Mein Job, meine Beziehung, unsere Wohnung, unsere Urlaube – bei mir ist einfach alles so durchschnittlich, Glamourfaktor gleich null.

Und dann sind da nur noch Posts von Babybäuchen und Babys. Ich fass es nicht: Selbst Nora, die immer allein war, ewig keinen Freund gefunden hat, sich dafür voll in ihren stinklangweiligen Job im Bezirksamt stürzte und uns das als supergeil verkaufen wollte – die hat zwar keinen Mann, aber ein Baby!

Oh verdammt, ich hätte es lassen sollen. Diese Flut von Erfolgsmeldungen ist unerträglich. Nur schöne Menschen an schönen Orten. Traumhochzeiten, Babyshowers, kleine Prinzessinnen und Prinzen in rosa oder hellblauen Himmelbettchen. Da gibt es nicht einen, der mal schreibt, dass es ihm beschissen geht. Und natürlich werden alle sofort und ständig schwanger. Nur ich nicht, ich Versagerin. Na ja, zumindest auf dem Gebiet bin ich offensichtlich nicht durchschnittlich …

So, es reicht. Jetzt geh ich erst mal meinen digitalen Mittelstrahl-Schwangerschaftstest machen. Ich brauche Gewissheit, dieses ständige In-mich-hinein-Horchen blockiert mich total. Zu Kai hab ich die letzten beiden Tage kein Wort zum Thema Schwangerschaft gesagt, nichts darüber, wie ich mich fühle, und dass es vielleicht dieses Mal endlich geklappt haben könnte. Ich hab verstanden, dass ich ihn damit nerve und die Stimmung zwischen uns verderbe.

Den Test, wie auch die letzten drei davor, mach ich heimlich, immer wenn Kai nicht da ist, und entsorge die Überreste gut getarnt im Restmüll. Dieser neue Test ist viel genauer, er soll auch schon fünf Tage vor der nächsten Blutung funktionieren. Und ich fühl mich so anders … Ich muss das jetzt wissen!

Vor dem Badezimmerspiegel zieh ich meinen Pulli hoch. Ja, da ist ein kleiner Bauch. Ich streichle zärtlich darüber. Aber kann ja eigentlich noch gar nicht sein, selbst wenn ich wirklich schwanger bin. Ich bin einfach nur zu fett. Zu viele Pommes, Biere, Süßigkeiten. Mein Blick geht nach oben. Meine Haare in so einem undefinierbaren Farbton – hängen runter wie schlapper Schnittlauch. Meine Augen sind auch nicht der Knaller, braun, grün, grau – ich weiß nicht, so ein Mischmasch, und die Wimpern unglaublich kurz. Mann, ich seh so doof, so mittelmäßig aus! Manchmal frag ich mich tatsächlich, was Kai eigentlich an mir findet.

Ich pinkle auf das Teströhrchen. »Warten« wird mir befohlen. Drei Minuten dauert das. Die Spannung steigt! Dann erscheint wie von Geisterhand »nicht schwanger«. Gnadenlos und unbestechlich. Oh nee! Ich fühl mich wie die böse Stiefmutter aus Schneewittchen, wenn der Spiegel immer wieder sagt … Aber hinter den Bergen, bei den sieben Zwergen … Verdammt!

Eine halbe Stunde später weiß ich auch, was mein Körper mir die ganzen Tage signalisieren wollte und warum mir gestern so deprimäßig zumute war: Ich habe meine Blutung bekommen. Eins ist klar: Zu Kai sage ich kein Wort davon. Wenn es ihn interessiert, dann fragt er von selbst danach, und wenn es ihn nicht interessiert, auch egal.

Er hat im Moment sowieso nur die Firma im Kopf. Es läuft sehr gut in seinem Start-up für Online-Marketing. Vor einem Jahr hat er es mit zwei Freunden gegründet. Sie entwickeln Websitetools für Verkaufsportale und arbeiten an der Suchmaschinen- und Usability-Optimierung. Ihre Firma ist unglaublich schnell gewachsen, sie haben jetzt schon 30 Mitarbeiter und suchen ständig neue. Die Arbeit ist Kai unglaublich wichtig und für ihn gleichbedeutend mit Erfolg und Geld. Nicht, dass er raffgierig ist oder berechnend. Es scheint für ihn eine Art Spiel zu sein, bei dem es darum geht, möglichst schnell seinen Einsatz zu vervielfachen, das Optimum herauszuholen und der Beste zu sein. Mir soll's recht sein, ich habe nichts gegen einen gut verdienenden Mann. Nur, dass er immer mehr Zeit in seiner Firma verbringt, immer öfter dort auch mal übernachtet und gemeinsame Freizeit ihm kaum noch wichtig zu sein scheint, das gefällt mir nicht so gut. Wenn das Baby erst da ist, wird sich das ändern, denke ich. Wenn er mit seinem Sohn die Eisenbahn aufbauen und Fußball spielen kann, wird er ein begeisterter Vater sein. Ich erwarte ja gar nicht, dass er sich am Windelwechseln und Babyfüttern beteiligt, das mach ich wohl gern allein. Ach ja, aber erst muss ich mal schwanger werden, verdammt!

So, es reicht mit den Babybauchbildern der anderen. Jetzt wieder zurück zu Inkontinenzeinlagen, Kompressionsstrümpfen und Rollatoren. Ist halt alles nicht so ganz mein Thema. Meine Oma ist schon lange tot, Opa vor zwei Jahren gestorben, und meine Mutter ist zum Glück noch ziemlich fit.

Es klingelt. Vera steht vor der Tür.
»Na, Jenny, wie sieht's aus? Was macht das Baby?«
Ich zeige mit dem Daumen nach unten.
»War wohl mal wieder die falsche Frage …«
Ich winke ab. Vera wirft mir einen schuldbewussten Blick zu. Dann präsentiert sie mir drei Schälchen mit ihren leckeren Aufstrichen und ein Stück Kuchen.
»Das sind noch ein paar Reste von Sonnabend, wenn du magst.«
»Oh gerne, das wird mein Mittagessen. Vielen Dank! Das Frühstück bei dir fand ich übrigens wirklich nett!«

Vera freut sich. Und da ich ohnehin eine Pause vom Sanitätshaus brauchen kann, bitte ich sie herein. Sie hat wahrscheinlich eh darauf gehofft. Bei dem Frühstück hat sie gesagt, dass sie immer jemanden zum Quatschen sucht, seit ihr Mann nicht mehr sprechen kann. Der kann auch nicht schreiben und versteht oft nicht, was man zu ihm sagt, nur lesen kann er, zumindest teilweise – Wahnsinn! Außerdem ist er wohl total auf ihre Hilfe angewiesen, weil er noch weitere »kognitive Einschränkungen« hat, wie Vera das nennt, und der eine Arm gelähmt ist. Das hätte ich nie gedacht! Er wirkt zwar irgendwie merkwürdig, aber dass er so stark gehandicapt ist, nee, wär ich nicht drauf gekommen.

Vera hat uns erzählt, wie anstrengend das Leben mit ihm manchmal ist. Er ist halt komplett von ihr abhängig. Sie lässt ihn wohl schon mal allein, aber immer voller Sorge, denn sie weiß nicht, ob er es schaffen würde, sie anzurufen, wenn er ein Problem hat, obwohl sie ihm das Telefonieren jedes Mal neu erklärt. Und wenn er anruft, muss sie sofort nach Hause rasen, da er ja nicht sagen kann, was los ist. Wirklich krass. Trotzdem kommt sie mir nicht gerade depressiv vor. Irgendwie nimmt sie ihre Situation einfach als eine Aufgabe, die erledigt werden muss.

Ich hab immer wieder überlegt, wie es mir gehen würde, wenn Kai plötzlich so was passiert … Na ja, so alt sind wir ja noch nicht, obwohl, so was wie dieses Aneurysma kriegen auch schon Jüngere. Aber meist erholen die sich wieder. Der Reinhold hat wohl einfach Pech gehabt.

Wir trinken Kaffee, und ich erzähl ihr von meinem *Facebook* Frust.

»Ach, das kenn ich! Was glaubst du, wie das unter meinen ›Freunden‹ zugeht. Sind ja ganz viele Kollegen. Da gibt es zu 90 Prozent Siegesmeldungen über hymnische Rezensionen, ausgebuchte Lesungen und Bestsellerlistenplätze. Über eine Schreibblockade berichtet kaum jemand. Ich ja auch nicht.«

»Und stört dich das denn nicht?«

»Ach i wo, wie gesagt, ich mach's doch genauso. Wir sind halt alle irgendwo Narzissten. Die anderen haben genauso oft Ärger und Frust wie du und ich, aber so was zu posten ist nicht aufregend. Wenn's dich nervt, klink dich doch einfach mal aus für länger.«

»Findest du eigentlich, dass ich übertreibe mit meinem ewigen Schwanger-werden-Wollen?«

Vera schaut mich überrascht an und schüttelt den Kopf.

»Wie kommst du darauf?«

»Na ja, der Kai reagiert in letzter Zeit manchmal komisch, wenn ich das Thema anspreche. Deshalb sage ich ihm lieber gar nichts mehr drüber.«

»Männer!«

Sie streichelt mir die Schulter.

»Die können halt nix außer Kinder machen. Das war's und fertig. Was das für uns Frauen, für unseren Körper, unsere Psyche bedeutet, davon haben die keine Ahnung! Deshalb versteht auch der deine wahrscheinlich nur Bahnhof, wenn du über deine Ängste und Befindlichkeiten sprichst. Und was die Fehlgeburt damals für dich bedeutet hat, kann der überhaupt nicht ermessen.«

»Ich hab mir vorgenommen, erst wieder was über Schwangerschaft zu sagen, wenn es endlich geklappt hat.«

Vera schaut mich zweifelnd an.

»Wenn du das schaffst …«

Dann meint sie so ganz nebenbei, dass ihr Mann sie heute Morgen so sauer machte, dass sie sich selbst nicht mehr kannte, so aggressiv wurde sie plötzlich. Reinhold ist, krankheitsbedingt, wahnsinnig stur und völlig irrational. Dagegen kommt Vera einfach nicht an, kann nur nachgeben, und das kostet unglaublich viel Selbstbeherrschung, die ihr heute zu entgleiten drohte.

»Und nicht nur heute! In diesen Momenten schießen mir die wildesten Mordfantasien durch den Kopf. Ich bekomme dann richtig Angst vor mir selbst.«

Sie schaut mich irgendwie traurig an. Dann lacht sie laut auf, was nicht so richtig fröhlich klingt, und zwinkert mir zu.

»Aber eigentlich ist das ja ganz praktisch, oder? Kann ich alles gut für meinen Job brauchen. Recherche im richtigen Leben für einen Mord im Affekt. Kann ich bestimmt irgendwann einen netten Krimi draus basteln.«

Solche Storys hat sie uns schon bei dem Frühstück erzählt. Ich weiß nicht so recht, was ich davon halten soll. Also, sollte ihr Reinhold eines Tages tot sein, muss man dann die Polizei rufen? Aber vielleicht verarbeitet sie ja auf die Weise nur ihr verändertes Leben. Sie sagte uns auch noch, dass sie erst jetzt weiß, was Freiheit bedeutet und was sie verloren hat und dass sie sich manchmal so angekettet fühlt an ihren Mann.

»Nicht umsonst heißt es, bis dass der Tod euch scheidet«, hat sie noch angefügt und dabei so komisch gegrinst. Jedenfalls hat sie uns alle gewarnt, wir sollten genau gucken, mit wem wir unser Leben verbringen wollen. Aber das macht man doch sowieso! Ich bin mit Kai zusammen, weil er irgendwie über alles Bescheid weiß. Ich fühl mich bei ihm sicher und glaube, dass er gut für unser Kind sorgen kann. Außerdem sieht er klasse aus und ist witzig. Und im Bett läuft es auch nicht schlecht. Oder muss ich sagen, lief nicht schlecht? In letzter Zeit war ja nicht mehr viel, aber das liegt wohl hauptsächlich an mir. Wenn Kai, wie meist, spät nach Hause kommt, dann schlafe ich oft schon oder ich tu so, denn so richtig Lust auf Sex hab ich irgendwie nicht momentan.

»Sag mal, was sagst du eigentlich zu deiner Nachbarin von gegenüber, nachdem du sie bei unserem Frühstück erlebt hast?«, wechselt Vera das Thema und zieht eine Grimasse. Ich weiß, dass sie Frederike nicht leiden kann, und erwidere nur, dass ich sie eigentlich ganz okay finde.

»Also meine gepflegten Vorurteile hat ihr Auftritt am Sonnabend wieder voll und ganz bestätigt.«

Ich schweige und höre mir an, wie Vera unsere Nachbarin als arrogant, prüde, steif und gestrig qualifiziert.

»Na ja, kein Wunder, wenn man auf so einem ollen Schloss aufgewachsen ist, fernab der wirklichen Welt, erzogen im Geiste einer adeligen Herkunft. Wahrscheinlich kann sie einem eher leidtun, unsere Baronesse.«

Übergangslos kommt Vera dann mal wieder zu ihrem Lieblingsthema Kochen und will mir klar machen, was mir entgeht, weil ich in der Beziehung null Ambitionen habe.

»Ich glaube, ich muss jetzt langsam wieder an die Arbeit«, sag ich. Sie lacht.

»Wenigstens isst du ja gern. Das ist schon mal eine gute Voraussetzung. Irgendwann wirst du merken, dass man schon das Zubereiten genießen kann, die Farben, die Düfte und die Vorfreude auf die verzückten Gesichter der Bekochten, spätestens wenn du ein Kind mit seiner Lieblingsspeise glücklich machen kannst. Tanja hat mir mal erzählt, dass sie auch erst durch ihre Kinder Spaß am Kochen gekriegt hat. Für mich ist Kochen purer Seelentrost«, beendet Vera ihren kleinen Vortrag, »und Essen natürlich auch.«

Na ja. Dann ist sie gegangen. In jedem Fall hat sie mich auf andere Gedanken gebracht. Ich setz mich jetzt gleich an meinen Auftrag, ohne erst bei Instagram vorbeizuschauen. Aber ich google noch einmal Frederikes Schloss, das mitten im Frankenwald liegt. Es stimmt schon, es muss da ziemlich einsam gewesen sein, nur eine Handvoll Häuser in einem kleinen Dorf unterhalb des Schlossbergs, die nächstgrößere Ortschaft kilometerweit entfernt. Als Kind bestimmt doof, wenn man mit anderen spielen will und so. Aber trotzdem, irgendwie hat das doch auch Glamour! Wenn ich da an meine Siedlungskindheit in Gladbach denke …

Frederike

29. Februar

Frederic, mein Ein und Alles, hat sich über das Wochenende etwas erholt. Keine neuen Anfälle, er schaut wieder fröhlich in die Welt, ist manchmal sogar recht lebhaft. Ich bin sehr erleichtert und dankbar.

Vorhin hat Henry angerufen. Er war höchst aufgeregt und hat sich immer wieder entschuldigt. Erst heute hat er mitbekommen, dass die Eltern (also doch!) einen Besuch bei mir planen um »den Spross zu begutachten, den deine armselige Schwester mit diesem Jammerlappen gezeugt hat«, wie der Alte es ausdrückte. Ja, meinem kleinen Bruder war herausgerutscht, dass ich einen Sohn habe. Er hatte mir geschworen, es für sich zu behalten, als ich ihm erzählte, dass er Onkel geworden ist, und über ein Jahr lang hat er es auch geschafft. Der Alte hat ihn aber so gemein provoziert mit bösen Bemerkungen über mich und meine Nichtswürdigkeit, dass Henry glaubte, mich verteidigen zu müssen. Und die Tatsache, dass ich einen männlichen Nachkommen für den Stammbaum geliefert habe, hielt er für das allerbeste Argument.

Armer, naiver Henry! Er ist der Einzige, der bei den Eltern geblieben ist. Nicht, dass er das gewollt hätte. Was hatte er für Träume! Balletttänzer wollte er werden, mindestens aber Schauspieler! Das hat der Alte ihm gründlich ausgetrieben, so gründlich, dass Henry schließlich nur noch verunsichert und ängstlich war und sich nicht mehr allein in der Welt zurechtfand. Nie hat er geliebt, nie die Chance gehabt, den Mann seines Lebens zu finden. Und so sitzt mein schöner, kleiner Bruder mit den kaltherzigen Alten auf ihrem finsteren Schloss und verkümmert. Und solange sie nicht sterben, wird das auch so bleiben …

Was aus unserer großen Schwester Charlotte geworden ist, die mit 20 heimlich einen doppelt so alten Amerikaner heiratete und mit ihm nach Ohio zog, weiß keiner. Sie hat sich nie wieder gemeldet. Wahrscheinlich war das für sie der einzig richtige Weg, unserem Familienelend zu entkommen. Ich hoffe, es geht ihr gut.

Henry hat geweint am Telefon, es täte ihm so leid, dass er mich verraten hätte. Natürlich habe ich ihm gesagt, dass ich ihm nicht böse bin, und plötzlich wurde er ganz hektisch und hat das Gespräch beendet, weil er den Alten kommen hörte. Henry lebt in der Hölle, immer noch. Dort, wo man uns Kinder quälte und misshandelte. Nicht körperlich, oh nein, das hatte der Alte gar nicht nötig. Er hat es geschafft, uns auch so tiefe Wunden zuzufügen …

Und jetzt? Lebe ich in der Vorhölle? Immerhin sind es noch vier Wochen bis Ostern, und ich konnte mir eine Atempause verschaffen. Außerdem frage ich mich inzwischen, ob ich mir nicht einfach den Besuch verbitten sollte. Bei Mutters erstem Anruf war ich zu überrascht, um gleich abzulehnen. Ja natürlich, ich muss nur sagen, dass ich sie nicht sehen möchte! Warum mache ich mir überhaupt so viele Gedanken darüber? Bei ihrem nächsten Anruf werde ich klarstellen, dass sie bei uns nicht willkommen sind, und basta. Wie lächerlich, dass ich mich so habe bedrängen lassen! Ich bin ein erwachsener Mensch, und die beiden können weder etwas verlangen, das ich nicht will, noch mir irgendetwas vorschreiben!

Das wäre alles einfacher, wenn ich mich auf Thomas verlassen könnte. Aber der ist ja selbst so mutlos. Und heute habe ich mich mal wieder maßlos über ihn geärgert! Tanja war mir im Hof begegnet und hatte sich fürs Aushelfen mit Fieberzäpfchen am Sonnabend bedankt. Die hätten sofort gewirkt, und inzwischen sei Jamie auch wieder völlig gesund. Ich hab mir nichts anmerken lassen, aber ich hatte keine Ahnung, wovon sie sprach. Als ich Thomas zur Rede stellte, meinte er nur, ich wäre bei Gabriella gewesen, als Tanja für ihren Kleinen dringend etwas zum Fiebersenken brauchte. Da hätte er halt eine von den fünf Packungen aus dem Medizinschrank herausgegeben, wir hätten also immer noch genug da.

Zum wiederholten Mal habe ich ihm gesagt, dass ich nicht möchte, dass er an die Sachen geht, und dass Fremde in meinem Zimmer schon gar nichts zu suchen haben. Tanja hätte es gar nicht betreten, antwortete er. Ob das stimmt, weiß ich nicht.

Aber trotz dieser Geschichte und trotz Henrys Anruf geht es mir heute ziemlich gut! Ich habe eine Verabredung ... Thomas werde ich sagen, es sei ein Abend mit ehemaligen Mitschülern aus der Abendschule, an der ich mein Abitur nachgemacht habe. Natürlich bleibt Thomas dafür gern zu Hause bei Frederic. Er findet es ja immer gut, wenn ich mal Kontakt zu anderen Leuten habe – er redet dann wie ein Therapeut, ausgerechnet er!

Ich werde also Kontakt zu jemand anderem haben, liebes Tagebuch! Heute Mittag habe ich endlich eine Nachricht geschickt, mit Herzklopfen. Eine Minute später hatte ich die Antwort. Ich treffe Mister Wonderful in einer Bar in Mitte, morgen Abend. Ich fühle mich leicht, ein bisschen wie berauscht und bin schon so gespannt … Ich werde endlich etwas nur für mich tun, genau, wie Thomas mir immer empfiehlt.

Vera

Heute war mal wieder so ein Tag. In der U-Bahn alle Sitzplätze belegt, zumeist von wohlgenährten jungen Menschen, die stupide auf ihre Smartphones glotzten, zwar beim Halt mal kurz hochschauten, aber keinen Anlass sahen, sich für Ältere, Behinderte oder Schwächere zu erheben. Irgendwann platzt mir mal der Kragen und ich werde losmeckern, so wie das alte Leute eben tun, wenn sie sich über die verkommene Jugend aufregen. Als Ziel für seinen Spaziergang hatte mein Mann auf dem Stadtplan heute die Turmstraße ausgesucht, eine ziemlich abgerockte Gegend mit Billigläden, Bäckereicafés, Currywurst- und Döner-Imbissen in Reihe. Für mich ist so ein sinnfreier Spaziergang meist verlorene Zeit, wenn ich an all das denke, was ich zu erledigen habe. Für Reinhold ist er ein buntes Bilderbuch. Leute, Häuser, Straßen – er schaut sich alles mit großer Aufmerksamkeit an. Ich sah nur an jeder Ecke übergewichtige Männer stehen, viel älter als Reinhold, deren Bäuche schwer über den Hosenbund quollen, Currywurst oder Döner essend, Zigaretten rauchend oder Bier trinkend. Manche quatschten untereinander, andere stierten stumm vor sich hin, aber alle sind scheinbar in der Lage, allein ihren Alltag zu leben. Ich fühle Hass in mir, wenn ich ihre Bierbäuche sehe. Warum musste es ausgerechnet Reinhold treffen, den sportlichen, schlanken? Ist so was Schicksal? Was ist das eigentlich – Schicksal? Wer ist dafür verantwortlich?

In den ersten Wochen nach dem großen Knacks, wenn ich verzweifelt im Bett lag und nicht wusste, wie ich das Leben zukünftig ganz allein stemmen sollte, begann ich mein diffuses Flehen noch mit »Lieber Gott«. So steckte die Konditionierung aus meiner Kindheit in mir, in der die Großen stets nur von diesem »Lieben Gott« redeten, den ich mir als gütigen alten Mann mit weißem Rauschebart vorstellte – was für ein Humbug! Inzwischen weiß ich, es gibt keinen Gott, einen lieben schon gar nicht. Würde sonst die Welt, die große da draußen genau wie meine kleine hier drinnen, so in Scherben fallen? Ich glaube, ich sollte was Schönes kochen, sonst verfall ich noch in lautes Wehklagen.

Nanu, aus der Wohnung unter uns, aus der in den letzten Wochen manchmal leises Kinderweinen zu hören war, dringen Stimmen herauf. Seit einiger Zeit passiert das öfter. Man versteht nicht, was da gebrüllt wird, aber es wird gebrüllt. Und eigentlich ist nur eine Stimme so laut. Die von Thomas ist es nicht. Kann es tatsächlich sein, dass unsere Baronesse derart die Contenance verliert?

Gern würde ich Thomas fragen, was bei ihnen los ist. Bevor Frederike zu ihm kam, hatten wir eine ziemlich vertraute Beziehung. Vor allem, nachdem seine damalige Freundin ausgezogen war, haben wir uns ein bisschen um ihn gekümmert. Er hat eine ganze Weile gebraucht, um über die Trennung hinwegzukommen. Schließlich hatten sie fünf Jahre zusammengelebt. Aber seine Kunst hat ihm geholfen. Er war sehr produktiv in der Zeit, hatte jedes Jahr ein, zwei Ausstellungen neben seinem Lehrerjob.

Mindestens einmal im Monat haben wir zusammen gegessen, mal bei uns, mal hat er bei sich gekocht und Künstlerfreunde dazu eingeladen. Es waren tolle Abende, wir hatten interessante Themen. Thomas war ein sehr kommunikativer Mensch. Aber seit er mit ihr verheiratet ist, hat er sich vollkommen zurückgezogen. Wir wechseln höchstens einmal ein paar Worte, wenn wir uns im Treppenhaus begegnen.

Erst dachte ich, er hat jetzt seine eigene Familie, er braucht uns einfach nicht mehr. Inzwischen glaube ich, es liegt an ihr. Sie möchte mit Leuten wie uns nichts zu tun haben. Vielleicht sind wir ihr nicht fein genug. Sie hat etwas Herablassendes an sich, lässt sich wahrscheinlich nicht vermeiden, wenn man aus so einer hochwohlgeborenen Familie kommt.

Thomas tut mir leid. Ich finde auch, er sieht in letzter Zeit nicht gut aus, ist alt geworden. Im Grunde seines Herzens ist er ein Künstler. Bevor er Frederike kennenlernte, hatte er an der Schule eine halbe Stelle, mit dem Verdienst und ein paar verkauften Bildern ab und zu konnte er recht gut leben. Er hoffte, den Lehrerjob irgendwann ganz aufgeben zu können. Da sie aber noch eine Weile nur Mutter zu sein gedenkt, wie sie uns bei dem Frühstück erzählte, muss er nun Vollzeit arbeiten, um für die Familie zu sorgen, und kommt kaum noch zum Malen. Das tut ihm nicht gut.

Ich hatte mich so für Thomas gefreut, als er Frederike kennenlernte. Er ist nicht fürs Alleinleben gemacht, wer ist das schon? Ich allerdings wünschte mir manchmal nichts mehr, als endlich einmal wieder allein zu sein, nur für mich sorgen zu müssen, mir den Tag nach meinem Gusto einteilen zu können, ins Bett zu gehen, wann ich möchte, mal ins Kino, ins Museum, spontan zu verreisen – aber ich komme ins Träumen …

Nein, Thomas war glücklich, wieder eine Gefährtin gefunden zu haben. Misstrauisch machte mich allerdings, dass er uns Frederike nicht vorstellen wollte. Anfangs dachte ich, na ja, er ist frisch verliebt, da will er sie ganz für sich haben, die beiden Turteltäubchen wollen allein sein. Mittlerweile bin ich überzeugt, dass sie es von Anfang an ablehnte, Kontakt zu seinen Freunden aufzunehmen.

Die beiden haben ein ganz entzückendes Kind, und sicherlich ist Frederike eine perfekte Mutter, die den Kleinen behütet, sich für ihn aufopfert, gerade jetzt, wo er so häufig kränkelt. Aber Thomas tut diese Frau nicht gut. Ich werde ihn einfach mal besuchen, wenn sie nicht da ist. Oh ja, das mache ich! Ich backe eine Himbeertarte mit Frangipane, die mochte er immer so gern, und bringe ihm ein Stück vorbei. Er ist wirklich ein lieber Mensch, und vielleicht hilft es ihm ja, wenn er mal mit jemandem reden kann.

Kapitel VII

Es gab eine Zeit, da hielt Vera sich für glücklich. Auch sie lebte mit ihren zwei wichtigsten Menschen, Vater-Mutter-Kind, eine glückliche Familie. Becky ging zur Schule, Reinhold betrieb seine kleine Filmproduktion, hatte Freude an seiner Arbeit, und Vera schrieb für verschiedene Zeitungen.

Es ging bei ihnen immer sehr kommunikationsfreudig zu. Bei den gemeinsamen Abendessen wurde gequatscht und diskutiert, sie hatten viel Spaß zusammen und saßen manchmal stundenlang am Esstisch. Veras Befürchtungen, es würde einsamer, schwieriger, wenn Becky zum Studium aus dem Haus ginge, trafen nicht ein. Sie hatten oft Gäste, unternahmen viel zu zweit und wuchsen noch enger zusammen. Es waren ein paar richtig gute Jahre, und sie wollten noch so viel zusammen machen ... Bis innerhalb von Sekunden ihr Leben auf den Kopf gestellt wurde.

Jenny

Fühle mich mal wieder zwischen Baum und Borke und warte, muss abwarten, dass diese dämliche Blutung vorübergeht, und dann können wir Ende nächster Woche endlich einen neuen Versuch starten. Manchmal beschleicht mich so ein Gefühl von Überforderung, Kai immer wieder zu ganz bestimmten Terminen zum Babymachen zu motivieren. Vor allem weil ich selbst seit einiger Zeit im Bett so lustlos bin. Ich glaube, ich sehe Sex irgendwie nur noch als Mittel zum Zweck und hab gar keinen Spaß mehr daran. Ich strenge mich zwar unglaublich an, mir nichts anmerken zu lassen, aber bestimmt kriegt Kai das auch mit. Was für eine bescheuerte Situation! Wie komm ich da nur wieder raus?

Jetzt brauche ich erst mal jemanden zum Reden. Eigentlich hab ich gedacht, ich könnte mit Frederike heute endlich einen Kaffee trinken, wie ich ihr bei Veras Frühstück vorgeschlagen hab. Aber als ich vorhin klingelte, hat niemand aufgemacht. Vielleicht ist der kleine Freddy noch krank und sie wieder mit ihm beim Arzt. Auf Vera und ihre ewigen Mord- und Kochgeschichten hab ich heute keinen Bock.

Tanja ist am späten Nachmittag meistens zu Hause, aber fast immer wuseln ihre Kids um einen rum und fordern

Aufmerksamkeit, dabei kann man nicht so richtig in Ruhe quatschen. Außerdem weiß ich nicht, wie Tanja mein Problem sieht, ob es für sie überhaupt eines ist. »Nichts ist entspannender, als einfach anzunehmen, was kommt«, hat sie neulich so einen Spruch vom Dalai Lama zitiert und gelächelt. Sie ist irgendwie so ganz anders drauf. Bei ihr regelt sich alles wie von selbst, eins greift ins andere, alles, was passiert, hat seinen tieferen Sinn, und man weiß nie, wozu es gut ist. Meine Ungeduld und meinen Frust versteht sie wahrscheinlich gar nicht, weil für sie alles irgendwie Karma ist – was auch immer sie damit meint. Und die Schwierigkeit, schwanger zu werden, kann die fruchtbare Tanja wahrscheinlich eh nicht nachvollziehen.

Muss ich halt jemanden anrufen, ich brauche dringend ein paar Streicheleinheiten. Aber wen? Hanna? Ach, die ist bestimmt wieder im Zwillingsstress und muss dauernd das Gespräch unterbrechen. Leni? Ich mag meine ältere Schwester, aber für meinen Kummer ist sie genau die Falsche. Sie arbeitet in einem großen Kaufhaus in Mönchengladbach als Einzelhandelskauffrau, also eigentlich als Verkäuferin bei den Haushaltswaren. Und jetzt, wo die ersten beiden aus dem Gröbsten raus sind, ist sie zum dritten Mal schwanger, ungewollt schwanger. Sie wollte das Kind nicht. Aber für ihren Mann Salvatore, aus sizilianischer Großfamilie und ziemlich katholisch, kam ein Abbruch keinesfalls infrage. Mein Unfruchtbarkeitsdilemma geht ihr also sonst wo vorbei. Das klappt schon noch, sagt sie immer, grad dann, wenn du's nicht brauchen kannst, guck mich an! Diese Sprüche nützen mir herzlich wenig.

Kurz entschlossen ruf ich Mama an. Die arbeitet im gleichen Kaufhaus hinter der Wursttheke. Ich bin die Einzige aus der Familie, die aus Mönchengladbach weggegangen ist. Ich bin auch die Erste, die studiert hat, Theaterwissenschaft, wenn auch nicht zu Ende.

»Meier?«

Dienstag hat Mama immer frei.

»Mama, ich bin's!«

»Jennifer, Schätzken! Is wat passiert? Haste Ärger mit deinem Kai?«

Typisch Mama! Das Schlimmste, was sie sich vorstellen kann, sind Probleme mit dem Mann. Sie als allein erziehende Mutter war heilfroh, als ich, mit Ende 20 in ihren Augen schon ein altes Mädchen, endlich eine feste Beziehung eingegangen bin. Meine Schwester hatte da schon zwei Kinder. Und von Kai ist Mama tief beeindruckt. »Der bring et ma zu wat«, war ihr erster Kommentar nach dem Kennenlernen, »den musste dir warmhalten!«

»Mit Kai ist alles paletti, Mama. Ach, es ist so doof. Ich werd einfach nicht mehr schwanger.«

»Dat wird schon wieder, mach dir ma kein Kopp! Denk einfach nich so viel dran, und dann geht dat ganz von allein. Ihr seid doch zwei gesunde junge Leute! Und Spaß im Bett habt ihr doch auch zusammen, oder?«

Diese offene Frage meiner Mutter ist mir etwas peinlich, zumal sie den Nagel genau auf den Kopf trifft. Aber ganz so intime Gespräche möchte ich dann doch nicht mit ihr führen. Meine Mutter redet, wie ihr der Schnabel gewachsen ist, so etwas wie »gute Kinderstube« hatte sie nicht. Meine Schwester und ich übrigens auch nicht. Ich war zwei, als unser trinkfreudiger Vater die Familie im Stich ließ, und Mutter war froh, uns Mädels irgendwie durchzubringen, war stets am Malochen, hatte wenig Zeit, uns gute Manieren beizubringen, dafür gab es viel Liebe.

»Ja, Mama, das klappt zwischen uns, und angeblich ist bei mir auch gesundheitlich alles in Ordnung. Aber ich werd halt einfach nicht schwanger. Ich überleg schon, ob wir beide zu einer Beratungsstelle gehen sollen.«

»Wat willste da?«

»Na ja, vielleicht sagen die, dass sich auch Kai mal untersuchen lassen sollte …«

»Nää, dat würd ich nich tun! Männer sind da komisch. Dat tut der dir vielleicht übel nehmen.«

Typisch Mama! Ich kann sie sogar irgendwie verstehen. Ich selbst versuche ja auch, zu Hause für gute Stimmung zu sorgen und Konflikte zu vermeiden. Ich wechsle das Thema. Mama, die immer so unglaublich positiv denkt, bringt mich bei meinem Anliegen heute nicht so richtig weiter.

»Du musst uns auf jeden Fall bald besuchen kommen, Mama. Unsere neue Wohnung hier in Kreuzberg ist klasse, und Platz für Besuch haben wir auch genug.«

»Wenn dat Baby da ist, dann komm ich bestimmt. Aber du weißt ja, die große Stadt ist sonst nix für mich, außerdem war ich ja auch schon in Berlin! Nää, ich fahr lieber mit so eine Busreise von Kalwitzki für ein paar Tage an den Gardasee, da hab ich mehr von.«

»Na, dann muss ich dich wohl bald mal besuchen kommen?«

»Ach ja, mein Schätzken, dat wär schön!«

Wenn sie mir auch konkret nicht helfen konnte, es tut immer gut, mit Mama zu quatschen. Sie lässt mich spüren, dass ich ihr wichtig bin, sie möchte, dass es mir gut geht, sie hat mich halt lieb, meine Mama, einfach so, bedingungslos und immer.

Vera

Ausnahmsweise gönnen wir uns heute ein Dessert nach dem Abendessen. Der Duft der frisch gebackenen Tarte hing in der ganzen Wohnung, als Reinhold dazukam, wie ich gerade die Himbeeren aprikotierte. Er zeigte sofort, wonach ihm der Sinn stand.

Bei den ersten Bissen schließt er verzückt die Augen und seufzt lustvoll. Das Genießen von köstlichen Speisen ist etwas, das uns nach wie vor verbindet, das wir teilen können, ohne darüber reden zu müssen. Die leicht säuerliche Frische der Früchte auf der weichen, süßen Mandelmasse, die auf buttrigem Mürbteig ruht, ist eine wirklich betörende Kombination. Reinhold, der sonst stets nur seinen Teller leer isst und keinen Nachschlag nimmt – egal, ob es sich um eine große oder kleine Portion handelt – fordert ein zweites Stück. So lassen sich mit Gaumenschmeicheleien sogar die Zwanghaftigkeiten eines autistisch veranlagten Hirngeschädigten austricksen, ein Sinnesreiz offensichtlich, der seine Defizite überwindet.

Es ist der 1. März, und ich meine, den Frühling schon ahnen zu können. Bei unserem Spaziergang am Nachmittag floss die Luft ganz mild um uns herum, und der abendliche Himmel leuchtet jetzt aquamarin. Ich stehe in der Dämmerung auf dem Balkon und schaue unsere Straße entlang, die mir schon so lange vertraut ist. Zu Anfang gab es noch viele kleine Läden. Von Eisenwaren über Stoffe, Lampen und Schreibwaren konnte man alles kaufen, daneben existierten natürlich Bäcker, Schlachter und Tante Emma. Heute gibt es vor allem Cafés, davon viele bio, manche vegan, ein paar hippe Klamottenläden und angesagte Bars, die erst spät am Abend öffnen, für Jungvolk und Touristen aus aller Welt, die unser Viertel bevölkern.

Einzig das Café, in dem Tanja arbeitet, hat noch ein bisschen was von dem alten Kreuzberger Charme, der immer Mischung hieß. Dort sitzen manchmal noch Alteingesessene. Ansonsten werden die Typen, die im Jogginganzug ihre Alditüten schleppen, und die Omas mit Stock und Rentnerporsche oder die stark geschminkten Damen mit Betondauerwelle, die gern auf der Dachterrasse bei *Karstadt* am Herrmannplatz Kaffee trinken, immer weniger. Früher lebten hier Hausbesetzer neben integrierten Deutschtürken mit geringen Deutschkenntnissen und neben kernigen Berliner Handwerkern junge Studentenfamilien, Künstlerpunks neben Rentnerpaaren.

Heute sind viele Häuser luxussaniert, gut verdienende Paare ohne Kinder und wohlhabende Pensionäre ließen sich nieder, auch einen Zweitwohnsitz in Berlin finden viele absolut chic, wohlhabende Griechen und Spanier kauften in der Krise Immobilien. Manchmal trauere ich dem alten Westberlin richtig nach. Es war so schön überschaubar und irgendwie normaler als heute, aber gleichzeitig auch wilder und origineller, und manche der Spießer, die sich jetzt hier breitmachen, trauten sich aus Angst vor dem Transit durch die DDR gar nicht her.

Trotzdem wohne ich an diesem Ort immer noch gern, so viele Erinnerungen hängen daran. Becky war ein Kleinkind, als wir eingezogen sind. Auch Reinhold will aus der Wohnung nicht weg. Veränderungen kann er sich ohnehin nicht mehr vorstellen, die untergraben seine Sicherheit, die aus vertrauten Orten, eingespielten Ritualen und mir besteht. Solange wir es ohne Aufzug in den dritten Stock schaffen, werden wir also wohnen bleiben.

Ich sehe, wie Frederike die Straße vor unserem Haus überquert. Zügigen Schrittes biegt sie in die Gräfestraße ein, ihr langes Haar weht ihr nach wie ein Schleier. Sie scheint es eilig zu haben. Das ist doch eine gute Gelegenheit! Ich packe zwei große Stücke von der Himbeertarte auf einen Teller.

»Bin mal kurz bei Thomas!«

Reinhold nickt und lässt sich beim Fernsehen nicht stören. Fasziniert folgt er den Wanderungen von Störchen, Kranichen, Singschwänen in ihre Winterquartiere. Seit er das Reisen außerhalb Deutschlands ablehnt – ob aus Angst vor fremder Umgebung oder um seine Gesundheit, ist nicht aus ihm herauszubekommen – schaut er bevorzugt Dokumentationen, die ihn in ferne Länder und Landschaften entführen. Becky wünscht sich so sehr, dass wir sie in New York besuchen, auch um die Familie ihres Freundes John kennenzulernen. Aber da ist nichts zu machen. Wie ein kleines Kind, das etwas nicht will, schüttelt Reinhold ein ums andere Mal seinen Kopf und ist keinem Argument zugänglich, wenn Becky ihn zu einem Besuch bei ihr überreden will.

Als ich nach über einer Stunde wiederkomme, ist er bei einer Talkshow gelandet. Reinhold liebt Talkshows und scheint auch das Meiste zu verstehen, was die Leute dort reden. Im richtigen Leben dagegen sind ihm Gesprächsrunden ein Gräuel. Wenn alle durcheinander reden, von Thema zu Thema springen und er zu folgen versucht, das überfordert sein Gehirn. Anschließend ist er völlig fertig, sucht nur Ruhe und muss sich hinlegen. Es ist immer wieder erstaunlich, welche Fähigkeiten Reinhold bewahrt hat und welche nicht. Das menschliche Gehirn ist wirklich ein unergründliches Organ, über die Maßen kompliziert.

Thomas hatte ziemlich erstaunt geschaut, als ich mit meinem Teller vor der Tür stand. Er bat mich rein, nicht ohne gleich zu sagen, dass Frederike bei einem Klassentreffen sei und erst spät zurückkäme. Auf mich wirkte das so, als ob wir keine Angst haben bräuchten, dass sie uns bei etwas Verbotenem erwischt. Er tut mir wirklich leid.

Auf mein »Wie geht's?« antwortete er, alles prima, alles wunderbar. Das Leben mit dem Kind sei halt ein anderes als früher, und dass der Kleine so oft kränkle in letzter Zeit, mache ihnen große Sorgen. Doch ich bin ja hartnäckig, und schließlich gab er zu, dass er unter seinem Schuljob leidet, dass seine Künstlerseele leidet. Ich fragte ihn, ob es nicht besser wäre, wenn Frederike auch arbeitete. Er hob nur hilflos seine Schultern, aber er verteidigte tapfer ihre Entscheidung, zu Hause zu bleiben, verhielt sich so loyal, wie es nur geht.

Er bewundert sie maßlos, wie mustergültig sie mit dem Kind umgeht, wie besonnen sie sich verhält, wenn der Kleine krank ist. Und wenn Thomas darunter leidet, dass er seiner künstlerischen Arbeit nicht nachgehen kann, findet sie das in Ordnung? Wenn sie so sensibel auf die Bedürfnisse des Kindes reagieren kann, dann müsste sie doch eigentlich auch sehen, wenn ihr Mann leidet wie ein Hund.

Aber kein Anflug einer Beschwerde kam über Thomas' Lippen. Weiß die Frau überhaupt, was er für sie opfert? Weiß sie, was für einen wunderbaren Mann sie hat, der nichts Kritisches über sie verlauten lässt?

Die Kinderbetreuung liegt, bis auf wenige Ausnahmen so wie heute Abend, allein bei Frederike. Sie lehnt jegliche Hilfe von außen ab. Es gibt keine Babysitter, keine Tanten und Onkel, auch Großeltern tauchen in Frederics Leben nicht auf. Thomas' Eltern sind schon lange verstorben, und was mit denen von Frederike ist, bekam ich nicht raus. Nicht mal Thomas scheint etwas über sie zu wissen. Sie wohnen auf ihrem Schloss im Frankenwald, einmal hat er sie auf der Hochzeit – zu der sie übrigens gar nicht eingeladen waren! – kurz gesehen. Er weiß nichts über Frederikes Kindheit und Jugend, nichts Genaues über ihre Geschwister, sie spricht nicht darüber. Und zu ihren Eltern hat sie scheinbar keinerlei Verbindung. Für mich hört sich das alles sehr eigenartig an. Aber Thomas akzeptiert es offensichtlich widerspruchslos.

Auch in meiner Familie ist nicht alles Gold. Unsere Mutter ging mir zeitweise sehr auf die Nerven mit ihrer Angewohnheit, sich in mein Leben einzumischen, alles besser zu wissen und mir Vorschriften machen zu wollen, als ich längst erwachsen war. Und wir haben uns manchmal böse gestritten. Immer noch ist meine greise Mutter eine anstrengende Frau … Aber der Gesprächsfaden zwischen uns ist nie abgerissen.

Nach einer Stunde bemerkte ich, wie Thomas immer wieder zur Uhr sah. Fürchtete er, dass seine Frau doch schon nach Hause kommen könnte? Mir tut es in der Seele weh, wie dieser vormals lebensfrohe, kreative Mensch verkümmert. Hab mich dann auch bald verabschiedet. Ich will ja nicht, dass es meinetwegen eine Ehekrise gibt.

Frederike

2. März

Es ist spät geworden gestern, erst nach 1 Uhr kam ich nach Hause. Ich hätte es mir denken können: Thomas war noch wach, hatte extra auf mich gewartet. Er wollte wissen, ob ich einen angenehmen Abend hatte. Als ich bejahte und anfügte, war richtig schön, die Leute von damals wieder zu sehen, wir hatten viel Spaß, wirkte er ehrlich erfreut.

Unsere bösen Auseinandersetzungen von vorgestern waren vergessen. Nicht nur die Sache mit den Fieberzäpfchen, er hatte auch noch ausgerechnet für gestern Abend ein Treffen mit einem Galeristen vereinbart. Ein sehr wichtiger Termin, wie er meinte, er könne vielleicht bei dem Mann mal wieder ausstellen. Doch nie und nimmer war ich bereit, auf meine heiß ersehnte Verabredung zu verzichten. Als er das merkte, hat Thomas allen Ernstes vorgeschlagen, wir könnten doch unsere Nachbarin als Babysitterin holen! Ausgerechnet diese unappetitliche Jenny, bei der man nicht weiß, ob sie mit Frederic womöglich verschwindet, weil sie verrückt nach einem Baby ist! Nachdem ich ziemlich böse geworden bin, hat Thomas schließlich doch nachgegeben und gemeint, er würde versuchen, sein Treffen mit dem Galeristen zu verschieben.

Ich halte ohnehin nichts von seinen Ausstellungsplänen, die ihn zu intensiver Kunstproduktion verpflichten würden, was seine bereits vorhandene Überforderung sicher um ein Vielfaches verstärken würde.

Vor allem aber wollte ich auch einmal wieder an mich denken, was Thomas mir ja immer wieder nahelegt. Und es war schließlich meine erste abendliche Verabredung seit Frederics Geburt, die ich wahrnehmen wollte, wahrnehmen musste, denn sie war für mich so wichtig wie Wasser für einen Verdurstenden in der Wüste. Und jetzt bin ich mehr als froh, dass ich meine Interessen durchgesetzt habe, liebes Tagebuch! Es war ein Abend – ich kann es gar nicht in Worte fassen …

Mister Wonderful – so nenne ich ihn – sieht fantastisch aus und ist so stark! Er weiß genau, was er will. Ich muss nicht für ihn denken, so wie bei Thomas, im Gegenteil, ich kann mich ganz seiner Regie überlassen, denn er weiß sogar, was ich will. Aus der Bar führte er mich in das Loft, in dem er arbeitet. Wir tranken Champagner und … jetzt weiß ich endlich wieder, was es heißt lebendig zu sein, liebes Tagebuch!

»Das war gut. Das sollten wir wiederholen«, meinte er zum Abschied, zog mein Gesicht zu sich heran, und ich erlaubte ihm zumindest, mich auf die Wange küssen, »oder, meine Schöne?«

Im Taxi, das er mir rief – er wollte im Büro übernachten – saß ich mit geschlossenen Augen und genoss die Erinnerung an die wilden, dunklen Stunden. Und dann kam ich hier an und hätte mich fast schon wieder mit Thomas gestritten.

In der Küche stand ein fremder Teller mit einem Stück Kuchen. Den hatte ihm Frau K. vorbeigebracht. Natürlich hat er sie hereingebeten, und sie haben zusammengesessen und gequatscht. Nur kurz, behauptete er. Aber ich kenne doch unsere redselige Nachbarin! Und ich kenne ihre Neugierde. Benutzt den Kuchen als Türöffner, und schon ist sie am Ziel. Sie hätten sich sehr nett unterhalten, meinte mein ahnungsloser Mann. Ich unterdrückte meinen aufkommenden Zorn. Mit Sicherheit hat Frau K. die Gelegenheit genutzt, um hier herumzuschnüffeln!

Was kann ich machen, um das zukünftig zu verhindern? Frau K. und Jenny wirken ziemlich eng miteinander, und ich trau keiner von beiden. Und Tanja macht ja auch immer wieder Annäherungsversuche. Ich bin ihr begegnet, als ich heute Nacht mit dem Taxi hier angekommen bin. Sie kam von ihrem Job, und ich hatte das Gefühl, sie hätte gern mit mir gequatscht. Genau das brauchte ich zu dem Zeitpunkt wirklich nicht.

Ich möchte jedenfalls in meiner Abwesenheit niemanden von den dreien hier haben – in meiner Anwesenheit im Übrigen auch nicht. Thomas muss einfach einsehen, dass diese Frauen in unserer Wohnung nichts zu suchen haben. Keinesfalls möchte ich auf meine nächste Verabredung mit Mister Wonderful verzichten – ich brauche das wie die Luft zum Atmen, liebes Tagebuch!

Tanja

»So, Dayo und Elani, hier steht das Apfelmus, den Teig hab ich euch fertig gemacht. Rührt ihn noch mal gut durch vor dem Backen. Und nicht vergessen, vor dem Teig das Fett in die Pfanne geben. Wenn ihr loslegen wollt, holt ihr Jamal und zeigt ihm, wie das geht: echte Pfannkuchen backen.«

Gestern und heute habe ich die Spätschicht im *Méditerranée* übernommen, weil Patricia zur Beerdigung ihres Opas nach MeckPomm fahren musste. Normalerweise hätte ich Omi gefragt, ob sie vorbeikommen kann. Ich weiß, sie macht das echt gerne. Doch sie hat ja immer noch ihr Gipsbein, worüber sie sich jedes Mal bitter beschwert, wenn wir telefonieren, und sitzt in ihrer Wohnung fest. Am Wochenende muss ich sie unbedingt wieder besuchen!

Aber meine beiden Großen sind echt klasse! Sie kümmern sich um Jamie, machen sich ihr Abendessen, und gestern haben sie sogar abgewaschen und anschließend die Küche picobello aufgeräumt. Es ist natürlich auch beruhigend, dass Jamal noch da ist, aber auf Dayo und Elani kann ich mich wirklich verlassen, wenn's drauf ankommt.

Vorhin habe ich länger mit Dylan über *Skype* gequatscht. Sie hatten heute die ersten Proben für das Benefizkonzert. Seine Begeisterung ist richtig ansteckend. Ich hoffe, es kommen ganz viele Leute und sie spielen richtig viel Geld für das Wasserprojekt in Somalia ein. Dylan war ganz erfüllt davon. Außerdem hat er dabei einige interessante Leute kennengelernt, und Kontakte sind immer gut im Musikgeschäft!

Mit den Aufnahmen für seine CD geht es auch gut voran. Dylan hat zwölf neue Songs geschrieben. Ungefähr die Hälfte davon begleitet er nur auf seiner akustischen Gitarre, aber für die anderen haben sich ein paar seiner Musikerfreunde spontan zu einer Band zusammengefunden. Er hat mir kurz ein paar Aufnahmen vorgespielt – klingt alles echt super. Ich hoffe so sehr, dass er damit endlich einen Vertrag bei einer großen Produktionsfirma bekommt.

Zum Schluss hat er gesagt, dass er noch eine Überraschung für mich hat. Aber er verrät nix, ich muss mich noch bis zu seiner Rückkehr gedulden. Und wie ich mir schon dachte, wird er erst nach St. Patrick's zurückgekommen, das heißt also noch zwei Wochen ohne meinen Schatz. Ach ja!

Aber keine Zeit für Trennungsschmerz, jetzt muss ich mich wirklich beeilen. Gerade fällt mir ein, dass mir gestern beim nach Hause kommen Frederike schon wieder begegnet ist. Sie stieg aus einem Taxi und hat mich erst gar nicht gesehen. Und als sie mich entdeckt hatte, hielt ihre Freude sich auch in Grenzen. Ich hab sie gefragt, ob sie einen schönen Abend hatte. Aber sie war so cool wie immer, kein Wort zu viel, sagte nur, dass es ganz nett war, und huschte an mir vorbei die Treppe hoch. Zumindest aber sah sie irgendwie ganz entspannt aus. So, ich stürze mich jetzt auch ins Vergnügen. Wenn ein paar von den netten Stammgästen da sind, kann die Arbeit ja auch wirklich Spaß machen im *Méditerranée*.

Kapitel VIII

Es wird heller in unserer Straße, ganz vorsichtig kündigt sich der Frühling an, doch manche dunkle Wolken wollen nicht weichen.

Das Babyglück um sie herum macht Jenny traurig. Alles in ihrem Kopf kreist nur um das Baby, das sie nicht hat. Platz für Gedanken an andere Dinge hat sie nicht. Sie fühlt sich nutzlos und unfähig, dabei hat sie doch so viel Liebe zu geben.

Doch auch mit Kind ist man nicht nur glücklich. So wie Frederike, in deren Leben trotz ihres liebenswerten kleinen Jungen immer wieder die Schrecken aus der Vergangenheit die Oberhand gewinnen.

Vera kämpft sich tapfer durch die Tage, nimmt alles, wie es kommt, weiß, es wird nur schlimmer, wenn sie sich dagegen wehrt. Der Weg zum Glück ist das Glück. Das hat Buddha gesagt, wie Tanja ihr erklärte, die davon überzeugt ist. Aber wenn man gar nicht weiß, was das Glück ist ...

Jenny

So, das Badezimmer hab ich mir bis zum Schluss aufgehoben. Das putze ich am liebsten. Ich hätte ja gern zwischendurch mit Frederike einen Kaffee getrunken, aber sie ist in Sorge wegen des Kleinen. Der hatte schon wieder so einen Anfall, und falls es sich wiederholt, muss er für länger in die Klinik, damit sie der Sache auf den Grund gehen. Sie ist wirklich nicht zu beneiden. Es muss schrecklich sein, wenn man ständig Angst um sein Kind haben muss!

Ich sprühe reichlich Putzmittel in die Wanne und schrubbe kräftig, das tut gut. Wir haben keine Putzfrau, weil Kai meint, ich sei ja ohnehin jeden Tag zu Hause und hätte beruflich nicht so viel zu tun. Hat er ja auch irgendwie recht, und wenigstens bewege ich mich auf die Art ein bisschen, denn Sport ist nicht so mein Ding. Ich putze eigentlich ganz gern. Außerdem ist Putzen meine beste Therapie, wenn ich mich mies fühle. Und heute fühle ich mich nicht nur mies, ich fühle mich erbärmlich!

Vorgestern Nachmittag war ich eingeladen zu Nicoles *Babybelly Party*, und ich dumme Kuh bin auch hingegangen. Damit fing das ganze Elend an. Ich hätte vorher wissen können, dass mich diese Party total runterziehen wird! Wir kennen uns noch aus dem Studium, Nicole und ich, und ihrem engeren Kreis gehöre ich eigentlich gar nicht an. Ich rätsele, wie ich zu der Ehre gekommen bin, teilnehmen zu dürfen.

Sandra und Isabel, ihre besten Freundinnen, die eine im dritten Monat schwanger, die andere bereits Mama, haben das Ganze organisiert. Wir waren zu acht, nur Frauen. Nur noch eine außer mir war da, die weder ein Kind hat noch schwanger ist. Es war meine erste *Baby Party*, und ich dachte, macht bestimmt Spaß, irgendwas Niedliches für Nicoles Baby schenken, Dekorationsideen sammeln und überhaupt mal sehen, wie so was läuft.

Nicole ist im siebten Monat und hat einen unglaublich riesigen Bauch. Sie trug ein ganz süßes, pastellfarben geblümtes Kleid und sah wunderschön und sehr glücklich aus. Schon da wurde mir ganz komisch. Sandra und Isabel hatten das Wohnzimmer in eine Babytraumwelt verwandelt, überall Papierblumen, Girlanden, Fähnchen und Luftballons in rosé und bleu mit »Babygirl«- und »Babyboy«-Schriftzug. Auf dem Büffet lagen Servietten mit Babymotiven, und zum Essen standen Cupcakes bereit, Kekse mit Zuckerguss in Stramplerform, Macarons, ein Napfkuchen mit Kerzen besteckt, und alles, wirklich alles, in Hellblau und Rosa – bis auf den gesunden Obstsalat. In der Mitte des Tisches stand als Dekoration eine aus Windeln gebastelte Torte, verziert mit Schleifchen und Blümchen.

Wir tranken Säfte, Smoothies und Kräutertee, spielten *Baby Stadt-Land-Fluss* und malten mit Fingerfarben ein lustiges Bellybild auf Nicoles Bauch, mit dem wir uns dann alle fotografierten, um es sogleich auf *Instagram* zu posten. Als Nicole die Windeltorte anschnitt, einer der Partyhöhepunkte, quoll himmelblaues Konfetti hervor, und alle, ich eingeschlossen, klatschten und kreischten hysterisch: Ein Junge, es wird ein Junge! Auf der einen Seite fand ich das alles total albern und übertrieben, aber am liebsten wäre ich natürlich an Nicoles Stelle gewesen. Als dann der werdende Papa nach Hause kam, extra früher aus dem Büro, und wir mit ihm anstoßen sollten mit Sekt Curacao blue, wegen Babyboy, bin ich gegangen. Ich konnte so viel werdendes Elternglück nicht ertragen ... das war vorgestern.

Und dann hatte ich gestern diesen Scheißabend! Ich hatte geduscht und Haare gewaschen, meine schärfste Unterwäsche angezogen und wartete, nur mit meinem Morgenmantel bekleidet, auf Kai. Sushi hatte ich besorgt und einen guten Wein und den Tisch nett gedeckt. Wer nicht kam, war er. Dabei hatte ich ihn am Morgen extra noch daran erinnert, dass es wieder einmal so weit ist. Gegen 21 Uhr habe ich ihn angerufen. Ziemlich unfreundlich meinte er, dass ihm unerwartet ein beruflicher Termin dazwischengekommen sei. Hätte er sich nicht melden können, der Doofmann? Natürlich habe ich nicht gemeckert, ich weiß ja, wie empfindlich er auf so was reagiert. Berufliche Verpflichtungen sind heilig, und schließlich bringt er das meiste Geld nach Hause – jaja.

Ich hatte mich also wach gehalten. Als ich gegen 23.30 Uhr endlich den Schlüssel im Türschloss hörte, zündete ich schnell die Kerzen im Schlafzimmer an. So verführerisch wie möglich drapierte ich mich auf dem Bett, in der Annahme, er würde sich sofort auf mich stürzen. Doch ich hörte nur, wie er sich etwas aus dem Kühlschrank holte und dann im Wohnzimmer die Glotze einschaltete.

Boah! Enttäuschung und Wut überfielen mich gleichzeitig, ich drückte mein Gesicht in die Kissen, stieß lautlose Schreie aus und haute mit der Faust aufs Bett. Ich hätte Kai in dem Moment ermorden können! Nach ein paar Minuten regte ich mich langsam ab, wurde vernünftig und begann, strategisch zu denken. Wenn du ein Baby willst, dann musst du jetzt handeln, dann musst du ihn rumkriegen, das hat bis jetzt ja immer noch geklappt! Los, streng dich an!

Barfuß schlich ich ins Badezimmer, kontrollierte vor dem Spiegel mein Make-up und öffnete das Band von meinem Negligé. Ich rückte meine leider sehr übersichtlichen Brüste im BH zurecht, sodass sie eine Fülle versprachen, die nicht vorhanden ist, und zog die mitgebrachten High Heels an. Stimmt es eigentlich, dass Männer diese Verkleidung scharf macht, ging es mir durch den Kopf. Irgendwie verrückt, was ich hier anstelle, um meinen Freund zum Vögeln zu motivieren, dachte ich auch. Und dass Männer da ganz anders sind: Die küssen dich, vermeintlich leidenschaftlich, fassen dir an die Titten und denken, wenn ihr bestes Teil schön hart in der Landschaft steht, überzeugt es eh von allein.

Gut, oder auch nicht. Gestern jedenfalls traf keine meiner Theorien zu. Schon bei meinen ersten Versuchen merkte ich, dass Kai nicht so richtig in Fahrt kam. Ich hätte es gleich sein lassen sollen, aber ich hatte so auf unseren fruchtbaren Abend gewartet, dass ich ihn keinesfalls ungenutzt verstreichen lassen wollte. Also kraulte ich und gurrte, ich biss und leckte, wand mich und stöhnte – es passierte nichts!

Am allerschlimmsten war, dass ich mich selbst auf einmal wie in einem Film da knien sah, wie ich mich abmühte, während Kai mit Bierflasche auf dem Sofa fläzte und immer noch der Fernseher lief. Ich fühlte mich so elend, so würdelos, und trotz meines Einsatzes bis zur Selbstaufgabe kriegte Kai ihn nicht hoch. Das war noch nie passiert!!!

Sofort fühlte ich mich schuldig, und weil ich mal gehört hatte, dass man diskret über so ein Versagen hinweggehen sollte, damit für den Mann das Erlebnis nicht traumatisch wird, wollte ich Kai irgendwie trösten. Doch der meinte ganz lässig, er sei halt müde, die Verhandlungen mit dem Geschäftspartner seien sehr anstrengend gewesen, und sie hätten anschließend ziemlich viel getrunken, um den erfolgreichen Deal zu feiern. Er sei heute einfach nicht in der Stimmung fürs Babymachen.

»Denn das ist es doch, warum du dich so anstrengst, oder?«, meinte er noch mit spöttischem Gesicht, gab mir einen Klaps auf den Po und schickte mich ins Bett.

Was hab ich falsch gemacht? Liegt das wirklich an meiner Fixierung aufs Babymachen? Setze ich Kai damit zu sehr unter Druck? Bilde ich mir nur ein, dass er mich nicht mehr begehrt? Sind wir einfach schon zu lange zusammen? Fehlt mir die Fantasie beim Sex? Kommt das jetzt öfter vor, dass es bei ihm nicht klappt?

Ich fühlte mich total allein und unglücklich und heulte still in die Kissen, bis ich einschlief. Heute Morgen war Kai ganz normal. Wir verloren beide kein Wort über gestern Abend. Ob ich so schnell wieder einen Babymachversuch starte, weiß ich nicht. Ich darf mich beim Sex vor allem nicht nur auf meine fruchtbaren Tage konzentrieren, damit Kai nicht denkt, das wäre mir nur dann wichtig.

Hach, es geht mir beschissen! Warum muss das Leben nur so kompliziert sein?

Frederike

11. März

Wie nah doch Himmel und Hölle beieinanderliegen können ... muss das immer so sein? Ich hatte gestern meinen zweiten Abend mit Mister Wonderful. Es war atemberaubend, überwältigend, einfach unbeschreiblich. Kurz vor Mitternacht saß ich noch völlig berauscht neben ihm im Taxi auf dem Weg nach Hause, da sah ich, dass jemand auf meinem Handy angerufen hatte.

Mutter hatte mir auf meine Mailbox gesprochen. Sie kommen über Pfingsten nach Berlin, im Mai sei ja auch mit besserem Wetter zu rechnen. Das Hotel haben sie bereits gebucht. Sie freue sich so, ihren Enkel kennenzulernen.

Diese Nachricht fuhr mir wie ein Schlag in die Magengrube. Wir müssen verreisen, war mein erster Gedanke, wir sind einfach nicht da, wenn meine Eltern hier auftauchen. Dann fiel mir ein, dass Thomas an Pfingsten einen Malkurs veranstaltet, wofür er ganz ordentlich bezahlt wird. Muss ich eben allein wegfahren, dachte ich. Mister Wonderful fragte, ob alles in Ordnung sei, ich würde plötzlich so blass aussehen. Ob etwa mein Mann etwas mitbekommen hätte? Ich verneinte stumm. Inzwischen waren wir angekommen und stiegen aus dem Taxi. Ich musste mich plötzlich an Mister Wonderful klammern, denn mir drohten die Beine wegzusacken. Er drückte mich an sich, doch ich erlaubte es nur für einen kurzen Moment. Seine Fragen nach meinem Kummer ließ ich unbeantwortet. Zum einen ist er gegen diese Art von Bedrohung ohnehin machtlos, und zum anderen geht ihn die Geschichte nichts an. Außerdem hat das, was uns verbindet, nichts mit meinem anderen Leben zu tun.

Zu Hause empfing mich Thomas, der wieder auf mich gewartet hatte, wollte hören, ob es ein schöner Abend war – mein Treffen mit der wiedergefundenen Freundin aus meiner Abiklasse, wie ich erzählt hatte. Ich sagte ja, bis ich diese entsetzlichen Kopfschmerzen bekam, sah kurz nach Frederic und ging sofort zu Bett. Dort wälzte ich mich stundenlang herum und fand keinen Schlaf.

Es ging mir nicht besser, als ich morgens aufgestanden bin. Der Gedanke an den Alten, der sich in mein Leben drängen will, der alles kaputt machen will, der mich wieder kaputt machen will, hängt über mir wie eine drohende schwarze Wolke, die ich nicht loswerde.

Heute früh wurde Frederic erneut von einem dieser Krampfanfälle heimgesucht! Angesichts seiner Not wurde ich vollkommen ruhig, als ob ein Schalter umgelegt würde. Die schwarzen Gedanken lösten sich in Luft auf. Ich rief den Notarzt und konzentrierte mich darauf, erste Rettungsmaßnahmen für meinen Engel einzuleiten. Als die Hilfe eintraf, waren die Krämpfe bereits vorüber. Ziemlich abgekämpft hing Frederic in meinen Armen.

Ich besprach mit dem Arzt das weitere Vorgehen. Er war beeindruckt von meinem Wissen und Tun und behandelte mich wie eine gleichberechtigte Fachfrau, das tat mir gut. Er schlug eine stationäre Beobachtung in der Neurologie vor, sollten sich die Anfälle in nächster Zeit wiederholen. Ich stimmte zu, hoffe aber, dass es nicht dazu kommen wird.

Ganz friedlich lag Frederic kurz darauf in seinem Bettchen, die Wangen leicht gerötet, nichts war ihm mehr anzumerken von den Anfällen, die seinen kleinen Körper geschüttelt hatten.

Ich hatte ihn gerade schlafen gelegt, da klingelte es. Jenny! Sie hätte heute ihren Putztag und brauche eine Pause, ob ich nicht Lust auf einen Kaffee bei ihr hätte? Ich bedeutete ihr, leise zu sein, und erklärte, dass ich wegen des kranken Kindes nicht weg könne. Sie erwartete wohl, dass ich sie hereinbitte, was ich natürlich nicht tat. Frederic brauche seine Ruhe und, ehrlich gesagt, sei mir jetzt auch nicht nach Kaffeeklatsch zumute, meinte ich noch. Das sah sie natürlich ein und bot zum 100. Mal ihre Hilfe an, die ich zum 100. Mal freundlich ablehnte. Ach, liebes Tagebuch, wann begreift diese Frau endlich, dass ich nichts mit ihr zu tun haben möchte?

Tanja

»Hallo, Jenny, ja es passt gut! Komm doch rein. Ich trinke gerade meinen Feierabendtee. Magst du auch einen?«

Wir gehen in die Küche, und es dauert nicht lange, bis alle drei Kinder neugierig zur Tür hereinlugen.

»So, habt ihr sie gesehen, ihr Mäuse? Das ist die Jenny, die wohnt gegenüber im zweiten Stock, kennt ihr ja schon. Dann geht mal wieder spielen. Ich muss was mit ihr besprechen.«

Ich zwinkere Jenny zu, die Kleinen ziehen sich langsam zurück.

»Das find ich ja gut, dass du mal vorbeikommst. Wie geht es dir?«

»Ganz gut«, antwortet sie, erzählt was von ihrem Putztag, dass sie jetzt ganz schön kaputt sei und nippt zerstreut am Tee. Ganz ehrlich: Besonders happy sieht sie nicht aus. Einen Moment schweigen wir beide.

»Ist dein Freund eigentlich schon aus Irland zurück?« Ich verneine.

»Hab doch gleich gesagt, dass er über St. Patrick's dort bleibt. Und das ist erst am 17., nächste Woche, leider.«

»Ist ja auch doof! Du so lang allein mit den Kindern…«, meint Jenny und sieht mich zweifelnd an.

»Ach, ist schon okay. Meine beiden Großen haben sich in

den letzten Wochen richtig emanzipiert, kümmern sich um ihren kleinen Bruder, machen selbst Abendessen, räumen die Küche auf – es hat eben alles immer seine zwei Seiten.«

Und dann erzähle ich von dem tollen Erfolg beim Benefizkonzert zugunsten des Wasserprojekts für Somalia und dass Dylans neue CD echt gut geworden ist.

»Was macht dein Freund eigentlich beruflich?«

Der hat irgend so ein IT Startup gegründet und scheint ganz gut Geld zu verdienen, erfahre ich.

»Und was ist mit euren Babyplänen, von denen du bei Veras Frühstück erzählt hast? Hat es geklappt?«

Jenny schüttelt den Kopf, und dann ist es, als ob ich einen Stöpsel gezogen hätte. Alle um sie herum würden einfach so schwanger, beklagt sie sich, nur bei ihr da tut sich nichts. Wahrscheinlich läge es ja an einer Fehlgeburt vor zwei Jahren, es sei normal, dass man danach nicht so einfach wieder schwanger würde. Mit ihrem Freund hat sie jetzt auch Probleme, weil dem das Kindermachen auf Kommando wohl auf die Nerven geht.

Und dann erzählt sie von dem Druck, unter dem sie sich fühlt, wenn sie die Posts von *Babybelly Partys* und süßen kleinen Jungs und Mädchen auf *Facebook* und *Instagram* sieht. Da ich weder auf dem einen noch dem anderen unterwegs bin noch Leute kenne, die so einen Kult ums Kinderkriegen betreiben, kann ich ihre Probleme nicht so richtig nachvollziehen. Trotzdem tut sie mir natürlich leid.

»Ich kenne Schwangerengruppen zur Geburtsvorbereitung und so, wo man sich gegenseitig Tipps gibt und sich auch mal ausheulen kann, wenn's Probleme gibt. Aber ich war noch nie auf so einer komischen *Babybelly Party*, darauf kommt's doch auch überhaupt nicht an, oder? Das mit dem Baby ist allein eure Sache. Hauptsache, ihr seid glücklich und das Kind ist gesund!«

Bei meinen letzten Worten fällt mir etwas ein.

»Hast du das auch mitbekommen? Heute Morgen war schon wieder der Notarzt bei dem kleinen Frederic.«

»Ja, ich wollte mit Frederike einen Kaffee trinken heute Vormittag. Da hat sie mir erzählt, dass der kleine Engel schon wieder so einen Krampfanfall hatte. Wirklich schrecklich! Dass sie da keine Lust auf Kaffeeklatsch hatte, versteh ich voll und ganz.«

»Kleine Kinder sind schnell mal krank, mit hohem Fieber und so. Aber nicht so oft und nicht mit solchen Symptomen wie bei Frederikes Sohn. Man kann nur hoffen, dass da nichts Schlimmes dahintersteckt.«

Jenny nickt. Wir reden noch ein bisschen über dies und das. Sie erzählt, dass sie bis vor Kurzem auf dem Land gewohnt haben, ihr das aber zu einsam wurde, nachdem ihre erste Schwangerschaft schiefgelaufen war. Ich kann sie gut verstehen, sogar mit Kind kann man sich auf dem Dorf bestimmt ganz schön isoliert fühlen. So wunderbar ich mal ein Wochenende auf dem Bauernhof unserer Freunde finde, ich bin eine Großstadtpflanze, ich will nicht weg aus meiner Stadt.

»So, ich muss dann mal wieder. Am PC wartet Arbeit auf mich, wie immer. Danke für den Tee!«

»Da nich für! Komm doch mal wieder vorbei. Ach ja, und wenn du Lust hast, bist du herzlich eingeladen: Ostersonntag machen wir ein großes Frühstück. Kannst gern auch deinen Kai mitbringen.«

Vera

Hinter mir liegt mal wieder eine fürchterliche Nacht. Zweimal hat Reinhold mich geweckt, war klatschnass und fing zu guter Letzt noch einen Streit an, weil an seinem frischen Schlafanzug ein Knopf fehlte. Zwanghaft muss bei ihm alles seine Ordnung haben: Die CDs müssen exakt übereinandergestapelt liegen, die Serviette muss Eck auf Eck gefaltet sein, und auch wenn der fünfte Knopf zum Verschließen des Oberteils völlig überflüssig ist, er muss da sein, weil er da hingehört.

Anschließend war ich natürlich hellwach. Dabei hatte ich schon zuvor schlecht geschlafen. Als ich um Mitternacht noch mal auf den Balkon hinausgetreten war, um ein paar Atemzüge frische Luft zu schnappen, hatte ich so eine Beobachtung gemacht: Thomas' Frau stieg aus einem Taxi. Und sie war nicht allein. Ich hatte zwar die Brille nicht auf der Nase, aber ich könnte schwören, dass sie in Begleitung von Jennys Freund war. Was hat das zu bedeuten? Mit Jenny will Frederike nichts zu tun haben, scheinbar aber mit ihrem Freund?

Na ja, eine vergrübelte Nacht mit zweimal Windel wechseln, mich ständig im Bett herumwälzen – von entspanntem Schlaf konnte jedenfalls keine Rede sein. So habe ich mich übermüdet durch den Tag geschleppt, bin über der Tastatur am PC fast eingeschlafen und habe nichts Richtiges zustande gebracht. Ehe ich jetzt auf die Weise weiter Zeit vergeude, kann ich auch in Marburg anrufen. Um diese späte Nachmittagsstunde erreiche ich Mutter bestimmt.

Natürlich ist sie zu Hause, Arzttermine nimmt sie stets am Vormittag wahr, und das Ausgehen ist bei ihr äußerst selten geworden. Sie redet und redet, vieles davon höre ich nicht zum ersten Mal, aber ich lausche ihr bereitwillig, denn ich habe ihren Monolog ja angestoßen. Sie erzählt gern von der Vergangenheit. Ich habe ihr wieder einmal Fragen gestellt nach meinen Großeltern und deren Geschwistern, die in kinderreichen Familien aufwuchsen und deren Leben einer längst versunkenen Welt angehören. Wenn ich merke, sie weiß nichts aus ihrem jetzigen Alltag zu vermelden und verfällt in selbstbemitleidendes Genörgel, bringe ich die Familiengeschichte ins Spiel. Das wirkt jedes Mal richtig belebend, sie ist auf einmal wach und interessiert, und ihre Stimme wird fest, denn nun ist sie wieder die Expertin. Je älter ich werde, desto mehr interessieren mich die Schicksale meiner Vorfahren, und schon oft habe ich mir gesagt, dass ich die Geschichten und die Familienzusammenhänge aufschreiben sollte, denn wenn meine Mutter einmal nicht mehr ist, gibt es niemanden, der mir darüber noch Auskunft geben könnte.

Natürlich bin immer ich es, die anruft. Seit ein paar Jahren meldet Mutter sich höchstens noch an meinem Geburtstag von sich aus. Früher war das anders, als sie sich ständig in das Leben ihrer Kinder einmischen wollte ... Jetzt ist sie 91, kann kaum noch laufen, die Mehrzahl ihrer

Freunde und Freundinnen sind gestorben, und, was sie am meisten deprimiert, sie ist bei der Bewältigung ihres Alltags auf fremde Hilfe angewiesen. Wir drei Kinder sind alle aus Marburg weggezogen und schauen nur zu mehr oder weniger seltenen Kurzbesuchen vorbei. So ist ihre frühere Putzfrau Irina, eine Deutschrussin und auch schon fast 70, nach dem Tod ihres Mannes vor sechs Jahren in die Einliegerwohnung in Mutters Haus gezogen, kümmert sich gegen Kost, Logis und ein besseres Taschengeld um Haushalt und Garten und managt das Leben unserer Mutter. Natürlich kann sie ihr nicht unseren vor 16 Jahren verstorbenen Vater ersetzen, ebenso wenig die Freundinnen, mit denen Mutter bereits die Schulbank drückte, von denen die meisten auch schon unter Erde sind. Mutter fehlen Gespräche über das kulturelle Leben wie über den Klatsch und Tratsch im Städtchen, wo in ihrer Generation noch jeder jeden kannte. Genauso fehlt ihr der Austausch über gemeinsame Jugenderinnerungen oder über die vielen Reisen, die sie mit Vater unternahm. Aber Irina ist freundlich, aufmerksam und verantwortungsbewusst und tut nichts, ohne Mutter vorher zu fragen. Die weiß leider gar nicht, wie glücklich sie sich schätzen sollte, dass sie in ihrem Haus, in ihrer gewohnten Umgebung bleiben kann, und behandelt Irina wie eine Leibeigene.

Auf die Frage nach ihrem Befinden vermeldet Mutter stets »schlecht«, die positivste Antwort ist noch die Gegenfrage »Wie soll es mir schon gehen?«.

Ist sie undankbar? Ich weiß es nicht. Sie leidet unter Altersdiabetes und erhöhtem Blutdruck, sie hat kaputte Gelenke und kann deshalb nur noch sehr kurze Strecken gehen, doch sie isst mit Appetit – Irina kocht ausgezeichnet! – mit ihrem Hörgerät klappt es gut, ihre Augen sind in Ordnung, und im Kopf ist sie noch ziemlich klar. Aber vielleicht ist genau dies das Problem. Es fragt einen ja niemand, ob man überhaupt so alt werden will, während die Welt um einen herum sich rasant verändert, die Menschen, die einem wichtig waren, einer nach dem anderen gehen, und man selbst von Jahr zu Jahr mehr körperliche Einschränkungen ertragen muss. In Wahrheit leidet Mutter einfach unter ihren 91 Jahren.

Nach unserem Ausflug in die Vergangenheit erzähle ich noch ein wenig aus meinem Berliner Alltag, was sie nur mäßig interessiert, frage, was es zum Abendessen gibt, wünsche ihr einen guten Appetit und ein schönes Wochenende und verabschiede mich.

Für mich gehörte der Tod schon immer zum Leben, stets hatte ich im Hinterkopf, dass es endlich ist – dass die Gewichte sich allerdings so schnell verschieben können, hatte ich bis zu Reinholds Erkrankung nicht geglaubt. Und jetzt denke ich oft darüber nach, wie viel Zeit mir – uns – noch bleibt, wer von uns früher sterben wird. Ich wünschte mir natürlich noch ein paar Jahre in Unabhängigkeit und Freiheit, doch manchmal glaube ich, dass Reinhold der Robustere von uns beiden ist.

Er hat keine Sorgen mehr, er lebt in seinem Rhythmus, in seiner Welt und ist zufrieden. Und ich lass ihn mit allem in Ruh. Nicht nur, dass seine Pflege und das komplette Management unseres Lebens an mir hängt, ich muss auch alle Sorgen und Probleme, sämtliche Entscheidungen mit mir allein ausmachen, zum einen, weil vieles sein Begriffsvermögen übersteigt, zum anderen, weil es ewig dauert, ihm Sachverhalte zu erklären, und ich anschließend nicht sicher sein kann, ob er mich und ich ihn richtig verstanden habe. Also verschließe ich das Meiste in meiner Brust. Das kostet ganz schön viel Kraft. Ich habe keine Angst vorm Sterben – Sorgen mache ich mir nur darum, was dann aus Reinhold wird? Doch es hat keinen Sinn, darüber nachzudenken, es kommt eh, wie es kommt.

Gleich 18.30 Uhr, Schluss mit dem Sinnieren über die letzten Fragen, jetzt kommt der schönste Teil meines Tages – ich darf in die Küche! Köstliche Lammleber werde ich heute grillen, dazu Süßkartoffelpüree und Feldsalat bereiten, mir läuft das Wasser im Munde zusammen. Es hat keinen Sinn, auf bessere Zeiten zu warten, man muss sich die Zeiten besser machen, und Kochen und Essen sind dazu für mich immer noch die einfachsten und besten Mittel!

Jenny hat vorhin kurz vorbeigeschaut. Sie gab mir einen Teller zurück, auf dem ich ihr neulich ein Stück Himbeertarte gebracht hatte. Sie war gar nicht gut drauf, nachdem sie vorgestern bei einer *Babybelly Party* war. Mir musste sie erst einmal erklären, was das ist. Ich komme mir manchmal vor wie meine eigene Großmutter, wenn ich über Traumhochzeiten, Junggesellinnenabschiede und *Babybelly Partys* nur noch den Kopf schütteln kann. Was für eine Überhöhung von Ehe und Mutterschaft! Und das alles auf einer glänzenden, virtuellen Oberfläche, sodass die geposteten Bilder wahrer als das wirkliche Leben rüberkommen. Merken die jungen Frauen eigentlich nicht, in welchen Stress sie sich bringen, wenn ihre Scheinwelt nur noch aus Superlativen besteht, bestehen darf? Bei uns damals gab es den Gruppenzwang, alles möglichst natürlich zu machen – Hausgeburt, Stoffwindeln, wer stillt am längsten und solche Sachen, was auch schon anstrengend genug war. Ich erinnere mich noch genau, wie schwierig es war, sich diesem Diktat zu entziehen. Was für böse Kommentare musste ich ertragen, als ich nach acht Wochen abstillte, da Becky stundenlang an der Brust hing, nie satt wurde und nur noch schrie. Deshalb verstehe ich gut, wie Jenny darunter leidet, wenn sie in dieser rosa-hellblau getünchten *Babybelly Welt* nicht mithalten kann, so kritisch sie das auch sehen mag.

Aber sie war auch gekommen, um über noch was anderes zu reden, das habe ich gleich bemerkt. Es war nämlich mal wieder soweit – Zeugungszeit, und es ist wohl nicht so gelaufen, wie sie sich das vorgestellt hatte. Ich glaube, dieses Kindermachen auf Kommando setzt Jenny unheimlich unter Druck. Außerdem verbietet sie sich seit einiger Zeit, mit ihrem Kai über ihre Ängste und Sorgen zu reden, weil der sie nicht versteht. Am liebsten würde ich ihr sagen, sie soll es sich noch einmal überlegen, ob sie wirklich mit ihm das Leben teilen und von ihm ein Kind haben will. Mache ich natürlich nicht, ich kenne ihn ja gar nicht. Und worüber ich mir sonst noch so meine Gedanken mache, behalte ich für mich … Ich wünsche Jenny nur, dass alles gut wird!

Kapitel IX

Ostern – der Dreiklang von Leiden, Sterben und Auferstehung, das höchste christliche Fest, das den Gläubigen Erlösung verspricht. Doch nicht allen ist Erlösung vergönnt, sie bleiben ihr Leben lang im Leiden stecken, so wie die einsame Frederike, die ihre Vergangenheit hinter sich lassen will, aber immer wieder davon eingeholt wird.

Für die meisten aber ist Ostern nur eine Häufung freier Tage, eine gute Gelegenheit zu verreisen, so wie Jenny und Kai.

Auch für Vera, die schon lange an gar nichts mehr glaubt, ist Ostern nur eins der Feste, die zum Jahreslauf gehören, mit bestimmten Gerichten und Bräuchen, dem unvermeidbaren Besuch von der Familie. Für Tanjas Kinder ist es ein Freudenfest im Kreis von Freunden, mit Ostereiersuchen und Festessen, und für Tanja ist es das höchste Glück, alle ihre Lieben so fröhlich zu sehen – auch weil Dylan wieder zurück ist.

Frederike

25. März, Karfreitag

Das Leben ist mühsam. Immer, wenn ich glaube, die dunklen Bilder der Vergangenheit aus meinem Gedächtnis gelöscht zu haben, geschieht etwas, das diese furchtbare Zeit in meinen Kopf, meinen Körper, mein Ich zurückbringt. Gestern Nachmittag klingelte es, und Henny stand im Hausflur. Genau wie früher war sie lebhaft, laut und sehr bestimmt. Es war mir nicht möglich, sie wegzuschicken. Also bat ich sie herein. Ohne mich zu fragen, schaute sie in jede offen stehende Zimmertür, kommentierte Schnitt, Größe und Einrichtung als »ganz nett« oder »sehr ordentlich«, nahm im Wohnzimmer Platz und verlangte einen Tee.

Ihr Vater, Graf Gneomar von Diesenhausen, ein entfernter Verwandter meiner Mutter, war Witwer und ein Jagdgefährte des Alten. Ein paar Mal im Jahr kam er zur Jagd und brachte Henny mit, was meinen Eltern sicher nicht gefiel, aber nicht zu ändern war, denn der Mann vergötterte seine Tochter. Mit seinem Wunsch, Henny mit auf die Pirsch gehen zu lassen, kam aber selbst er bei dem Alten nicht durch.

Ich mochte das energische, überhebliche Mädchen nicht, insgeheim aber bewunderte ich sie. Sie war nicht hübsch und nicht nett, doch sie verfügte über ein weltumspannendes Selbstbewusstsein. Am liebsten hätte ich sie gestern sofort gefragt, ob alles nach Plan gelaufen ist, denn sie wusste schon mit zwölf sehr genau, wie sich ihre Zukunft gestalten würde. Regelmäßig nahm sie an den Ferienlagern der Adelsjugend teil, lernte Reiten, Jagen und Tanzen, um sich in unseren Kreisen sicher bewegen zu können, wie sie meiner Schwester und mir erklärte, die wir ihr staunend und stumm lauschten. Außer den Jagdfreunden des Alten kannten wir verschreckten Schlossmäuse doch niemanden aus diesen geheimnisvollen Kreisen!

Auch ohne mein Nachfragen breitete Henny ihr gesamtes glamouröses Leben vor mir aus. Hervorragendes Abitur, Germanistikstudium in München, standesgemäße Wohngemeinschaft, an den Wochenenden gemeinsam zu privat veranstalteten Konzerten und Ausstellungen, zu großen Adelsbällen. Unter den Heiratskandidaten entschied sich Henny gegen ihren Herzensfavoriten, um nicht nach unten zu heiraten, wie sie es nannte. Heinrich Graf von Auersberg, ein Banker, wurde ihr Mann und der Vater ihrer vier Kinder, sogar eine Art Liebe zu ihm habe sich mittlerweile eingestellt, meinte sie achselzuckend.

Das Studium hat sie nicht beendet, ihr Alltag in München dreht sich um die Kinder, das repräsentative Haus, Einladungen, kulturelle Events und Wohltätigkeitsveranstaltungen.

Sie hörte nicht auf zu reden und interessierte sich glücklicherweise gar nicht für mich und mein Leben. Als Frederic vom Mittagsschlaf aufwachte, rümpfte Henny die Nase über meine späte Mutterschaft, aber zumindest erhielt ich auch Komplimente für mein ausnehmend schönes Kind. »Na ja, hübsch wart ihr Thalbachs ja alle«, meinte sie gönnerhaft.

Bevor sie sich zu ihrer Verabredung mit einem ihrer Cousins verabschiedete, der im Bundestag sitzt, erkundigte sie sich nach dem Baron und der Baronin. Ich sagte nur, meinen Eltern gehe es gut, und Henny bat mich, herzlichste Grüße auszurichten. Kaum hatte ich die Tür hinter ihr geschlossen, rannte ich ins Bad, um mich zu übergeben. Seither geht es mir miserabel. Was mir jetzt gut täte, weiß ich. Aber Mister Wonderful ist nicht in der Stadt über Ostern, und die Verzweiflung hält mich in ihren Klauen.

Ich fühle mich wie in einem tiefen, dunklen Loch, fast so verlassen wie früher im kalten Schlosskeller, wo der Alte uns einsperrte, wenn wir Nichtswürdigen in seinen Augen schwer gefehlt hatten. Und das hatten wir oft, wir dummen Kinder! Wir waren einfältig und haltungslos, weil wir bei Tisch schwatzten, laut und triebhaft, weil wir lachten, ungeschickt und tollpatschig, weil wir uns bekleckerten, und all das musste strengstens bestraft werden. Ich glaube, er hasste uns, weil seine Gene so viel Unvollkommenheit produziert hatten. Statt uns in den Arm zu nehmen und zu trösten, bestätigte Mutter die Vorwürfe des Alten und arbeitete fleißig daran, uns alles Kindgemäße auszutreiben, lehrte uns gerades Sitzen und klemmte uns Bücher unter den Arm, während wir Messer und Gabel benutzten. So pickten wir niedlich wie die Vögelchen und waren nie satt. Als ich irgendwann beschloss, einfach keinen Hunger mehr zu haben, hatte ich das Problem endlich für mich gelöst. Der Alte nannte mich zwar immer noch ein Trampel, aber ich wusste, dass das gelogen und ich eine zarte Elfe war. Ich will daran nicht mehr denken! Oh Gott, was kann ich nur tun, um aus dieser Dunkelheit herauszufinden?

Vera

Endlich habe ich eine Lösung gefunden, den nervenden Gatten elegant und spurlos ins Jenseits zu befördern. Wochenlang habe ich es nicht geschafft, mich damit zu beschäftigen. Dann habe ich erst einmal gründlich zum Thema Gifte recherchiert, heißt es doch immer, Gift sei die bei Frauen beliebteste Mordwaffe. Das ist ja auch verständlich, wenn man nicht über große körperliche Kräfte verfügt, einem Brutalität fern ist und man kein Blut sehen kann. Dem Griechenlandfreund und Dozenten für Alte Geschichte angemessen, habe ich mich für einen Schierlingstrank entschieden, eine Kombination aus Blaumohn und Schierling. Letzteren pflückte die findige Ehefrau eigenhändig auf Kreta, wo sie sich in ihrem gefühlt wohl 100. Urlaub entsetzlich langweilte.

Die Geschichte ist mein Beitrag für die Anthologie *Der gepflegte Gattenmord*, die mein Verlag im Herbst herausbringen will. Ich finde es immer wieder erstaunlich, wie viele solch humorige Krimisammlungen über eigentlich recht grausige Beziehungstaten veröffentlicht werden. Das Interesse daran scheint ungebrochen, und je gemeiner und bösartiger, desto beliebter bei den Lesern und vor allem den Leserinnen. Leben die auf diese Weise ihre unerfüllten Wünsche aus, den mittlerweile etwas abgenutzten, uncharmanten Menschen an ihrer Seite endlich aus dem Weg schaffen zu können?

Freundinnen, die schon länger nicht mehr berufstätig sind, liefern mir jetzt auch manche Anregung zum Thema. Einer nach dem anderen gehen ihre Männer in diesem Jahr in Ruhestand. Die Vorstellung, den Gatten jetzt ständig im Haus zu haben, wo sie bisher unbeobachtet schalten und walten konnten, löst bei manchen regelrechte Panik aus. Maria fürchtet, ihre Unabhängigkeit zu verlieren, sich verabreden zu können, wann und mit wem sie will. Ihr Mann erwarte anscheinend täglich ein warmes Mittagessen, jammert Doris, so wie zuvor in der Kantine. Ahnungsvoll erzählt Pia, der ihre werde sich in alle Haushaltsbelange einmischen. Und alle drei fragen sich bang, ob ihr Mann, wenn ohne Job, sich wohl allein den ganzen langen Tag wird beschäftigen können. Wenn ich nur verständnislos mit den Schultern zucke, sind sie still. Aber nur aus Rücksicht mir gegenüber, nicht aus Einsicht. Ach ja, wie gern hätte ich ihre Probleme ... Meine Freundinnen sind exakt die Zielgruppe für den gepflegten Gattenmord.

Was wäre wohl die perfekte Methode, um Reinhold ins Jenseits zu befördern? Ein Treppensturz, eine Überdosis Schlaftabletten, ein Fall vor die U-Bahn? Aber will ich das wirklich? Natürlich habe ich hin und wieder Mordgedanken, wenn ich mein enges Leben, meine Unfreiheit mal wieder so richtig spüre. Mit einem Hirngeschädigten lässt sich weder argumentieren noch diskutieren. Es bleibt mir meist nur nachzugeben, wenn er zu brüllen beginnt wie ein Tier und anschließend streikt, sich total verweigert und, wenn nötig, stundenlang einfach sitzen bleibt –

ob in der Badewanne, in der Tram oder am Küchentisch. In solchen Momenten spüre ich eine mörderische Wut.

Doch dann rufe ich mich selbst zur Ordnung, sage mir zum 100. Mal, dass Reinhold krank ist und nicht anders kann. Das kostet mich ungeheure Disziplin. Aber zum Glück sind da haufenweise die Erinnerungen an unsere gemeinsamen goldenen Zeiten, und inzwischen gibt es immer öfter Tage, an denen es richtig gut mit ihm läuft.

Langsam, das stelle ich mit Erstaunen fest, möchte ich das sprachlose Wesen in meinem Haushalt nicht mehr missen. So sehr ich mir des Öfteren wünsche, endlich einmal wieder allein zu sein, ein Leben nur für mich zu haben, so schön ist es an anderen Tagen zu wissen, es wartet jemand, der mich beim Heimkommen freudig begrüßt. Und ja, ich freu mich meist richtig aufs Heimkommen.

Es gibt ja auch Menschen, die leben mit einem Hund oder einer Katze zusammen. Mit denen kann man sich noch weniger unterhalten als mit Reinhold. Und trotzdem lieben die Leute ihre tierischen Hausgenossen. Wenn nicht die anstrengenden Nächte wären, in denen ich wegen Reinhold ein- bis zweimal aufstehen muss, könnte ich mich inzwischen mit meinem Los viel besser abfinden. Aber vielleicht findet sich auch dafür irgendwann eine Lösung.

Gut, dass ich meinen Anthologiebeitrag gerade noch termingerecht beendet habe, bevor gestern meine kleine Schwester Olga mit Mann und Tochter hier einfiel. Sie leben in Fulda und finden Berlin »total toll« – jedenfalls seit der Wende – und lassen sich tagsüber gern allein durch die touristischen Ikonen und Shoppingmalls treiben, sodass ich sie nicht bespaßen muss. Heute sind sie unterwegs zum *Checkpoint Charlie*, diesem angeblich authentischen Überbleibsel der geteilten Stadt, das mich eher an ein billiges Jahrmarkttreiben erinnert. Anschließend wollen sie zum Potsdamer Platz, den verkaufsoffenen Ostersamstag nutzen. Ihr Berlin hat mit meiner Stadt nichts zu tun.

Am Abend essen wir immer zusammen. Zum festen Ritual gehört eine Einladung zum Italiener durch unsere Gäste. Ansonsten koche ich und freue mich, das für eine größere Runde tun zu dürfen. Jedes Mal fragt Olga, ob mir die Arbeit wirklich nicht zu viel ist. Sie insistiert so lange, bis ich sauer werde, weil sie einfach nicht verstehen will, dass ich das Kochen liebe, es brauche wie die Luft zum Atmen. Für meine Schwester ist es leidige Pflicht, und sie kann es nicht. Ihr Lob bleibt schmallippig, auch wenn sie offensichtlich genießt, was ich ihr serviere. Mein Schwager dagegen äußert sich begeistert, doch das täte er bei einer Tiefkühlpizza auch, und meine spätpubertäre Nichte mag dies nicht, verträgt das nicht und langweilt sich ansonsten ohne Ende, bis sie sich nach dem Essen endlich wieder ihrem Smartphone widmen kann.

Reinhold ist der Einzige, der sich an den besonderen Gerichten freut, die ich für den Besuch bereite. Ansonsten bedeuten diese gemeinsamen Essen immer eine große Mühsal für ihn. Unsere Gespräche am Tisch strengen ihn an, er versucht stets, eine interessierte Miene zu machen, obwohl er wahrscheinlich höchstens die Hälfte versteht. Gleichzeitig spürt er aber auch, dass die anderen ihn übergehen, sich nicht die Zeit nehmen, ihn einzubeziehen, ihm Dinge zu erklären, die er nicht mitbekommen hat, und dass die Unterhaltung letztlich ohne ihn stattfindet. Er tut mir leid und ich verstehe, dass ihm das wenig gefällt. Doch tapfer hält er stets eine ganze Weile durch, da er es für unhöflich hält, sich als Gastgeber gleich nach dem Essen zurückzuziehen. Das ist eines der Dinge, die noch vom früheren Reinhold übrig sind, genau wie sein gepflegtes Äußeres, das ihm jetzt noch wichtiger ist, das Ritual des Zeitunglesens und der Fernsehnachrichten und sein zur Schau gestellter Optimismus. Sein Arzt ist immer wieder von seiner positiven Stimmungslage beeindruckt, die jegliche Psychopillen überflüssig macht.

Ich kann nur sagen, Reinhold versäumt nichts, wenn er sich nach angemessener Frist aus der Runde verabschiedet, genauso wie unsere Nichte. Jeden Abend landen alle Gespräche nämlich irgendwann bei unserer Mutter. In allem, was Olga zu diesem Thema vorbringt, höre ich einen unausgesprochenen Vorwurf: Weil sie nur anderthalb Stunden Autofahrt entfernt wohnt, ist Olga es, die alle paar Wochen Mutter besucht, sich das Gejammer und die Vorwürfe anhören, ab und an etwas organisieren muss und nicht mal ein Danke dafür bekommt. Jörn, unser großer Bruder, der in der Entwicklungshilfe tätig ist und von einer Krisenregion in die andere geschickt wird, ja, der sei fein raus, beschwert sie sich oft. Wenn der käme, würde er empfangen wie ein Staatsbesuch. Über mich sagt sie nichts, das wagt sie nicht.

Dabei habe ich mich vor Reinholds Erkrankung stets gekümmert, trotz der weiten Anreise von Berlin. Ich habe nach Vaters Tod für Mutter jemanden besorgt, der sich ums Haus und den Garten kümmert, habe für sie Reisen gebucht, als sie noch reisen konnte, habe ihr bei Fragen mit der Krankenkasse und dem Finanzamt geholfen und bewerkstelligt, dass Irina bei ihr eingezogen ist, als immer deutlicher wurde, dass sie allein nicht mehr mit dem Alltag klarkommt. Olgas Ausrede, das alles mir zu überlassen, war erst ihre späte Schwangerschaft, dann das Kind und ihre berufliche Auslastung als Lehrerin. Nun muss sie akzeptieren, dass ich mich in meiner jetzigen Situation nicht mehr so kümmern kann wie früher, und das nagt an ihr.

Gestern Abend, als nur noch wir beide beim Wein saßen und Olga mal wieder voller Selbstmitleid bemerkte, dass ich mich ja leider nicht mehr einbringen könne in Mutters Betreuung, was natürlich allzu verständlich sei angesichts meiner Situation, platzte mir der Kragen. »Wenn dein Mann erst mal ein Pflegefall ist, wird Mutter verstehen, dass du sie auch nicht mehr so oft besuchen kannst, dann bist du das Problem los«, sagte ich böse. Daraufhin war erst mal Ruhe. Vielleicht hat Olga ja endlich verstanden. Sie scheint es mir nicht übel genommen zu haben. Zumindest heute Morgen beim Frühstück gab sie sich ganz locker und aufgeräumt. Nun ja, ich werde sehen, ob sich heute Abend ein Lerneffekt zeigt …

Das Wetter ist nicht berauschend, aber zumindest soll es heute trocken bleiben. Ich locke Reinhold mit der Aussicht auf einen Cappuccino am Zickenplatz zum Einkaufen, da ich für einen sinnfreien Spaziergang keine Zeit habe. Im Treppenhaus begegnen wir Herrn und Frau Feldmann aus dem Vierten, bepackt mit Rucksäcken und

Satteltaschen. Fröhlich berichten sie, dass sie gerade zu einer Radtour längs der Oder aufbrechen, bis nach Stettin wollen sie fahren. Mehr als zehn Jahre wohnen sie schon hier, und dank ihrer Jobs bei der Senatsverwaltung sind sie mittlerweile ein gut versorgtes, sehr aktives Pensionistenpaar, das seinen Ruhestand scheinbar in völliger Harmonie lebt. Sie könnten gut als Argument gegen die lächerlichen Ängste meiner Freundinnen herhalten! Feldmanns sind nett und freundlich, auf mich wirken sie allerdings auch unendlich langweilig. Aber vielleicht tu ich ihnen ja unrecht, ich kenne sie nur von kurzen Begegnungen im Hausflur. Für Tanja, die von ihnen noch nie Unterstützung oder eine Unterschrift für irgendeines ihrer Projekte bekommen hat, sind sie nur die feigen Oberspießer.

Als die Feldmanns mitbekommen, dass wir über Ostern nicht wegfahren, bitten sie mich, ein wachsames Auge auf die Nachbarwohnungen zu haben, denn bis auf uns, Frederike und Thomas, Tanja und Family, ist das Haus leer in den nächsten Tagen. Auch Jenny ist seit Gründonnerstag verreist. Sie ist mit Kai an die Ostsee gefahren. Erst einen Tag zuvor hatte er sie in seine Reisepläne eingeweiht. Sie hat sich bei mir bitter beschwert, dass er wohl denke, er könne über sie bestimmen, wie er will. Doch wie immer hat sie sich letztlich gefügt und es geschluckt.

Obwohl ich ihn bisher nicht kennengelernt habe, ist mir der Typ aus tiefster Seele zuwider. Ich habe schon überlegt, ob ich Jenny erzählen soll, was ich neulich nachts mitbekommen habe. Aber vielleicht hat es gar nichts zu bedeuten, und ich will ihr Leben nicht noch komplizierter machen, als es eh schon ist. Ich habe ihr einfach nur schöne Ostertage in Heiligendamm gewünscht.

Jenny

Das Hotel hier ist schon klasse, da hat Kai nicht zu viel versprochen. Ich hab dann auch drüber hinweggesehen, dass er mir wie üblich erst in letzter Minute gesagt hat, dass wir über Ostern verreisen. Wir haben eine tolle Suite mit Blick auf die Ostsee, traumhaft! Im Bad ist alles mit Marmor, die Einrichtung ist total schick und edel, das Frühstücksbüffet vom Feinsten!

»Die Queen von England kann dat auch nich besser haben!«, würde Mama sagen – sobald sie ihre Sprache wiedergefunden hätte angesichts dieses unglaublichen Luxus'.

Aber die Freude über das tolle Hotel hielt nur kurz, denn leider kann ich das alles nicht so richtig genießen. Kai ist natürlich nicht für ein paar Tage schöner Zweisamkeit hierher gefahren, wie ich gedacht hatte. Auch meine Hoffnung, dass wir mal nach Rostock fahren, wo er geboren ist und wo seine Eltern leben, die ich nur mal kurz bei einer Firmenfeier in Berlin getroffen habe, kann ich wohl begraben.

Er hat ein geschäftliches Treffen mit einem Menschen arrangiert, den er aus früheren Zusammenhängen kennt.

»Muss den Chris in einer relaxten Atmosphäre bisschen abchecken. Ist wichtig für die Firma.«

Das hat er mir auch wieder erst erzählt, nachdem wir angekommen waren. Dieser Chris hat unglaublich viel Geld als Investor gemacht und will sich an Kais Unternehmen beteiligen. Er ist ein paar Jahre älter als Kai, ein großer, schwerer Kerl, total glatzköpfig. Er war mir gleich auf den ersten Blick unsympathisch. Der sieht irgendwie so grob aus, ist unglaublich laut und behandelt mich, wenn er mich überhaupt mal wahrnimmt, als ob ich nicht bis drei zählen könnte.

Die ganze Zeit machen die beiden Männer mit ihren *iPads* rum und quatschen über Zahlen, Zahlen, Zahlen. Und ich kann nur danebensitzen und mich langweilen. Ich hab auch keine Lust, den Tag mit Chris' Freundin im Spa zu verbringen. Diese blondhaarige Marie sieht super aus, das muss ich leider zugeben, und sie hat auch eine tolle Figur. Mit mir hat sie kaum drei Worte gesprochen, mich nur arrogant gemustert. Neben ihr komm ich rüber wie das Walross vom Dienst, vor allem im Badeanzug. Nee, das brauch ich nicht.

So ziehe ich also schon den dritten Tag allein den Strand entlang. Heute ist Ostersonntag. Viele Eltern mit kleinen Kindern und Babys sind unterwegs. Ich beobachte sie ein bisschen neidisch. Wie gern würde auch ich mit Mann und Kind hier spazieren gehen! Wir hätten eine gemütliche kleine Ferienwohnung, Kai würde für uns kochen, ich mich ums Kind kümmern, und abends würden wir zusammengekuschelt auf dem Sofa sitzen, lesen, fernsehen, während nebenan das Baby schläft. So friedlich, so glücklich, nur wir drei – so stell ich mir Familienleben vor. Bei Tanja findet heute das große Osterfrühstück mit vielen Kindern statt, wozu wir eigentlich auch eingeladen waren. Ob mir das als Kinderloser so richtig gefallen hätte, weiß ich allerdings auch nicht. Mann, hoffentlich werd ich bald mal schwanger!

Jetzt aber nicht runterziehen lassen, ich muss an was anderes denken. Ist doch wirklich ganz schön hier, das Meer, die Seebrücke, das grüne Hinterland und die weißen, zum Teil historischen Prachtbauten. Und natürlich die tolle frische Luft! Die macht mich unglaublich hungrig, und das Essen im Hotel ist echt klasse. Doch das kann ich leider auch nicht so richtig genießen. Marie wirft mir ständig missbilligende Blicke zu, wenn ich so richtig am Futtern bin. Das nervt. Wahrscheinlich ist sie irgendwie neidisch, denn sie knabbert immer nur ein bisschen an den Sachen rum und lässt mehr als die Hälfte zurückgehen.

Was mich aber am meisten stört, ist ihre Flirterei mit Kai. Chris und Marie sitzen uns am Tisch gegenüber, und sie tut wirklich alles, um Kai anzumachen. Ständig stößt sie mit ihm an, blickt ihm tief in die Augen und lacht so kieksend, wenn er seine blöden Witze macht.

Obwohl sie fast nix isst und eine unglaubliche Taille hat, sind ihre Brüste gigantisch – jedenfalls gegenüber meiner bescheidenen Ausstattung. Sie präsentiert die Dinger so, dass sie ihr fast aus dem tief ausgeschnittenen Kleid fallen, dreht sich hin und her und schüttelt sie, dass man meint, sie wird dafür bezahlt. Richtig unverschämt finde ich das!

Und dieser ekelhafte Chris beobachtet sie mit Besitzerstolz, legt ihr den Arm um die Schultern und fasst auch mal ungeniert zu. Kai kann natürlich kaum die Augen von ihren Titten lassen. Bestimmt sind die nicht echt, denke ich, und der Typ hat ihr die Operation bezahlt. Kann Kai ja auch für mich machen, wenn ihm das so gut gefällt!

Heute ist unser letzter Abend, morgen nach dem Frühstück fahren wir zurück. Kai hat für nach dem Abendessen noch eine Flasche Prosecco aufs Zimmer bestellt. Er ist sich mit Chris über dessen Beteiligung an der Firma handelseinig geworden, das will er noch ein bisschen feiern. Und dann will er bestimmt wieder mit mir ins Bett. Na ja, irgendwo muss er ja mit seiner Geilheit hin nach Maries Tittenshow. Aber ich will gar nicht meckern. Wir hatten hier jeden Abend guten Sex, obwohl ich immer noch ein bisschen geblutet habe, doch das stört Kai ja nicht. Endlich hatte ich auch mal wieder Spaß dran. Schade finde ich nur, dass es nix bringt. Meine fruchtbaren Tage sind leider erst wieder in knapp zwei Wochen. Hoffen wir mal, dass es dann auch wieder so gut läuft …

Tanja

Endlich ist Ostersonntag! Die Kinder hätten es auch nicht länger ausgehalten, auf das Eiersuchen zu warten. Dayo mit seinen 13 Jahren glaubt nicht mehr an den Osterhasen. Aber für seine kleinen Geschwister und die jüngeren Kinder unserer Freunde, die zu Besuch sind, tut er zumindest so. So ganz sicher ist sich Elani allerdings auch nicht mehr, doch ihre Zweifel beschränken sich auf ganz niedliche skeptische Seitenblicke, wenn ich vom Osterhasen spreche.

Dylan hat ein riesiges irisches Frühstück vorbereitet. Aber erst mal müssen die Ostereier gesucht werden, sonst gibt es mit den vielen zappeligen Kiddies keine Chance auf eine einigermaßen gemütliche Runde. Bis auf die beiden Babys, die mit staunenden Augen mitten im Rummel auf einer Decke liegen, wuseln alle Kinder, sechs sind es heute, durch die ganze Wohnung – spitze Freudenschreie, Triumphgeheul und die unvermeidlichen Streitereien, wer was zuerst gefunden hat. Leider ist das Wetter für eine Suche im Freien zu nass. So müssen die Nachbarn das heute mal aushalten, schließlich ist nur einmal Ostern.

Ich hatte Frederike eine Mail geschickt und sie mit Frederic und Thomas auch eingeladen, aber sie schrieb postwendend zurück, nur wenn es dem Kleinen gut geht, würden sie kommen. Das klang schon gleich wie eine Absage.

Na ja, wahrscheinlich hat sie Angst, das Kind könnte sich irgendwo anstecken, und sie selbst hat eh keine Lust. Ich hab sie ohnehin als nicht sehr gesellig kennengelernt. Immerhin wohnt sie schon 'ne ganze Weile hier, hat aber noch keine einzige Einladung angenommen. Und egal, ob wir uns zufällig mal treffen oder so wie neulich gemeinsam bei Vera eingeladen sind, sie wird einfach nicht lockerer. Dabei könnten wir gegenseitig mal auf die Kinder aufpassen und so, ich könnte ihr Sachen von Jamie geben, die dem zu klein geworden sind. Und überhaupt, ist doch immer gut, wenn man mal über die Kinder und das ganze Drumherum quatschen kann.

Der Thomas war früher anders drauf, der hat gerne gefeiert. Seit er mit ihr zusammen ist, wechseln wir nur hin und wieder ein paar Worte, wenn wir uns zufällig begegnen.

Zumindest über unerwartete Lärmbelästigung kann Frederike sich heute nicht wieder beschweren, sie ist ja informiert. Vera kann leider nicht runterkommen, weil sie noch ihren Verwandtenbesuch hat. Jenny hat abgesagt, weil ihr Freund sie überraschend an die Ostsee eingeladen hat. Ich weiß auch gar nicht, ob unser Fest mit den vielen Kindern für ihre Stimmung grade gut oder schlecht wäre.

Wie früher zu WG-Zeiten sitzen wir um unseren großen Esszimmertisch. Fred und Emine sind da mit ihrem Baby und Milena, einer von Elanis Schulfreundinnen. Und die Connollys, Dylans Freunde mit ihren beiden Jungs, die ganze Familie rothaarig wie aus dem Bilderbuch, sind auch mal wieder gekommen.

Elani hält eines von den riesigen, mit Pralinen gefüllten Schokoladeneiern in den Händen, die Dylan aus Irland mitgebracht hat. Sie sitzt auf dem Schoß ihres Vaters, kuschelt sich glücklich an ihn und will nicht von seiner Seite weichen. Ach ja, der gute Desmond kriegt es einfach nicht auf die Reihe, seine Kinder regelmäßig zu besuchen. Und jetzt, wo er mit Elvira das Baby hat, wird es wahrscheinlich noch seltener werden, dass er sich mal meldet. Ich muss versuchen, Dayo und Elani zu erklären, dass er sie genauso lieb hat wie das neue Kind und dass sie immer das Wichtigste in seinem Leben für ihn bleiben werden. In meinem Herzen weiß ich auch, dass das wahr ist.

Der Tisch biegt sich unter irischem Räucherlachs, gebratenen Schweinswürsten und Speck, Blood Pudding, und was Dylan sonst alles noch aus einer Heimat angeschleppt hat. Außerdem gibt es Spiegel-, Rühr- und gekochte Eier. Er hat sogar gestern noch ein Brown Bread selbst gebacken. Das mag ich sehr. Ansonsten halte ich mich an den Cheddar und die Gemüseplatte, die ich vorbereitet habe, und freu mich auf die Waffeln, die ich gleich für die Kinder backen werde. Zum Vegetarier werde ich Dylan wohl nie bekehren können, aber das muss halt jeder für sich entscheiden.

Jamal hält es nicht lange am Tisch. Immer wieder steht er auf, bringt schmutziges Geschirr in die Küche, wäscht ab, schneidet Brot, kocht Kaffee. Der Arme langweilt sich wahrscheinlich zwischen all den Eltern und kleinen Kindern. Englisch spricht er nicht, und um sich auf Deutsch mit ihm zu unterhalten, muss man noch sehr geduldig sein.

Ich werde ihn gleich beim Waffelbacken einspannen, dann fühlt er sich nicht so im Abseits.

Dayo und die Connolly Jungs sind schon ganz hippelig. Sie fragen Dylan dauernd, wann es endlich losgeht mit der Beerdigung. Der hat vorhin eine Zeremonie groß angekündigt, die an Ostern für ihn dazugehört: Er will im Hof einen Hering beerdigen! Das machen die Leute zum Ende der Fastenzeit in Irland, wenn sie endlich wieder Fleisch essen dürfen. Dylan hat natürlich nicht gefastet, aber er steht auf solche abgedrehten Bräuche. Und er wird das auf jeden Fall durchziehen, auch wenn es weiter Strippen regnet. Oh Mann, mit ihm hab ich mir wohl ein viertes Kind ins Haus geholt …

Aber ich bin heute irgendwie total glücklich, ich habe ein ganz besonderes Geschenk bekommen. Dylan hat mir endlich seine Überraschung präsentiert, von der er mir schon in Irland erzählt hatte. Auf seiner neuen CD gibt es einen Song, der heißt »She and My Baby«. Ein ganz sanftes, leises Stück über die Liebe seines Lebens und seinen kleinen Sohn, über Jamie und mich. Mir sind die Tränen gekommen, als ich es zum ersten Mal hörte. Es ist die schönste Liebeserklärung, die ich je bekommen habe.

Kapitel X

Die Luft ist lau, der Himmel weit und strahlend, das Grün der Bäume ist explodiert, die Straßencafés sind voll – Frühling in Berlin. Und allen tut die Helligkeit, die Wärme gut. Sofort sind die Menschen entspannter, sehen die positiven Seiten in ihrem Dasein. Vera kann die immer noch vorhandenen liebenswerten Züge in ihrem Reinhold erkennen, Jenny verspürt eine neue Leichtigkeit, und Tanja fasst einen wichtigen Entschluss.

Frederike aber lebt nach wie vor in ihrer einsamen Dunkelheit. Auch ihre verzweifelten Ausschweifungen verschaffen ihr nur ganz kurze Erlösung. Sie vertraut keinem Menschen, nur ihrem Tagebuch. Die Helligkeit vor den Fenstern kann nicht zu ihrem Herzen vordringen.

Vera

Jetzt kommt der Frühling mit Macht! Unter blassblauem Himmel hängt ein hellgrüner Schleier aus Akazienzweigen in unserer Straße, und die Vögel veranstalten aufgeregtes Gelärm. Reinhold will nur noch raus, raus, raus. Wir fahren zum Café am Engelbecken, wo schon reichlich Betrieb herrscht. Aber wir haben Glück, finden noch einen Platz in der ersten Reihe und bestellen Cappuccino. Reinhold streckt sein Gesicht den Sonnenstrahlen entgegen, genießt das Treiben an den Tischen ringsum, beobachtet die Enten auf dem Wasser und sieht glücklich und zufrieden aus.

Auch mir geht's gut heute. Von meinem Verlag ist der Vertrag für einen neuen Krimi gekommen, Band 6. Darüber freue ich mich. Es ist ein schönes Gefühl zu wissen, dass die Leser schon auf eine Fortsetzung warten. Andererseits muss ich jetzt wieder darum kämpfen, genügend Zeit für mein Schreiben zu finden. Das setzt mich ganz schön unter Druck, manchmal so sehr, dass ich Ohrensausen kriege.

Wenn ich Reinhold sage, dass ich nicht mit ihm spazieren gehen kann, weil ich ein Buch schreiben muss und einen Abgabetermin habe, schüttelt er nur seinen Kopf und lacht. Das Lachen hört sich für mich höhnisch an.

Es ist müßig, ihm mit rationalen Erklärungen beikommen zu wollen.

Ich weiß nicht, warum er so reagiert. Es macht mich wütend. In solchen Momenten hasse ich ihn. Das Eingesperrtsein ohne absehbares Ende in mein Beziehungsgefängnis wird mir bewusst, und ich wünschte, er würde sterben. Doch dann muss ich an Reinholds Eingesperrtsein in seinem eigenen Kopf denken, und er tut mir wieder wahnsinnig leid.

Unsere finanzielle Situation ist alles andere als rosig, nicht zuletzt aufgrund seiner mangelnden Altersvorsorge. Reinhold, der ewige Optimist, rechnete auch nach bald 30 Jahren noch mit dem *Blockbuster*, der uns aller Geldsorgen ein für alle Mal entheben würde. Dass ich nicht nur zu meinem Vergnügen schreibe, sondern damit Geld verdiene, und das nur, wenn ich etwas veröffentliche, will er nicht hören. Aber vielleicht versteht er auch den Zusammenhang gar nicht.

Früher war Reinhold ein echter Workaholic. Als er noch seine kleine Filmproduktionsfirma hatte, arbeitete er meist bis spätabends, zuweilen auch die Nächte durch, oft auch am Wochenende, und die Arbeit ging immer vor – vor private Verabredungen, vor Urlaubspläne, vor Erschöpfung und Krankheit. Seine Arbeitsmoral war übermenschlich.

Seit das Ding in seinem Kopf explodierte, interessiert Reinhold Arbeit nicht mehr. Mit eindeutigen Gesten zeigt er, wie lächerlich er meine beruflichen Verpflichtungen findet. Vielleicht hat er diese Zäsur gebraucht nach seiner lebenslangen Rödelei, die ihn oft stresste, zuweilen finanziell riskant war, ihm zwar einige anerkennende Preise, aber nie so viel einbrachte, wie seinem übermäßigen Einsatz angemessen gewesen wäre.

Trotz seiner körperlichen und geistigen Einschränkungen scheint er sein neues Dasein zu genießen. Er und seine Bedürfnisse sind der Mittelpunkt seines Kosmos'. Zeitunglesen, im Internet surfen, Fernsehen, Spazierengehen, Kaffeetrinken, Essen, Schlafen – er hat seine festen Rituale zu festen Zeiten und geht ihnen mit der gleichen Ernsthaftigkeit nach wie früher seinem Job. Nicht alles, was er liest und im Fernsehen sieht, versteht er auch, andererseits ist es erstaunlich, wie viel davon doch zu ihm durchdringt. Ach ja, immer wieder wundere ich mich, was für ein kompliziertes Organ so ein Gehirn doch ist …

Wenn ich Leuten manchmal sage, Reinhold wird mich überleben, ernte ich meist Gelächter. Aber ich meine das durchaus ernst. Dank der modernen Pharmazie ist Reinholds körperlicher Zustand stabil, er hat keinen Stress, braucht sich um nichts kümmern und tut nur, was er will. Sein Leben ist das genaue Gegenteil von meinem.

Aber heute gönne auch ich mir einen freien Tag, lass den Schreibtisch links liegen und versuche, den Müßiggang zu genießen. Schließlich muss der neue Vertrag gefeiert werden, auch wenn er mich die nächsten Wochen und Monate an mein Manuskript ketten wird.

Außerdem ist es der erste Tag ohne Besuch. Gestern sind die Fuldaer wieder abgereist, spät und mit einem Kofferraum voller Einkaufstüten. Zum Abschluss hatten sie am Ku'damm noch eine Shoppingtour gemacht, Pflichtprogramm, wie meine Schwester meinte. Als ihr Auto aus unserem Gesichtsfeld verschwunden war, klopfte mir Reinhold in seiner unbeholfenen Art mit seiner gesunden Hand auf die Schulter, zog eine Grimasse und ließ einen so erleichterten Seufzer hören, dass ich lachen musste.

Während mein Mann völlig in sich versunken seinen Cappuccino kalt werden lässt – keine Ahnung, wo er sich in Gedanken gerade befindet – pflege ich übers Smartphone meine Freundschaften, verschicke SMS und *Whatsapp*-Nachrichten, illustriert mit einem Foto von unserer sonnenbeschienenen Café-Idylle. Ich empfinde die neuen Kommunikationsmöglichkeiten als große Hilfe. Wie sonst könnte ich so regen Kontakt zu meinem Freundeskreis halten oder zu Becky auf der anderen Seite des großen Teichs? Die ruhigen Momente zum Telefonieren sind rar, oft erreicht man die Angerufenen nicht oder stört in ungünstigen Momenten, und zum Briefeschreiben fehlt die Zeit erst recht. Verabredungen bedürfen stets längerer Planung, da wir scheinbar alle verdammt viel um die Ohren haben – ob noch arbeitend oder schon im Ruhestand, je älter desto schlimmer. Seit Reinholds Sprachlosigkeit sind die anderen für mich wirklich wichtig geworden. Zum Glück gibt es immer einen, den ich anrufen kann, wenn ich jemanden zum Reden oder praktische Hilfe brauche.

Ob Thomas wohl noch oft seine Freunde sieht? Früher hatte er so eine bunte Truppe um sich geschart, die meisten ebenfalls künstlerisch tätig, mit denen er sich regelmäßig traf, zum Kochen, in der Kneipe, auf Ausstellungen, im Konzert. Zuweilen kamen auch wir mit seinem Kreis zusammen, und ich fand die Begegnungen mit diesen Menschen immer sehr inspirierend. Als ich Thomas gestern im Treppenhaus begegnete, machte er einen abgespannten und resignierten Eindruck. Dabei hat er Ferien von der ungeliebten Schule und bietet geführte Besuche durch verschiedene Kunstmuseen an, was er normalerweise gern und mit Leidenschaft tut. Doch neben den Sorgen, die er um den Kleinen hat, ist es vor allem Frederikes Zustand, der ihn beunruhigt. Immer wieder gibt es Tage, hat er erzählt, an denen sie von heftigen Kopfschmerzen geplagt wird, das Essen verweigert und die meiste Zeit im Bett verbringt. Nur wenn es Frederic richtig schlecht geht, er einen Krampfanfall erleidet oder von seinen immer wieder auftauchenden Magen-Darm-Problemen geplagt wird, rappelt sie sich mit bewundernswerter Stärke auf und kümmert sich aufopfernd um das Kind.

Das hört sich alles gar nicht gut an. Thomas tut mir so leid! Ich würde ja gern helfen. Die Frage ist nur, ob Frederike mich überhaupt ließe. Wir sind ja auch nach den zwei Jahren, die sie hier wohnt, noch nicht miteinander warm geworden. Bisher hat sie mein Herz auch nicht gewinnen können, das gebe ich zu. Vielleicht kenne ich sie einfach zu wenig. Doch meine Vermutung, dass sie ein unglücklicher Mensch ist, wird durch Thomas' Erzählungen jedenfalls nicht zerstreut. Wenn ich es recht bedenke, glaube ich auch nicht, dass Frederike eine skrupellose Fremdgängerin ist. Wer weiß, was das war, neulich Nacht.

Jenny wirkte heute richtig fröhlich. Sie lief uns über den Weg, als wir ins Café aufbrachen. Hat mich gefreut, sie so zu sehen. Vielleicht ist sie ja endlich schwanger?

Jenny

Wenn ich an die letzten Wochen vor Ostern zurückdenke, frag ich mich, was mit mir los war. Mein Gott, ich hab Mama angerufen, hab mich bei Vera ausgeheult und bin sogar zu Tanja gerannt, fühlte mich einfach beschissen, wie eine jämmerliche Loserin. Seit wir aus Heiligendamm zurück sind, geht's mir plötzlich echt gut! Ich hab mich gestern aufgerafft und nach ewigen Zeiten ein paar von meinen alten Freundinnen angerufen. Na ja, Juli, Merle und Sarah sind nicht gerade die erste Wahl. Aber was soll ich machen, wenn Lulu in Neuseeland und Hanna im Zwillingsstress ist? Und sich mit der einzig interessanten Frau in meiner Nachbarschaft zu verabreden, scheint ja mindestens so schwierig, wie eine Audienz beim Papst zu kriegen!

Gleich heute habe ich mich mit Juli und Sarah zum Mittagessen in einem Café in der Bergmannstraße getroffen. So viel gequasselt und gelacht hab ich schon ewig nicht mehr! Erst hab ich gedacht, da siehste mal, was ein bisschen guter Sex alles so ausrichten kann, plötzlich scheint alles so einfach. Also vom Sex her war Ostern wirklich der Wahnsinn! Aber dann ist mir aufgefallen, dass wir drei mit keinem Wort über Schwangerschaft und Kinderkriegen gesprochen haben. Ich hab die beiden auch gar nicht danach gefragt. Ich habe nicht mal daran gedacht! Gut, mit den beiden bin ich auch nicht so eng wie mit Lulu, meiner Herzensfreundin, oder mit Hanna. Aber das Kinderding scheint einfach kein Thema bei Juli und Sarah zu sein, und das fand ich irgendwie total geil!

Die Mädels haben von ihren letzten Reisen erzählt und was sie in diesem Sommer so vorhaben. Juli geht auf Trekking Tour nach Nepal, und Sarah kann sich noch nicht entscheiden zwischen Tauchen auf den Malediven oder einem Besuch bei Freunden in Taiwan. Gut, da konnte ich nicht so richtig mithalten. So eine richtig fette Fernreise habe ich mit Kai noch nie unternommen, er hat auf so was leider gar keinen Bock. Und mein Job ist auch nicht gerade ein prickelndes Thema – vor allem die Websites für Sanitätshäuser und Treppenlifte, da schauen die anderen eher mitleidig.

Dafür konnte ich voll punkten beim Thema Mann! Die beiden anderen sind nämlich gerade mal wieder Singles und voll krass auf der Suche. Unsere schon über drei Jahre dauernde Beziehung hat Juli und Sarah total beeindruckt. Auch, dass Kai wegen mir erst aufs Land und dann zurück in die Stadt gezogen ist und das alles auch noch finanziert hat, fanden sie ganz toll. Das Waschen, Bügeln, Putzen und Einkaufen, das ich für Kai erledigen muss, um damit einen Teil meiner Miete einzubringen, hab ich natürlich verschwiegen.

Zum Schluss hab ich von unserem Osterwochenende in Heiligendamm erzählt, Chris und Marie dabei ausgelassen, ganz nebenbei unseren extrem tollen Sex erwähnt und überhaupt bei allem, klar, ein bisschen mehr Glanz dazugegeben. Ich glaube, Juli und Sarah beneiden mich jetzt irgendwie. Auch mal ein gutes Gefühl! Ich hab mich gleich für nächste Woche zum Kino mit den beiden verabredet.

In der *Marheinekehalle* habe ich noch ein paar Leckereien eingekauft, zu Hause einen Crémant kalt gestellt und den Tisch nett gedeckt. Vielleicht kommt Kai heute einigermaßen früh nach Hause, und wir könnten da weitermachen, wo wir in Heiligendamm aufgehört haben – habe ich gehofft. Leider hat mein Workaholic eben angerufen, dass es wieder mal spät wird, ich solle nicht auf ihn warten. Natürlich bin ich jetzt ein bisschen enttäuscht, aber immerhin, dass er von sich aus anruft, wenn er später nach Hause kommt, ist schon mal ein Fortschritt! Jetzt hab ich so viele leckere Dinge eingekauft – eigentlich könnte ich doch gegenüber bei unseren Nachbarn klingeln und die zum Abendessen einladen? Oder findet Kai das wieder zu aufdringlich? Aber erstens ist er nicht da, und zweitens ist es nur eine Frage, sie können ja einfach nein sagen.

Es ist Thomas, der mir öffnet, und er wirkt richtig erfreut, als ich ihm mein Tablett mit einer tollen Käseauswahl, französischen Pasteten und italienischen Antipasti unter die Nase halte und frage, ob sie vielleicht mit mir essen wollen.

»Das sieht ja wirklich verlockend aus! Schade, Frederike geht gleich weg, sie hat heute ihren freien Abend.«

»Wir können das auch zu zweit futtern. Oder hast du schon gegessen?«

Nach kurzem Zögern meint Thomas: »Ja, warum eigentlich nicht?«

Ich geh also noch Baguette und Crémant holen. Wenn ich ehrlich bin, habe ich ja vor allem wegen Frederike bei den Nachbarn geklingelt. Aber vielleicht führt ja über ihren Mann ein Weg zu ihr. Das ist mal wieder echtes Pech, dass sie ausgerechnet heute ausgeht. Oh Mann, wann das wohl mal klappt mit dem näher Kennenlernen?

Als ich zurückkomme, steht sie in einem cremefarbenen Etuikleid vor dem Garderobenspiegel und zieht gerade ihre Jacke über. Sie schüttelt ihr langes glänzendes Haar und sieht wieder fantastisch aus, aber irgendwie wirft sie mir einen merkwürdigen Blick zu. Jedenfalls kommt es mir so vor. Ob es ihr nicht passt, dass ich mit ihrem Mann allein bleibe? Also echt, da braucht sie sich wirklich keine Sorgen machen! Ich werde ihr bestimmt keinen Grund zur Eifersucht bieten. Außerdem ist Frederic ja auch noch da, liegt nur leider schon in seinem Bettchen.

»Schau bitte mal nach Frederic, Thomas. Auf mich warten brauchst du nicht, es kann spät werden. Tschüs dann und guten Appetit!«, verabschiedet sie sich und lächelt mich dabei total lieb an. Wahrscheinlich bilde ich mir ihr Misstrauen doch nur ein.

Thomas und ich machen uns über die Leckereien her und essen fast alles auf. Als wir den Crémant geleert haben, holt Thomas noch eine Flasche Rotwein. Wir reden zuerst über Frederic, darüber, dass er so oft krank ist und wie toll sich Frederike immer um ihn kümmert. Als er nach dem Kleinen schauen geht, komme ich mit. Friedlich schläft der mit rosafarbenen Wangen in seinem Bettchen. So niedlich! Ich kann gar nicht aufhören, ihn anzuschauen. Die

Gedanken an mein Schwangerschaftselend, die sich nun doch wieder ganz hinten in meinem Kopf rühren, ignoriere ich tapfer.

Ich kenne Thomas ja eigentlich kaum, aber er wird immer gesprächiger. Wahrscheinlich liegt's am Alkohol. Sein Lehrerjob scheint ihn ziemlich zu nerven. Er wäre wohl am liebsten einfach nur Maler. Doch da Frederike noch nicht wieder arbeiten, sondern ganz für Frederic da sein will, muss er halt für ein einigermaßen sicheres Einkommen sorgen. Es hört sich so an, als ob er bereit ist, das und noch viel mehr zu tun, auch wenn es schwer für ihn ist, damit Frederike glücklich ist. Ich sage ihm, dass ich das total süß finde, wie er über seine Frau redet, und dass er sie wirklich sehr lieben muss. Ups, jetzt sagt er nix mehr und guckt mich so komisch an. Da war ich wohl wieder etwas übergriffig, wie Kai sagen würde.

Nach einer langen Pause meint Thomas: »Tja, das stimmt wahrscheinlich. Aber je größer die Liebe …«

Er starrt in sein Weinglas und spricht dann nicht weiter. Gibt es Probleme zwischen ihm und Frederike? Ich trau mich nicht, danach zu fragen. Da er immer noch schweigt, schau ich auf die Uhr.

»Oh, schon gleich 22 Uhr. Ich glaube, ich geh dann mal. Ich muss nämlich noch ein bisschen was arbeiten«, lüge ich.

Er nickt stumm. Erst als ich aufstehe und nach meinem Tablett greife, kommt Leben in ihn.

»Das war ein köstliches Abendessen! Vielen Dank! Das wiederholen wir demnächst mal, dann kaufen wir ein, und ich koche was Schönes.«

»Ja, das wäre klasse! Und dann ist Frederike hoffentlich auch dabei.«

Thomas bringt mich zur Tür. Ein bisschen langweilig ist er ja, aber wirklich ein Netter.

Tanja

»Hallo! Niemand zu Hause?«, rufe ich durch den Flur. Normalerweise kommt die ganze Bande angestürmt, kaum dass sie den Schlüssel im Schloss hören. Ich gehe mit meinen Einkäufen Richtung Küche, aus der Stimmen und Gelächter dringen.

»Omi! Wie schön, dass du uns besuchst! Das ist ja toll, du bist den Gips endlich los! Jetzt bist du bestimmt total happy, oder?«

»Das kannst du laut sagen! Gestern ist das Monstrum entfernt worden. Aber kiek mal, mein Bein ist ganz dünn geworden, nur noch Haut und Knochen! Ich humple auch immer noch ein bisschen.«

Unterm Küchentisch streckt sie mir ihr Bein entgegen. Ich umarme sie, so gut das geht mit Jamie auf ihrem Schoß und Dayo und Elani, die sich rechts und links an sie kuscheln.

»Klar, nach sechs Wochen ruhigstellen! Du musst jetzt fleißig trainieren, damit du wieder Muskeln aufbaust.«

»Jaja. Dreimal die Woche soll ich zur Physiotherapie – dabei habe ich massenhaft anderes zu tun, wo ich doch so lange kaltgestellt war.«

»Ist aber ganz wichtig, Omilein!«

Sie nickt ergeben.

»Magst du was mit uns essen? Ich wollte ein bisschen Gemüse mit Tofu und Reis im Wok machen.«

»Omi hat Nachtisch mitgebracht!«, rufen Elani und Dayo gleichzeitig und zeigen auf eine große Tüte mit dem Schriftzug meiner Lieblingspatisserie, aus der wir uns nur äußerst selten mal etwas gönnen.

»Echt, von *Bonheur*? Das ist doch so teuer! Aber total lieb von dir!«

»Das haste verdient, meine Kleene! Hast dich immer so nett um mich gekümmert. Und außerdem muss doch meine wieder gewonnene Beinfreiheit gefeiert werden!«

»Na gut. Ich geh mir die Hände waschen, und dann schnippeln wir erst mal alle zusammen das Gemüse.«

Aber Omi kann nicht bleiben, sie will zur Chorprobe. Nach sechs Wochen, in denen sie kaum rauskam, hat sie enormen Nachholbedarf, das kann ich verstehen.

Wir verabreden uns für Sonnabendnachmittag in einem Café, nur sie und ich, darauf freu ich mich. Ich habe einen Entschluss gefasst bezüglich meines Studiums, und darüber will ich mit ihr sprechen. Mit meiner Großmutter kann ich über alles reden. Sie ist mir viel näher als meine Mutter. Noch nie hat sie mir Vorschriften gemacht oder meine Lebensführung kritisiert. Als ich mit 20 schwanger wurde, hat sie zu mir und dem Baby gestanden, und sie glaubt fest daran, dass ich mein Medizinstudium zu Ende bringen werde.

Meine Mutter dagegen ist die wandelnde Skepsis in Person. Ich glaube, sie ist enttäuscht, dass ich nicht so eine geradlinige Karriere wie meine große Schwester hingelegt habe. Heidi ist Parlamentsreferentin in Brüssel, alleinstehend, Supergehalt, aber so richtig froh und zufrieden kommt sie mir trotzdem nicht vor.

»Mama, ich habe drei wunderbare Kinder, wir sind gesund, es reicht zum Leben – ich bin glücklich, so wie es ist. Das ist doch die Hauptsache, oder?«

Wir sind halt einfach sehr unterschiedlich, Mama und Heidi und Omi und ich. Ich habe damit kein Problem, fürchte bloß, Mama hat eines damit. Vielleicht hätte sie lieber so ein makelloses Wesen wie Frederike als Tochter. Die sah eben aus wie einem Werbespot entstiegen, meine Nachbarin: schnieke Klamotten, perfekt frisiert, sanft lächelnd schwebte sie vor unserem Haus an mir vorbei. Vor lauter Hülle kommt man aber gar nicht an sie ran. Jedenfalls ich komme nicht an sie ran, obwohl ich immer glaube, sie muss doch auch mal einen zum Quatschen brauchen. Aber vielleicht hat sie ja jemanden. Sie trifft sich mit einer Freundin, hat sie gesagt. Ich würde es ihr gönnen.

So, Oma ist gegangen, ich habe gemeinsam mit den Kindern das Essen zubereitet, und nun liegen sie schon im Bett. Heute war so richtiges Spielplatzwetter. Jamal war mit der ganzen Bande im Park am Gleisdreieck, wo es tolle Spielplätze gibt, und die frische Luft hat sie schön müde gemacht.

Eben kam Dylan gut gelaunt nach Hause. Er hat Gespräche in verschiedenen Locations geführt, und es sieht so aus, als würden ein paar Konzerte zustande kommen. Außerdem überlegt er, sich fest bei einer Musikagentur unter Vertrag nehmen zu lassen, die für ihn eine Tour durch die

Klubs organisiert, ihm im Sommer Auftritte bei Festivals vermittelt und das Ganze auch PR-mäßig begleitet.

Dylan will ein bisschen mehr Sicherheit in sein Musikerleben bringen, wie er sagt, und ganz weg von dem Musizieren auf der Straße. Das finde ich auch gut und komme auf meine Pläne zu sprechen.

»Weißt du, ich habe mir auch was überlegt: Im Wintersemester will ich wieder zur Uni gehen. Das würde natürlich bedeuten, dass du dich hier zu Hause mehr engagieren müsstest. Was meinst du?«

Schon des Öfteren habe ich mal erwähnt, dass ich gern mein Medizinstudium fortsetzen würde, aber es ist das erste Mal, dass ich einen konkreten Termin nenne. Ich spüre Dylans Überraschung. Er nimmt einen Schluck von seinem Bier, dann nickt er bedächtig.

»Das war klar, irgendwann musst du das machen.«

Dylan schaut mich an und sagt erst nichts, dann brummt er: »It won't be easy, but we'll make it, my love. We're such a good team …«

Er zieht mich an seine Bärenbrust, und auch ich bin mir ganz sicher wir kriegen das hin.

Frederike

31. März

Die Verabredung gestern Abend kam gerade noch zur rechten Zeit. Hennys Überfall hat mich so sehr nieder gedrückt! Die ganzen Ostertage fühlte ich mich völlig kraftlos. Es war mir nicht möglich, gegen dieses tonnenschwere Gewicht und diese Dunkelheit anzugehen. Ich hatte meinen Körper, hatte mein Leben nicht mehr, war wie tot. Zuweilen möchte ich das auch wirklich sein ...

Manchmal ist es dann Frederic, der plötzlich einen Krampfanfall erleidet, der mich aus meinem schwarzen Verlies zieht. Wenn ich weiß, es kommt auf mich an und ich muss funktionieren, werde ich plötzlich klar und stark.

Aber dieses Mal hat mich Mister Wonderful gerettet. Er hat sofort auf meine Nachricht geantwortet, ich bin direkt zu ihm in sein Loft gefahren, und es hat mir einfach nur gut getan. Ich bin wach, ich spüre mich, ich lebe wieder! Was mich nur etwas gestört hat heute, waren seine sehr privaten Fragen. Ich will das nicht – keine persönlichen Gespräche, keine andere Art Beziehung mit ihm. Was wir haben, ist genau, was ich brauche.

Dass es mir wieder gut geht, merkte ich an dem Hunger, der mich plötzlich überfiel. Seit Tagen hatte ich nicht essen können. Er hat Sushi liefern lassen, und ich stürzte mich mit riesigem Appetit darauf.

Als ich weit nach Mitternacht nach Hause kam, brannte bei Thomas noch Licht. Es sind doch noch Ferien, meinte er, und er dürfe ausschlafen, außerdem könne er sein spannendes Buch nicht aus der Hand legen.

In Wahrheit hat er wieder auf mich gewartet. Er will immer ganz genau wissen, wie es gelaufen ist, wo wir gewesen sind, wie meine Freundin drauf war, worüber wir gesprochen haben. Er kommt mir vor wie ein Sozialarbeiter oder Therapeut, der sehen will, ob sein Schützling auf dem richtigen Weg ist – anstrengend ist das. Ich erzähle so knapp wie möglich, will mich ja auch nicht in einem Gestrüpp von wilden Geschichten verheddern … Ich glaube nicht, dass er misstrauisch ist, aber diese Fragerei stresst mich.

Glücklicherweise hatte ich heute ja auch etwas zu fragen, und wie erwartet fand Thomas nur positive Worte für den Abend mit unserer impertinenten Nachbarin, die so offen und so unkompliziert ist!

Wie sie sich mit ihrer Einladung zum Essen bei uns eingeschlichen hat, das war wirklich sehr geschickt! Natürlich ist sie auch mit zu Frederic ans Bettchen gekommen. Ich mag das nicht! Ich will das nicht! Warum belauert sie uns so? Was sucht sie hier? Ich habe es vorsichtig versucht, aber es hat gar keinen Sinn, dass ich Thomas von meinen Vorbehalten erzähle. Er ist so völlig arglos ihr gegenüber.

Tanja ist mir über den Weg gelaufen, als ich zu meinem Treffen losging. Nach ihrem Job im Café war sie noch einkaufen gewesen und hatte zwei riesige Tüten voller Gemüse aus dem Bioladen in den Armen. Seit dem Frühstück bei Frau K. sind wir uns ja ein paar Mal kurz begegnet, und ich habe das Gefühl, sie meint, wir wären inzwischen so was wie befreundet, fragte gleich, was ich vorhätte. Sie merkt genauso wenig wie die anderen beiden, dass ich auf enge nachbarliche Kontakte keinen Wert lege. Allerdings sind Tanja und ihre wilde Kinderschar nicht zu überhören. Ganz schön laut geht es unter uns manchmal zu. Ich habe neulich sogar bei ihr angerufen und um etwas mehr Rücksichtnahme gebeten, als Gitarrenklänge, wildes Getrommel und Gejuchze heraufschallten, und Frederic schlafen sollte. Ihr Straßenmusiker ist wohl mal wieder im Lande. Sie klang überrascht, aber anschließend war es nicht mehr ganz so laut.

Immer wirkt diese Tanja so entspannt und gut gelaunt. Es scheint von Vorteil, wenn man ein eher schlichtes Wesen hat. Sie hat mich gleich wieder eingeladen, mit Frederic vorbeizukommen, damit er mit ihrem entsetzlichen Jamie spielen kann. Ich könnte Frederic aber ruhig auch allein bringen, bei ihnen wäre immer irgendjemand da, der sich gerne um die Kleinen kümmert. Ich werde mich hüten!

Ach, liebes Tagebuch, schon wieder fürchte ich mich vor dem Einbruch der Vergangenheit in mein Leben! Ich weiß nicht, wie ich mich dagegen wehren soll. Ein kleiner Halt ist Mister Wonderful. Er wäre jederzeit für mich da, hat er gesagt. Wenigstens das. Die Farbe der Zukunft bleibt für mich trotzdem Schwarz.

Kapitel XI

Dieser April sei viel zu warm für die Jahreszeit, vermeldet der Wetterbericht. Doch unsere Frauen schenken dem Wetter eh keine große Beachtung. Sie sind ausreichend mit dem alltäglichen Leben beschäftigt und kommen nicht oft zum Nachdenken. Manchmal ist das vielleicht auch besser. Ausgerechnet Frederike aber kann der Gedankenspirale in ihrem Kopf nicht entkommen und versinkt immer tiefer in ihrer Verzweiflung.

Jenny verschließt ihren Mund und plant nach den Erlebnissen mit Kai in den letzten Monaten die Gestaltung der nächsten fruchtbaren Tage ganz im Stillen. Und Vera und Tanja sehen etwas, das sonst niemand sieht …

Jenny

Ich habe wirklich meine Klappe gehalten und nichts mehr zu Kai gesagt über Kinderkriegen und Schwangerwerden. Auch dass wir die Chance vor vier Wochen versemmelt haben – warum auch immer, wegen meiner zwanghaften Fixiertheit, weil ihm das wurscht ist – nichts, nichts, nichts ist mir dazu über die Lippen gekommen!

Dabei gäbe es wirklich auch noch eine Menge anderer Sachen, die ich nicht in Ordnung finde und über die ich mich mal so richtig beschweren könnte: dass Kai immer nur arbeitet, arbeitet, arbeitet, immer öfter über Nacht in seinem Büro bleibt, wir überhaupt nicht mehr ausgehen, er mich kaum noch zu offiziellen Einladungen mitnimmt. Er kocht nicht mehr für mich, und Blumen, wann hab ich in letzter Zeit mal Blumen gekriegt? Manchmal komm ich mir vor wie seine Haushälterin, seine Putze und seine Privatsekretärin in einem, wenn ich mal wieder Geschenke und Karten zu Geburtstagen und anderen Gelegenheiten an seine Familie senden muss. Nur wie seine Freundin, geschweige denn Partnerin, fühle ich mich überhaupt nicht. Immerhin, der Betthase darf ich ab und zu auch mal sein, wenn dem Herrn danach ist.

Bin ich ungerecht? Vielleicht liegt das ja wirklich nur an der Aufbauphase, in der sein Unternehmen immer noch steckt, dass er so gar keine Zeit fürs Privatleben hat. Er kann seinen Job halt nicht so locker nehmen wie ich meinen, und ich muss ja auch zugeben, dass er den größten Anteil an unserem Lebensunterhalt bezahlt. Und wahrscheinlich habe ich mit meiner krampfhaften Babysucht auch häufig die Stimmung verdorben.

Egal wie, an diesem Wochenende ist es wieder so weit. Auch wenn ich versuche, mich deswegen nicht mehr so verrückt zu machen, ich überlege schon, wie ich es möglichst unauffällig anstelle, dass wir diesmal die fruchtbaren Tage nicht ungenutzt vorübergehen lassen. Eigentlich total blöde. An manchen Tagen, wenn ich mich mal wieder so absolut mies und mittelmäßig fühle, zweifle ich richtig, ob es so eine gute Idee ist, mit Kai ein Kind zu kriegen.

Und letzte Woche, das war ja wirklich – da dachte ich, so, jetzt ist Schluss mit lustig, das ist das Ende unserer Beziehung! Beim Wäschewaschen dreh ich seine Jeans auf links, und nachdem ich ein paarmal zerfusselte Papiertaschentücher an den frisch gewaschenen Sachen hängen hatte, guck ich immer, ob auch nichts mehr in den Taschen ist. Ich dachte, ich spinne, als ich plötzlich drei Päckchen Gummis in der Hand hielt! Die Welt um mich rum versank im Nebel, ich konnte gar nicht aufhören zu flennen. Wozu Gummis? Wir wollen doch ein Baby! Das konnte ja nur heißen, dass er die für andere Gelegenheiten braucht. Ich war kurz vorm Nervenzusammenbruch. Als Kai nach Hause kam, hatte ich mich zumindest wieder so weit im Griff, dass ich die Dinger wütend auf den Küchentisch geschmissen hab und eine Erklärung forderte. Er guckte ein bisschen überrascht, dann grinste er und fragte:

»Ach, mein kleines Mädchen! Hast du noch nie Kondome geschenkt gekriegt?«

Wahrscheinlich hab ich ein ziemlich blödes Gesicht gemacht. Er nahm mich in die Arme.

»Schau doch mal auf die Verpackung!«

Da war das Logo einer Zigarettenmarke.

»Die halten das für eine pfiffige Idee, weil sie kaum noch Werbung für ihre Glimmstängel machen dürfen.«

»Ja und?«, fragte ich, schon etwas verunsichert.

»Letzte Woche, als wir nach unserem Teamabend noch in einer Bar waren, da wurden die Päckchen von so 'ner Werbetruppe verteilt. Ich hab sie eingesteckt, ohne nachzudenken. Und irgendwann brauchen wir die ja vielleicht auch wieder«, meinte er, lächelte mich an und gab mir einen Klaps auf den Hintern.

Sofort überlegte ich, welchen Abend er meinen könnte und ob er da diese Hose getragen hat, aber ich konnte mich nicht erinnern. Und dann kam ich mir plötzlich total bescheuert vor, so einen Aufstand gemacht zu haben. Sogar Lulu in Neuseeland hatte ich anrufen wollen, um mich auszuheulen! War ich froh, dass ich das gelassen hatte.

Kai drückte mich an sich, küsste meinen Nacken und streichelte mich zärtlich. Ich hab ihm geglaubt. Verdammt, ich liebe ihn doch! Vielleicht bin ich nicht mehr so doll verliebt wie am Anfang, aber das ist ja normal, oder?

Ab und zu frag ich mich auch, warum ich unbedingt ein Kind haben will. Ich kann das aber gar nicht richtig mit Argumenten begründen. Es ist einfach nur ein Gefühl, ganz tief in mir drin. Wenn ich zum Beispiel den süßen kleinen Freddy sehe, dann kriege ich eine unglaubliche

Sehnsucht nach einem Baby, das macht mir fast körperliche Schmerzen.

Vielleicht fühle ich mich aber auch einfach nicht richtig ausgefüllt. Es ist toll, dass ich meine Arbeit als Webdesignerin völlig unabhängig von zu Hause aus machen und meine Zeit frei einteilen kann. Aber weil ich jetzt jeden Auftrag annehmen muss, wenn ich etwas verdienen will, ob mich das Thema interessiert oder nicht, ist eben auch viel ödes Zeug dabei.

Vor allem aber ist es ein verdammt einsamer Job, wenn man die ganze Zeit so allein vor dem PC sitzt. Und oft ist es gähnend langweilig. Als ich noch bei *Design4u&Me* arbeitete, hatten wir unsere Kaffeepausen, mittags gingen wir zusammen lunchen, und überhaupt hatten wir in unserem Team immer viel Spaß. Dann zogen Kai und ich aufs Land, weil ich mir das wünschte für unser Kind und dann … Womit ich wieder bei diesem Wochenende angekommen wäre. Am besten frage ich Kai, ob er uns am Sonnabend nicht mal wieder was kochen will. Wenn ich ihm anbiete, die Sachen dafür morgens auf dem Markt einkaufen zu gehen, falls er blöderweise wieder in die Firma muss, vielleicht ist das ja ein guter Deal. Ich krieg das schon irgendwie hin, ich muss das hinkriegen!

Frederike

9. April

Draußen ist ein heller Tag, die Sonne steht die ganze Zeit am wolkenlosen Himmel, es scheint warm zu sein. Mich fröstelt, und ich fühle mich kraftlos, habe Thomas mit dem Kleinen in den Park geschickt. Ich versuchte, mich zu entspannen, mich auszuruhen, aber die dunklen Gedanken ließen mich nicht los. Und da habe ich eine Whatsapp geschrieben und mich für heute Abend verabredet. Eigentlich will ich das nicht, will mich nicht in eine Abhängigkeit begeben, aber es schien mir der einzige Ausweg.

Von Mal zu Mal werden die Abstände zwischen meinen Treffen kürzer. Mister Wonderful scheint es zu gefallen, er hat immer sofort für mich Zeit, aber auch wenn es so unkompliziert ist, es ist keine Lösung für die Ewigkeit. Doch was währt schon ewig?

Ich habe mir wirklich Mühe gegeben, ich habe mich durch die Woche gekämpft und ich habe es auch ganz gut hinbekommen. Hennys Besuch verblasste langsam zur Episode, und fast konnte ich mich über ihre Binsenweisheiten und ihre komische Blasiertheit amüsieren. Doch es gibt kein Entrinnen, die Vergangenheit holt mich immer wieder ein. Mutter hat heute angerufen. Mehrmals.

Sofort überfiel mich ein eiskalter Schrecken, tief in meinem Innern. Plötzlich war ich wieder ein zehnjähriges Kind, das sich irgendwo im Schloss versteckte, weil es der grausamen Wirklichkeit entgehen wollte. Ich habe Mutters Anrufe nicht angenommen. Das wird sie wahrscheinlich nicht hindern, trotzdem die Reise hierher anzutreten. Ich möchte mich am liebsten irgendwo verkriechen und weiß doch, dass ich dadurch das Problem nicht lösen kann.

Auch damals hat das nicht geklappt, der Alte hat mich, wie auch Henry und Charlotte, immer und überall gefunden. Doch nie hat unser Familienoberhaupt selbst die Hand gegen uns erhoben. Zum einen hatte er unsere Mutter, die viel zu jung und zu unwissend war, um die Dinge zu hinterfragen. Sie war stets sein williges Werkzeug und tat nichts, was er nicht gutgeheißen hätte.

Und zum anderen hatte er eine perfide Strategie entwickelt, wie wir Kinder das Bestrafen untereinander selbst zu erledigen hatten. Auch den Katalog mit allen möglichen Züchtigungsmaßnahmen ließ er uns Kinder ausarbeiten – die kindliche Fantasie kennt keine Moral und kann sich grässliche Dinge ausdenken … Und der Delinquent wusste, dass seine Vergehen auf die anderen zurückfielen, wenn er seine Bestrafung nicht akzeptierte.

Noch heute hasse ich die Dunkelheit, selbst meine Augen kann ich nicht länger geschlossen halten, ohne dass ich Angst verspüre, und wenn ich schlafe, plagen mich Albträume. Das Rauschen der Bäume im Wald lässt mich zittern, den modrigen Geruch, der aus Kellern dringt, ertrage ich nicht.

Nie soll mein Frederic etwas Derartiges erleiden müssen, dafür werde ich sorgen mit all meiner Kraft. Er ist mein Ein und Alles, mein Leben. Wenn ihm etwas zustieße, könnte auch ich nicht mehr auf dieser Welt bleiben. Ich habe solche Angst um mein Kind, immer wieder gibt es diese gefährlichen Momente. Ich tue dann, was ich kann, und ich hoffe, ich tue immer das Richtige und ich tue es rechtzeitig. Ich habe Angst. Vor der Vergangenheit. Vor der Zukunft. Vor mir.

Ich wünschte, sie wären tot, Mutter und der Alte. Dann wäre der Albtraum vorbei, und ich wäre endlich frei.

Vera

Das Telefonat mit meiner Mutter ist mühsam. Sie sagt kaum etwas, außer es gibt Dinge, über die sie sich aufregen kann. Die gibt es zwar meistens, doch irgendwann ist sie dann damit durch. Ich habe auch nicht so viel zu erzählen, denn mein Leben ist nicht gerade ereignisreich. Meist eröffne ich unser Gespräch mit einer Frage nach dem Wetter, dazu kann sie immer etwas beitragen. Als ich von blauem Himmel und Sonnenschein in Berlin schwärme, bestätigt sie das auch für Marburg.

»Und warst du draußen?«

»Was soll ich denn da?«

Ich merke, wie mir angesichts so einer doofen Antwort der Kamm schwillt, aber ich mache freundlich Vorschläge, was sie unternehmen könnte: sich in ihren Garten oder zumindest auf ihren Balkon setzen und die Frühlingsluft genießen oder sich von Irina ins *Café Vetter* bringen lassen und sich auf der Terrasse dort Kaffee und ein Stück Torte gönnen, vielleicht sogar Bekannte treffen. Ich treffe auf kein positives Echo. Zu teuer, allein langweilig, sie trifft nie jemanden, zu viel Aufwand sowieso.

Aber das wäre doch egal, erkläre ich, weil sie ja eh sonst nichts zu tun hätte. Ich schlage ihr vor, ein Taxi zu nehmen und zusammen mit Irina dort Kaffee zu trinken, wenn sie allein keine Lust dazu hat.

Schließlich gebe ich auf, es hat keinen Sinn. Trotz der zähen Unterhaltungen fühle ich mich verpflichtet, zumindest einmal jede Woche bei Mutter anzurufen. Ob sie sich beschweren würde, wenn ich es seltener täte, weiß ich nicht.

Was ich erstaunlich finde: Sie scheint sich nicht zu langweilen, sortiert die Berge von Reisefotos, die im Laufe von 50, 60 Jahren zusammengekommen sind, hat diverse Zeitschriften abonniert von *National Geographic* bis *Landlust*, und dazu noch eine Menge Rätselhefte. Sie meint, ihr Geist bleibt fit, wenn sie nur genügend Kreuzworträtsel löst. Alles andere, was Regelmäßigkeit und Disziplin erfordert, lehnt sie ab, körperliches Training war ihr stets ein Graus, weswegen sie heute wahrscheinlich so besonders schlecht zu Fuß ist. Und sie wiederholt auch immer wieder, dass sie nie vorhatte, so alt zu werden. Natürlich ist das nicht unbedingt eine Gnade, vor allem, wenn man sich nicht mehr allein behelfen kann. Aber dass sie so allein ist und kaum noch jemand vorbeikommt oder anruft, ist auch ihre Schuld. Bei meinem letzten Besuch in Marburg habe ich zufällig ihre Freundin Gudrun getroffen, die trotz ihrer 91 Jahre noch bergauf, bergab im Städtchen zu Fuß unterwegs ist. Als ich fragte, ob sie sich denn noch öfter sehen, winkte Gudrun ab. Anfangs hatte sie regelmäßig bei Mutter vorbeigeschaut, Hilfe angeboten, gemeinsame Ausflüge vorgeschlagen, doch sie war ein paar Mal so von ihr abgefertigt worden, dass sie die Begegnungen auf ein Minimum reduziert hat.

»Weißt du, ich genieße jeden Tag, der mir noch bleibt, wer weiß, wie lange ich noch habe. Und deshalb will ich meine Zeit nicht mehr mit jemandem verbringen, der alles so negativ sieht. Erzähle ich ihr von den kleinen Reisen, die ich hin und wieder mache, dann sagt sie dazu: ›Kalter Kaffee, kenn ich längst.‹ Konzerte, Theater – alles nur teuer und Mittelmaß. Und überhaupt, die heutige Zeit: alles schlecht.«

Gudruns Worte sind mir im Gedächtnis geblieben, und sie ist nicht die einzige von den ohnehin nur wenigen noch lebenden Bekannten, die keine Lust mehr auf Kontakt mit Mutter haben. Ich kann das gut verstehen, mich ziehen die Telefonate mit ihr ja auch immer runter. Der Spruch, dass sich im Alter bestimmte Eigenschaften verstärken, ist leider wahr. Mutter war nie eine offene, lebensbejahende Person, hatte immer einen Hang zu negativer Weltsicht und sieht sich darin, je älter sie wird, durch ihr eigenes Leben bestätigt. So beißt sich die Katze in den Schwanz.

Zehn Minuten Telefonieren sind geschafft. Aus Reinholds Zimmer dringt lautes Gejammer.

»Entschuldige, Mutter! Mein Sorgenkind meldet sich gerade!«

»Welches Kind?«

Irgendwas ist passiert, er hat sich bekleckert oder eine Fliege ist in seinen Saft gefallen oder seine Brille ist schmutzig – keine Ahnung. Er hört nicht auf zu klagen, bis ich komme und Abhilfe schaffe. Ich beende das Gespräch mit meiner Mutter, wünsche ihr noch ein schönes Wochenende und sage, dass wir nächste Woche wieder telefonieren. Sie nimmt es gleichgültig hin.

Reinhold sitzt vor seinem Computer, macht eckige Gesten und brabbelt aufgeregt. Er hat sein Saftglas umgekippt. Hilflos sieht er zu, wie ich nach einem Lappen renne, die Tastatur aus der Lache ziehe, meckert, weil ich es wohl nach seiner Ansicht nicht richtig mache – während ich versuche, einfach nur ruhig zu bleiben und den Schaden zu beseitigen.

Wenn ich eines gelernt habe in den letzten Jahren, dann das: mich nicht gegen die Situation zu wehren, das hat keinen Sinn, im Gegenteil, dann wird alles nur noch schlimmer. Jedenfalls wenn daran nichts zu ändern ist. Das Gegenteil kann natürlich genauso richtig sein. Das habe ich heute Morgen gedacht, als uns Jenny in der *Markthalle 9* über den Weg gelaufen ist. Ich habe mich gefreut, sie zu sehen. Irgendwie ist mir diese offene, ein bisschen naive junge Frau inzwischen ans Herz gewachsen.

Sie war nicht begeistert, dass ihr Kai auch an diesem Sonnabend gleich nach dem Frühstück wieder in sein Büro entschwunden ist. Aber sie bemüht sich einzusehen, dass sein Einsatz für die aufstrebende Firma auch am Wochenende unumgänglich ist, und beschwert sich nicht. Mit einer von ihm verfassten langen Einkaufsliste tigerte sie etwas verloren zwischen den Ständen hin und her, als ich sie entdeckte.

Auch wenn Reinhold es nicht mag, danebensitzen zu müssen, wenn ich mit jemandem quatsche, haben wir mit Jenny einen Kaffee getrunken. Nach wenigen Sätzen erzählte sie mir, dass es mal wieder so weit ist: Zeugungswochenende. Aber kein Sterbenswörtchen hat sie davon zu ihrem Freund gesagt, wie sie stolz betonte. Und nun versucht sie, ihn mit einem aufwendigen Essen, das er kochen soll, am Abend nach Hause zu locken. Hinter der Fassade lustiger Selbstironie spüre ich doch ihre Niedergeschlagenheit. Mädchen, überleg dir das noch mal, würde ich am liebsten sagen, du bist noch so jung, du findest auch noch einen anderen, der besser zu dir und deinem Kinderwunsch passt. Nun muss ich auch wieder an meine Beobachtung von vor ein paar Wochen denken: ihr Freund Kai mit Frederike. Sollte ich Jenny davon erzählen? Aber vielleicht steckt da gar nichts dahinter. Und deshalb eine Beziehungskrise auslösen? Nee, ich behalt's besser für mich.

Tanja

Gestern habe ich Dylan zu einem Auftritt begleitet und bin sehr, sehr spät nach Hause gekommen. Das bin ich überhaupt nicht mehr gewöhnt. Aber es war fantastisch, ein Riesenerfolg, die Leute waren begeistert. Und da wir Jamal als Babysitter engagiert hatten, konnten wir anschließend auch noch ausgiebig feiern. Es war ein wunderbarer Abend, ich habe es genossen. Aber Jamie war das natürlich komplett egal, wie lange Mum und Dad unterwegs waren. Pünktlich um 7 Uhr am heiligen Sonntagmorgen war er hellwach.

Ich hab mich so durch den Tag gekämpft, gähnend und schlapp. Am Nachmittag ist Dylan mit Jamie eine Runde Fahrrad durch den Kiez gefahren. Dayo und Elani waren mit Freunden verabredet, und so konnte ich einen feinen Mittagsschlaf machen, bis ich das Abendessen kochen musste. Jetzt sind die Kiddies alle schon im Bett, Dylan ist bei den Connollys, und ich werde mich gleich mit einem Buch auf die Couch zurückziehen. Es klingelt.

»Hallo, Vera!«

»Hallo, Tanja! Darf ich reinkommen?«

Sie schwenkt eine Weinflasche. Außer mal kurz im Vorbeigehen haben wir uns eine Ewigkeit nicht gesehen. Oft kommt Vera nicht so spontan vorbei. Eigentlich hätte ich jetzt ja gern meine Ruhe. Aber gerade sie mag ich nicht wegschicken. Vera ist ausgesprochen hilfsbereit, und mit dem kranken Reinhold hat sie's auch nicht so leicht.

»Klar, komm, wir setzen uns in die Küche. Gibt's was zu feiern?«

»Nee, ich muss nur irgendwie runterkommen. Der Reinhold hat mich mal wieder genervt bis auf die Knochen. In solchen Momenten könnte ich ihn wirklich … Hast du mal einen Korkenzieher?«

Während ich nur an dem Rotwein nippe, kippt Vera in großen Zügen das halbe Glas.

»Diese irrationale Sturheit macht mich fertig! Ins Kino bin ich ja schon seit Jahren nicht mehr gekommen, und da möchte ich einmal einen ganz bestimmten Film in der Glotze sehen – das krieg ich nicht durchgesetzt! Reinhold hält sich grundsätzlich an den TV Tipp im *Tagesspiegel* – ob ihn die Sendung interessiert oder nicht, ob er den Film schon 100-mal gesehen hat, schietegal. Er protestiert und brüllt, ich kann nur nachgeben und mir immer wieder sagen, reg dich nicht auf, der kann nichts dafür. Boah, manchmal hab ich ccht die Faxen dicke. Prost!«

»Was guckt er denn jetzt?«

»Irgend so ein tristes Familiendrama aus Bayern. Die sprechen ganz herben Dialekt. Da versteht mein Reinhold als Mann von der Küste kein Wort.«

Vera hält einen Moment inne, dann kichert sie.

»Diese Absurditäten sind echt witzig. Aber immer kann ich da nicht drüber lachen.«

Sie trinkt ihr Glas aus. Ich schenke ihr nach. Als ich hier einzog, wohnten Vera und Reinhold schon ewig im

Haus. Anfangs kannten wir uns nur oberflächlich, wie zufällige Nachbarinnen halt. Ihre Tochter ist so etwa mein Alter, aber wir haben nie viel miteinander zu tun gehabt. Nicht, dass ich sie unsympathisch fand, ich kenn sie ja kaum. Aber ich war damals schwanger und bekam bald meinen Sohn, war umgeben von anderen Müttern, traf mich mit der Babygruppe und musste mit meiner Mutterrolle klarkommen. Becky wohnte zwar noch hier, aber studierte, war viel im Ausland – wir lebten einfach in zwei Welten. Nach Beckys Auszug wurde der Kontakt zu Vera und Reinhold enger. Sie sind interessierte Menschen, die sich engagieren, auch mal mit demonstrieren kommen, im Gegensatz zu den ganzen älteren Spießern hier im Haus. Außerdem haben sie sich immer um mich gekümmert, gefragt, ob ich Unterstützung brauche, als ich nach der Trennung von Desmond allein mit Dayo und Elani hier wohnte. Und nachdem das mit Reinhold passiert ist, war ebenso klar, dass ich meine Hilfe angeboten habe. Da kommt man sich ganz automatisch näher. Inzwischen sind Vera und ich befreundet. Nur treffen wir uns viel zu selten, da wir beide halt mehr als gut beschäftigt sind.

 Gestern war Vera mit einer Freundin aus, im *Gorki*. Sie kann gar nicht aufhören, davon zu erzählen, wie belebend es war, nach Jahren mal wieder Theaterluft zu atmen, die vorfreudige Spannung des Publikums zu spüren und die physische Präsenz der Darsteller auf der Bühne zu erleben, in Gedanken in ganz andere Welten einzutauchen. Sie ist immer noch ganz beseelt von dem Abend, hat die lang vermisste Atmosphäre gierig wie ein Schwamm aufgesogen. Als ich meine, sie könnte das doch öfter mal machen, das täte ihr sicher gut, winkt sie ab. Sie lässt Reinhold nur ungern allein, zu viel könne passieren, und er wäre womöglich nicht einmal in der Lage, sie auf dem Handy anzurufen. Und selbst wenn: Er könnte ihr eh nicht sagen, was los ist.

Ich halte dagegen, dass man nie alle Eventualitäten einkalkulieren kann, alles im Leben sei nun mal nicht vorhersehbar.

»Das sagt Becky auch immer«, nickt sie, »aber ich bin da nicht so cool. Jedes Mal, wenn ich allein unterwegs war, bin ich schon auf dem Heimweg total angespannt, was ich wohl zu Hause vorfinde. Und ansonsten bin ich am Abend meistens so geschafft, dass ich am liebsten nur noch die Beine hochlege.«

»Ich auch!«

»Prost!«

Wir lachen beide. Vera hält mir ihr leeres Glas hin, und ich schenke ein.

»Abende wie der gestrige sind kostbar, aber sie sind auch gefährlich. Ich fange dann an zu träumen, wie es wäre, endlich wieder einmal allein zu sein, so eine richtig lustige Witwe, tun und lassen zu können, was ich will. Eine unabhängige Single-Zukunft. Du glaubst nicht, wie ich meine alleinstehenden Freundinnen manchmal um ihre Freiheit beneide. Die wiederum sind oft immer noch auf der Suche nach einem Mann.«

Sie seufzt und nimmt einen großen Schluck.

»Und ich träume oft, meiner wäre tot …«

Traurig schaut Vera mich an.

»Manchmal frage ich mich, ob es eine Strafe gibt für zu viel Glück. Wir hatten kein glamouröses Leben, Reinhold und ich, aber wir waren zufrieden, ja, ich kann wirklich sagen glücklich, bis … Na ja, Schluss mit dem Wehklagen, bringt nix. Wie geht's dir denn, meine Liebe?«

Ich erzähle vom gestrigen Konzert, von Dylans CD und dass ich mein Studium im Wintersemester wieder aufnehmen werde. Vera findet das klasse und meint, dass ich sicher eine sehr gute Ärztin werde.

»Wir haben gestern Jenny in der Markthalle getroffen. Du weißt ja, sie möchte so gern schwanger werden. Ich wünsche ihr von Herzen, dass es dieses Wochenende klappt. Kennst du eigentlich ihren Freund näher?«

Ich verneine. Mir fällt die Begegnung von letzter Nacht ein, als ich mit Dylan in unserer Straße ankam. Etwas verwundert war ich schon, aber irgendwie zu müde, um mir weiter darüber Gedanken zu machen, dass Frederike mit Jennys Freund unterwegs war. Als ich Vera davon erzähle, hebt sie die Brauen. Vor ein paar Wochen hat sie eine ähnliche Beobachtung gemacht.

Beide kennen wir Jenny nicht besonders gut, Vera hat wahrscheinlich noch mehr Kontakt zu ihr als ich. Wir überlegen, was wir tun können. Aber sollten wir überhaupt was tun?

Kapitel XII

Was für ein Tag – eigentlich ein ganz normaler Apriltag mit einem hastigen Wechsel von Sonne und Wolken, ab und an einer kurzen, aber heftigen Regendusche. Doch für manche in unserem Haus ist an diesem Tag nichts normal. Neben den dunklen Ängsten, die sich immer bedrohlicher vor Frederike aufbauen, zermürbt sie die Sorge um ihren kleinen Jungen, der immer wieder kränkelt. Reinhold sorgt ebenfalls für neue Aufregung, mit der Vera fertig werden muss. Selbst wenn uns diese Prüfungen nach Aussage des Dalai Lama stärker machen, wie Tanja weiß – niemand unterzieht sich ihnen freiwillig.

Jenny allerdings erfährt durch ihre leidvollen Erfahrungen immer mehr über sich selbst, und vor allem lernt sie, sich selbst zu vertrauen.

Jenny

Heute ist mal wieder so ein Tag, an dem ich für mein einsames freiberufliches Dasein richtig dankbar bin. Drei Abende hintereinander habe ich reichlich getrunken und bin immer erst weit nach Mitternacht beziehungsweise gegen Morgen ins Bett gekommen. Und heute früh bin ich einfach liegen geblieben, weil ich total kaputt war. Natürlich hat Kai blöde Sprüche losgelassen über meine mangelnde Selbstdisziplin, dass ich so nie Karriere machen würde – blablabla, das war mir so was von egal.

Am Sonnabend fing es an mit einem Drama, und daran war er mal wieder schuld. Ich hatte dieses ganze Zeugs eingekauft, das er mir für unser romantisches Essen zu zweit auf eine Liste geschrieben hatte, es mit dem Fahrrad nach Hause gekarrt und die Treppen hochgeschleppt. Aber ich hab's gern gemacht für unser *Welcome Baby*-Wochenende! In aller Ruhe hab ich den Tisch gedeckt, Servietten, Blumen, Kerzen, so richtig schön.

Als Kai gegen 18 Uhr immer noch nicht aufgetaucht war, ahnte ich schon, was kommen würde. Erst wollte ich nicht anrufen, weil ich ja weiß, er mag das nicht, aber dann konnte ich mich doch nicht zurückhalten. Doch ich hab nur seine Mailbox erreicht, gefühlte 100-mal drauf gesprochen und in dem Moment gleich gewusst, dass er sich tierisch drüber aufregen würde. Aber das ging mir sonst wo vorbei! Verdammt, mich hat's auch aufgeregt, dass er mich wieder einfach so versetzt hat! Und dazu noch an diesem speziellen Tag! Auch wenn er davon ja gar nichts wusste.

Ich war total gefrustet und wollte nur noch ausgehen, ohne Kai, und es richtig krachen lassen. Leider war es schon viel zu spät, und keines der Mädels hatte Zeit, alle waren verabredet oder längst unterwegs, und ganz allein hatte ich auch keinen Bock. So hab ich mir eine Tiefkühlpizza in den Ofen geschoben und dazu irgendeine Flasche von Kais teuren Rotweinen aufgemacht. Nachdem die leer war, bin ich auf Brandy umgestiegen und hab dazu Schokomandeln geknabbert, eine ganze Tüte. Dabei hab ich mir sechs Folgen von *Gossip Girl* reingezogen, oder hab es versucht, denn ab der fünften bin ich immerzu eingepennt. Als ich endlich den Laptop auf den Nachttisch gelegt hab, war es irgendwas nach Mitternacht. Kai war noch nicht zu Hause. Keine Ahnung, wann er gekommen ist. Irgendwann lag er im Bett neben mir, schlafend und leise schnarchend.

Am Sonntagmorgen ging es mir überraschend gut nach meinem Gelage. Und nun stand ich vor der Wahl: beleidigte Prinzessin sein oder tun, als ob nichts gewesen ist. Schließlich war für den Babyplan immer noch alles möglich. Aber mein Selbstwertgefühl sagte mir, so lässt du dich nicht unterbuttern, du darfst dir nicht alles gefallen lassen, wehr dich, hau auf den Tisch. Dann dachte ich wieder ans Baby. Es kostete mich einige Mühe, aber ich schaffte es, die Gelassenheit selbst zu sein. Kai hat erstaunlicherweise meine 100 Anrufe gar nicht erwähnt und war ansonsten wie immer. Wahrscheinlich hat er gar nicht gemerkt, wie bescheuert das von ihm war, mich so hängen zu lassen, trotz meiner Nachrichten auf seinem Handy.

Jedenfalls verbrachten wir nach diesem beschissenen Abend einen echt schönen Sonntag zusammen, nutzten das wunderbare Wetter für einen Spaziergang, und abends kochte Kai ein unglaublich tolles Essen. Ich sagte keinen Pieps zum Thema Zeugungszeit. Er servierte mir zarten Beelitzer Spargel, dazu Jakobsmuscheln, anschließend Lammfilet auf geschmolzenen Tomaten mit Pinienkernen und zum Nachtisch eine Erdbeermousse mit Pfeffer. Zu allen Gängen reichte Kai die passenden Getränke, er war sehr aufmerksam, ich fühlte mich total verwöhnt, versöhnt, fast ein bisschen wie frisch verliebt. Und dann hatten wir Sex, und ich kann nur sagen: Heiligendamm-Qualität! Und zwar im Doppelpack... Nach dieser Nacht hab ich keine Zweifel mehr, dass ich mir den richtigen Mann ausgesucht hab!

Gestern bin ich mit Merle und Juli weg gewesen. Das hatten wir schon länger verabredet, und irgendwie brauchte ich das auch, um mir meine Eigenständigkeit zu beweisen. Eigentlich sollte es nur ein ganz zahmes After-Work-Essen am Montagabend sein, aber Merle schwärmte von einer geilen Bar im Wedding, wo es die verrücktesten Drinks, super Leute und eine richtig gute Atmosphäre gebe. Also sind wir nach dem Thailänder noch dorthin gefahren und versackt, aber so was von.

Merle und Juli sahen wieder echt super aus. Alle Typen in der Bar haben sie wie hypnotisiert angeglotzt, mich nicht, wie immer. Ich war trotzdem irgendwie total gut drauf. Denn als ich den Mädels von meiner wahnsinnig tollen Sonntagnacht erzählt hab, da haben sie mich richtig neidisch angeschaut. Juli ist nach wie vor allein, und Merle hat so einen unglaublich schwierigen Freund, bei dem sie ständig am Überlegen ist, ob sie nicht besser Schluss machen sollte. Tja, wer hat, der hat, dachte ich mir, schaute amüsiert dem Gebalze der Männer um Merle und Juli zu und trank fröhlich meinen Gin.

Gegen 4 Uhr hab ich mich zu Hause ins Bett geschlichen, und wenn mir jetzt so kodderig zumute ist, liegt das bestimmt nicht an einer Schwangerschaft ... Aber ich hatte sauviel Spaß!

Vera

Die letzten Tage lief es wirklich gut. Reinhold war geduldig und gutwillig, es gab kaum Missverständnisse, und ich dachte, wenn es in Zukunft immer so wäre, würde ich mich nicht beklagen. An mein verändertes, aufgabenreiches Leben habe ich mich längst gewöhnt, dass ich mich um alles, wirklich alles allein kümmern muss, einsame Entscheidungen treffen und mich mit Reinholds Rhythmus abfinden muss. Duschen, Anziehen, Essen mundgerecht vorbereiten, Tabletten, Windeln – ich erledige mein tägliches Pensum, ohne noch darüber zu nachzudenken. Dass ich nicht mehr frei über meine Zeit bestimmen kann, jede Abwesenheit organisieren und auf vieles verzichten muss, weil es sich nicht organisieren lässt – die Momente, in denen ich mich darum gräme, werden immer seltener. Auch wenn mich die Hoffnung auf Veränderung nie verlässt – die Hoffnung auf die eine, radikale Veränderung! – bin ich dankbar, dass es einigermaßen läuft, und hab mich mit meinem Schicksal arrangiert.

Als Ute mich neulich besuchte, guckte sie sich um und meinte in ihrer kritischen Art, dass sich bei uns wohl nie was ändert. Die Möbel seit Jahren an derselben Stelle, derselbe Nippes, dieselben Pflanzen, dieselben Bilder an den Wänden – alles wie vor Jahren. Ja, sagte ich, und ich bin froh darüber. Ich will gar keine Veränderungen, von Reinholds Sicht erst gar nicht zu reden. Es ist für mich anstrengend genug, dafür zu sorgen, dass alles so bleibt, wie es immer war. Jedes Ding an seinem Platz, die Tage durchorganisiert, alles zur selben Zeit – das ist ein Stück Sicherheit, die Folie für mein Leben. Und endlich hab ich es wieder einigermaßen im Griff! Dafür bin ich dankbar.

Tja, da hast du dich also endlich abgefunden, und plötzlich geschieht etwas und du erreichst ein neues Level.

Gerade bereitete ich in der Küche einen kleinen Mittagsimbiss für uns vor, da hörte ich es aus Reinholds Zimmer rumpeln und lief alarmiert nach vorne. Was würde ich vorfinden? Reinhold verletzt? Reinhold tot? Wie stets in solchen Momenten schossen mir die gegensätzlichsten Gedanken durch den Kopf.

Der Stuhl war umgekippt, Reinhold lag auf dem Boden. Er war nicht tot. Sein Körper krampfte, er verdrehte die Augen und blutete an der rechten Schläfe. Sofort wusste ich, dass das ein epileptischer Anfall war. Man hatte mich nach dem geplatzten Aneurysma schon damals im Krankenhaus gewarnt, dass dies vielleicht in der Folge auftreten könnte.

Reinholds Anblick, der so völlig hilflos den mächtigen Konvulsionen ausgeliefert war, brach mir fast das Herz. Weder hörte er mich noch nahm er mich sonst irgendwie wahr. Ich rannte, um das Telefon zu holen, wählte mit fliegenden Fingern den Notruf und lagerte gleichzeitig seinen Kopf etwas höher. Schon bald ließen die Zuckungen nach, und er wurde ruhiger. Doch offensichtlich begriff er nicht, was passiert war, schaute mich ganz verwundert an, verstand nicht, warum er auf dem Boden lag.

Wieder einmal sitze ich in der Notaufnahme, bange um mein Sorgenkind und warte, dass ich zu ihm darf. Jetzt sind sie mit den Untersuchungen durch, und Reinhold kommt in sein Zimmer auf die Station. Eine junge Ärztin erklärt uns, was geschehen ist. So richtig verstehen kann Reinhold es immer noch nicht, und ich habe Angst, dass es wieder passiert. Die Neurologin beruhigt mich. Er wird Tabletten gegen die Epilepsie bekommen. Ansonsten könnten Anfälle nur durch Schlafmangel, Alkoholmissbrauch oder Lichteffekte ausgelöst werden, aber das könne man ja leicht vermeiden. Eigentlich traf heute keines dieser Merkmale zu, denke ich und bin nur halb beruhigt. Man will ihn drei Tage hierbehalten, um ihn auf die richtige Dosis einzustellen, und zukünftig wird Reinhold nun noch ein paar Pillen mehr einnehmen müssen.

Ich verabschiede mich und verspreche ihm, am nächsten Tag wiederzukommen. Glücklicherweise ist er in solchen Ausnahmesituationen einsichtig und kooperativ, fühlt sich sicher, weil man sich um ihn kümmert. Er winkt mir sogar fröhlich zum Abschied zu. Ich bin erleichtert und winke genauso fröhlich zurück. Irgendwie pervers, aber völlig unerwartet kann ich wegen seines Anfalls nun drei Tage Freiheit genießen.

Auf dem Flur der Neurologie erlebe ich eine Überraschung. Der freundliche Oberarzt, der vorhin kurz mit mir über Reinhold gesprochen hat, redet beruhigend auf eine Frau ein, will ihr klarmachen, dass sie nicht den ganzen Tag hier verbringen muss, da sie bei den meisten Untersuchungen ihres Kindes ohnehin nicht direkt dabei sein kann. Die Frau will das nicht einsehen und reagiert ungehalten, doch der Mediziner bleibt weiterhin ruhig und freundlich, versucht, ihr zu versichern, dass man sich ganz liebevoll um ihren Sohn kümmert und sie momentan wirklich nichts für ihn tun kann.

»Hallo, Frederike! Ist euer Kleiner wieder krank?«, frage ich in eine Gesprächspause. Frederike fährt herum. Sie sieht nicht aus, als ob sie sich über mein plötzliches Auftauchen freut.

»Hallo, Vera! Tut mir leid, es ist schlecht momentan …«
Ihr Lächeln ist höflich, mehr nicht.

Ich winke verständnisvoll ab und gehe langsam Richtung Ausgang, dabei höre ich Frederike beharrlich weiter scharf argumentieren. Offensichtlich will sie nicht nachgeben und in jedem Fall an der Seite ihres Sohnes bleiben. Natürlich ist es verständlich, wenn sich eine Mutter um ihr Kind sorgt, aber Frederikes Sorge hat für mich manchmal schon etwas Wahnhaftes. Sonst wirkt sie immer sehr zurückgenommen auf mich, fast etwas unsicher, trotz ihrer vornehmen Unnahbarkeit. So lebendig, ja so leidenschaftlich wie eben habe ich sie noch nie erlebt. Eine selbstbewusste, starke Löwenmutter, die ihr Junges verteidigt.

Ich schau mich kurz um und schlendere langsam zur Einfahrt des Krankenhausgeländes. Auf Frederike warten brauche ich nicht. Ich denke mal, sie wird sich durchsetzen und bleiben. Schade, das wäre ein Chance gewesen, sich näherzukommen. Jetzt muss ich erst mal überlegen, was ich mit dem geschenkten Tag anfange. Ganz frei, nur für mich. Leichten Schrittes gehe ich zur Bushaltestelle und würde am liebsten ein Liedchen pfeifen, einerseits.

Andererseits wird mich ab jetzt die Sorge vor einem erneuten Anfall Reinholds begleiten. Immer wieder werde ich gelehrt, dass es keine Sicherheit gibt im Leben. Und es muss nicht nur besser werden, es kann auch immer noch schlimmer kommen.

Frederike

19. April

Ein ganz entsetzliches Wochenende liegt hinter mir. Mutter versuchte unablässig, mich anzurufen, bis ich schließlich das Gespräch angenommen habe, weil Thomas schon ganz merkwürdig schaute. Er stellte keine Fragen, aber natürlich wird er sich seine Gedanken machen. Ich ging zum Telefonieren in mein Zimmer, hörte die Stimme, die munter über den bevorstehenden Besuch plauderte, als ob wir eine ganz normale Mutter und ihre ganz normale Tochter wären. Keine vier Wochen mehr bis dahin, drang es an mein Ohr. Für mich war das wie eine unheilvolle Drohung. Erst war ich unfähig, überhaupt zu antworten. Ich fühlte mich plötzlich wie gelähmt, es rauschte in meinen Ohren, Schwindel erfasste mich, bis ich gerade einmal »ja« sagen konnte.

Mutter plapperte einfach weiter, an einem Dialog hatte ihr noch nie etwas gelegen. Schließlich sagte sie, dass sie nur noch einmal an ihr Kommen erinnern wollte. Oh Gott, als ob ich das jemals vergessen könnte! Mutter denkt wirklich, wir wären eine normale Familie.

Am Frühstückstisch alberte Thomas mit Frederic herum. Ob ich schlechte Nachrichten bekommen hätte, fragte

Thomas. Ich verneinte und verwies auf einen plötzlichen Migräneanfall. Es fühlte sich auch so an, aber ich wusste, was die wahre Ursache war. Ich musste mich in mein Zimmer zurückziehen, schloss die Vorhänge und legte mich ins Bett. Das Gedankenkarussell in meinem Kopf ließ mich nicht schlafen. Mutter, der Alte, Henry, mein Frederic, mein Frederic! Angst!

Nur einen Ausweg gab es. Eine Woche war es her, dass ich mein letztes Date hatte – ich musste Mister Wonderful treffen! Doch er war nicht zu erreichen. Konnte er nicht antworten, wollte er nicht antworten? War es vorbei? Müsste ich losziehen und mir Ersatz suchen, ohne zu fragen, wo, wer und wie, schnell, schmutzig und anonym so wie früher manchmal? Das will ich nicht mehr …

So schleppte ich mich durch dieses schwarze Wochenende. Gestern Vormittag, Thomas war in der Schule, überfiel es Frederic wieder. Sein kleiner Körper zuckte und krampfte, ich musste funktionieren – und ich funktionierte. Aber meine Möglichkeiten zu lindern, zu helfen waren bald ausgeschöpft, so rief ich den Arzt, und der ließ uns sofort ins Krankenhaus bringen.

Nach ein paar Stunden wurden die Anfälle seltener, bis sie ganz nachließen. Da die Anfälle in letzter Zeit so gehäuft auftreten und es diesmal besonders heftig war, hielten es die Ärzte für besser, Frederic für ein paar Tage zur Beobachtung auf der Neurologie zu lassen. Ich willigte ein, weshalb ich schon den zweiten Tag hier im Krankenhaus bin. Thomas kam uns gestern am Nachmittag besuchen und brachte ein paar Sachen vorbei.

Und heute ziehen sie mit Frederic ihr Diagnoseprogramm durch, von Blutuntersuchungen über EEG, MRT bis zur Lumbalpunktion. Grundsätzlich finde ich das ja richtig. Aber ich hatte mit dem Oberarzt eine heftige Auseinandersetzung, als der mich wegschicken wollte, ja, ich hatte tatsächlich das Gefühl, dass er mich loswerden wollte. Natürlich habe ich mir das nicht bieten lassen. Als ob ich bummeln oder Kaffeetrinken gehen könnte, wenn mein Ein und Alles zur gleichen Zeit schreckliche, Angst einflößende Untersuchungen über sich ergehen lassen muss! Wie kann man nur so unsensibel sein! Schließlich habe ich mich durchgesetzt.

Als ich gerade mitten in der Diskussion mit dem uneinsichtigen Mediziner war, sprach mich plötzlich jemand auf dem Krankenhausflur an. Es war Frau K. (Vera!). Ich hab sie gar nicht richtig wahrgenommen. Keine Ahnung, was sie dort auf der Neurologie zu suchen hatte, vielleicht irgendwas mit ihrem Mann. Wahrscheinlich fand sie mich nicht sehr höflich, aber ich hatte in dem Augenblick wirklich andere Sorgen. Außerdem ist mir egal, was sie von mir denkt. Außer dass sie zufällig meine Nachbarin ist, verbindet uns nichts.

P.S. Gestern kam eine Nachricht von Mister Wonderful: Er entschuldigte sich. Er war das ganze Wochenende eingespannt für ein Incentive Event mit seinem Team, ohne Handy und rund um die Uhr. Sonst stünde er natürlich jederzeit wieder zu meiner Verfügung. Wenigstens das ist gut zu wissen, liebes Tagebuch, dass es immer noch diesen Ausweg gibt.

Tanja

Ich bin mal wieder für Patricia im Spätdienst eingesprungen. Die ist zurzeit wirklich nicht zu beneiden. Ihr jüngerer Bruder, der unbedingt auch nach Berlin will, keine Ausbildung und überhaupt keinen Plan für die Zukunft hat, wohnt seit ein paar Wochen bei ihr. Ständig gibt es Ärger mit dem Hohlkopp, und heute Nachmittag musste Patricia ihn auf der Polizeiwache abholen, weil er im Vollrausch auf ein paar spanische Touristen losgegangen ist. Klar, dass ich meine Kollegin da nicht hängen lassen konnte.

Heute ist ein ganz schön ruhiger Mittwochabend im Café. Ein paar der Zweiertische sind mit Frauen besetzt, die viel reden und wenig konsumieren. Sie sind ganz vertieft in ihre Gespräche, und anhand der Wortfetzen, die ich aufschnappe, kann ich erraten, dass es überall um Beziehungen geht, ob mit Männern oder Frauen. Und es scheint immer kompliziert zu sein. Manchmal glaube ich, dass viele Leute einfach zu hohe Erwartungen an ihre Partner haben, und das führt nicht zu Zufriedenheit. Neben Achtung und Liebe braucht es halt vor allem auch ein Eingehen auf den anderen.

Sonst sind heute nur ein paar Stammgäste da, Scott an der Bar und die anderen in unserem Raucher-Aquarium, in dem ich wahrlich nicht sitzen möchte, obwohl ich ab und zu ja leider selbst immer noch rauche.

Ich fühle mich wohl im *Méditerranée* und arbeite gern hier. Na ja, es ist ja auch so eine Art zweites Zuhause. Als ich nach der Trennung von Desmond mit den beiden Kindern allein war und unbedingt Geld verdienen musste, hat Amid in Kauf genommen, dass ich sehr flexible Arbeitszeiten brauche. Und auch wenn ich wegen meines Studiums oder der letzten Schwangerschaft nur sehr eingeschränkt oder gar nicht zur Verfügung stand, konnte ich immer wieder in sein Café zurückkommen.

Ich mag es, wenn viel zu tun ist, aber heute zieht es sich ganz schön. Ständig schaue ich auf die alte Schuluhr über dem Tresen.

Wenigstens unterhält mich Scott, der sich wie üblich an der Bar sitzend an einem Bier festhält, mit Geschichten aus seinem Leben. Das ist immer wieder spannend, auch wenn ich manche davon schon kenne. Er war bei der Army, verweigerte den Kriegsdienst, als man ihn nach Vietnam schicken wollte. Am nächsten Tag haute er aus seiner Einheit in Bayern ab und schlug sich nach Schweden durch. Der Liebe wegen verschlug es ihn Ende der 70er nach Westberlin, wo er untertauchte und hängen blieb, auch als die Beziehung längst beendet war. Er hat unter anderem als Biobäcker, Bodyguard, Eisverkäufer und Friedhofsgärtner gearbeitet, mal in einer Botschaftsruine im Tiergarten gewohnt, als Besetzer auf dem *UFA*-Gelände, in einem Zenkloster und in einem Zirkuswagen bei den Rollheimern. Ich könnte ihm stundenlang zuhören. Viel verdient hat er natürlich nie, und eine Rente bekommt er schon gar nicht. Deshalb lebt er sehr bescheiden, nimmt immer noch jede Arbeit an, und sein einziger Luxus ist das eine Bier am Abend im *Méditerranée*.

»Guten Abend, Tanja!«

»Mensch, Vera! Schön, dich zu sehen. Aber wie kommt's? Dein Reinhold allein zu Haus?«

»Nein, im Krankenhaus. Seit gestern schon.«

»Oh Gott, was ist passiert?«

Vera erzählt, dass Reinhold einen epileptischen Anfall hatte. Sie wirkt ziemlich gelassen. Aber ich kenne Vera nicht anders. Nur manchmal packt sie die Wut, wenn Reinhold mal wieder mit seinem kranken Kopf einfach so über ihr Leben bestimmt. Als damals das mit dem Aneurysma passiert ist, klar, im ersten Moment war sie geschockt, aber schon nach zwei, drei Tagen hat sie einfach weitergemacht – sich der Verantwortung gestellt und versucht, das neue Leben auf die Reihe zu kriegen.

Sie habe inzwischen Demut gelernt, hat sie mir mal gesagt, man könne sich seinem Schicksal nicht verweigern, das mache alles nur noch schlimmer. Obwohl Vera überhaupt nicht spirituell wirkt, trägt sie so eine Art natürlicher Weisheit in sich. Auch wenn sie bestimmt nicht freiwillig dahin gelangt ist, sondern erst durch den Bruch in Reinholds Leben, ist ihre Art die einzig richtige, mit ihrem Schicksal umzugehen. So wie der Dalai Lama sagt, dass die schwierigste Zeit in unserem Leben die beste Gelegenheit ist, innere Stärke zu entwickeln. Wenn ich ihr das sage und dass ich sie dafür bewundere, zuckt sie nur mit den Schultern.

»Darauf hätt ich gern verzichten können.«

Sie hat die Aufgabe, die ihr das Schicksal aufgebürdet hat, einfach angenommen und erfüllt sie mit bewundernswertem Engagement. Die Mordfantasien, von denen sie zuweilen erzählt, sind einfach ihre Art, mit den Belastungen ihres harten Alltags umzugehen. Ich weiß, dass sie ihrem Reinhold nie etwas antun könnte, dafür liebt sie ihn viel zu sehr.

»Wie geht es Reinhold? In welchem Krankenhaus ist er?«

»Gleich um die Ecke, auf der Neurologie im *Urban*. Es geht ihm so wie immer. Kennst ihn ja, er macht in der Öffentlichkeit schon wieder den Sunny Boy. Inwieweit er überhaupt begriffen hat, was mit ihm passiert ist, weiß ich nicht. Bis übermorgen behalten sie ihn noch zur Beobachtung, ich besuche ihn jeden Tag, er wird gut versorgt, und Fremden gegenüber verhält er sich ja immer freundlich und friedlich.«

»Ach, die Neurologie. Genau auf der Station habe ich meine Krankenschwesterausbildung abgeschlossen. War ein nettes Team, und kompetent, soweit ich das beurteilen kann. Da ist Reinhold bestimmt in guten Händen.«

»Ich hab bisher nur eine junge Ärztin gesprochen und den Oberarzt, einen Doktor Hackbarth. Zumindest strahlten beide fachliche Sicherheit aus, beantworteten alle meine Fragen und machten einen sympathischen Eindruck.«

»Ach, ist Gerald immer noch da! Und inzwischen Oberarzt, immerhin. Dann hofft er wohl, irgendwann den Chef zu beerben.«

Ich sollte mich bei Gerald mal wieder melden, geht es mir durch den Kopf. Grad wenn ich im Herbst mein Studium wieder aufnehme, da kann er mir bestimmt wichtige Tipps geben.

»Und weißt du, wen ich dort getroffen habe? Frederike.«

»War sie wegen ihres Kleinen im Krankenhaus?«

»Soviel ich mitbekommen habe, ja. Aber sie war nicht sehr kommunikativ. Offensichtlich wollte der Hackbarth sie nach Hause schicken, weil sie den ganzen Tag irgendwelche Untersuchungen machen wollten, bei denen sie ohnehin nicht hätte dabei sein können. Und damit war Frederike überhaupt nicht einverstanden.«

»Wusstest du, dass sie mal in einer Apotheke gearbeitet hat?«

»Nö. Wieso?«

Ich erzähle Vera von Frederikes riesigem Medikamentenlager, das mir auffiel, als ich die Fieberzäpfchen bei Thomas geholt habe. Und dass sie jede Menge Fachbücher über Kinderkrankheiten, Kindererziehung, Kinderernährung im Regal stehen hat.

»Sie will wahrscheinlich alles richtig machen bei ihrem Kind. Nicht jeder ist so wie du, Tanja, und weiß intuitiv, wie er mit seinen Kindern umgehen muss. Manchen fehlt diese innere Sicherheit, und sie brauchen für jedes Problem einen Ratgeber.«

»Vielleicht. Frederike ist schon eine merkwürdige Person. Irgendwie tut sie mir leid. Sie hat, glaube ich, echte Kontaktscheu und kaum Freunde oder eine gute Freundin.«

»Na ja, dafür hat sie vielleicht eine ganz andere Art von intensivem Kontakt. Unser Nachbar, du weißt schon …«, meint Vera mit einem vielsagenden Blick.

Einer der Frauentische ruft mich zum Bezahlen. Inzwischen ist das *Méditerranée* fast leer, es ist kurz nach Mitternacht.

»So lang war ich schon ewig nicht mehr aus!«, stellt Vera fest, »aber ist auch mal schön, so gar nicht zur Uhr schauen zu müssen. Noch ein Tag und ein Abend, und dann ist es mit der Freiheit schon wieder vorbei.«

Ich mache Feierabend, und wir gehen zusammen nach Hause.

»Und was fängst du mit der unerwarteten Atempause an?«

»Siehst du ja, einfach mal normal leben. Am Schreibtisch an meinem neuen Krimi arbeiten, Krankenhausbesuch machen, mit einer Freundin essen gehen und zum Absacker zu dir ins Café kommen. Und nachts mal durchschlafen! Nichts Besonderes. Aber ich genieße es total!«

Im Treppenflur verabschieden wir uns mit einer Umarmung.

»Träum was Schönes«, sagt Vera.

»Du auch!«

»Letzte Nacht habe ich geträumt, er könnte wieder sprechen, wäre ganz der Alte...«, sie bricht ab und schaut mich traurig an, »ich bin mir nicht sicher, dass ich das noch mal träumen will. Das Erwachen ist zu hart...«

Kapitel XIII

Endlich ist Mai, die Luft ist belebend, das Licht gibt Energie, das Leben wird bunt und leicht und verlagert sich zunehmend nach draußen. Doch wir müssen offen für diese Wahrnehmung sein, und wenn es in der Seele dunkel ist, kann man das sonnige Himmelsblau gar nicht sehen.

Veras Alltag gestaltet sich gerade ganz entspannt, denn Reinhold ist meist gut gelaunt, und die sich einstellende Routine nach drei Jahren Pflege umgibt Vera mit einer gewissen Gelassenheit. Bei Tanja ist wie immer viel los, das ist sie gewohnt und trotzdem nimmt sie sich die Zeit, Dingen, die sie für wichtig hält, auf den Grund zu gehen …

Und wie ist das eigentlich, wenn wir schon sehr lange auf die Erfüllung eines Herzenswunsches gewartet haben? Können wir uns auf der Stelle so richtig freuen?

Jenny

Ich bin mir sicher. Ich weiß es und ich spüre es. Dieses Mal hat es geklappt. Mit niemandem hab ich darüber gesprochen, schon gar nicht mit Kai. Seit Wochen hab ich zu ihm sowieso nichts mehr zu dem Thema Baby gesagt. Hab keine Lust, als die Nervensäge mit dem pathologischen Kinderwunsch beschimpft zu werden.

16 Tage bin ich schon drüber. Ich sitze wieder im Wartezimmer der Gynäkologin, auf die ich neulich so sauer war. Hatte schon überlegt zu wechseln. Aber sie hatte ja leider recht …

Eine Oma, ein Teeniemädchen und eine sehr zarte, kleine Frau mit einem spitzen Schwangerenbauch sitzen mit mir im Wartezimmer. Heute dauert es fast zwei Stunden, bis ich endlich dran bin.

»Frau Meier bitte.«

Die Ärztin begrüßt mich offen und freundlich. So macht sie das bei jeder Patientin, hat sie ja auch in den langen Jahren ihres Berufslebens ausgiebig trainieren können. Als ich mich erhebe, komm ich mir vor wie in einem Déjà-vu, und sofort überfällt mich eiskalt die Angst, dass ich wieder einer Täuschung aufgesessen bin. Nach der Erfahrung von meinem letzten Besuch halte ich mich zurück mit irgendwelchen Spekulationen, sage nur, dass meine Blutung schon über zwei Wochen ausgeblieben ist. Auch die Ärztin erwähnt unsere vergangene Begegnung nicht. Vielleicht erinnert sie sich ja gar nicht mehr so genau daran. Sie fordert mich auf, abzulegen und auf den Gynostuhl zu klettern. Wieder untersucht sie mich sehr gründlich. Ich wage kaum zu atmen, bin tierisch aufgeregt. Als sie fertig ist, tätschelt sie mir kurz das Knie und lächelt mich an.

»Es sieht gut aus, Frau Meier. Sie sind schwanger.«

Einfach so sagt sie das. Natürlich hatte ich es mir gewünscht wie nichts auf der Welt, doch jetzt weiß ich irgendwie nicht, ob ich jubeln soll oder doch Schiss kriege vor meiner Entscheidung. Scheinbar sieht man mir die Ratlosigkeit an, denn die Ärztin sagt: »Sie können sich wieder anziehen. Und freuen dürfen Sie sich auch. Oder haben Sie es sich mittlerweile anders überlegt?«

Ich schüttle heftig den Kopf und rappele mich hoch. Sie hilft mir herunter.

»Doch, doch! Natürlich freu ich mich! Aber ich glaube, das ist irgendwie noch gar nicht richtig bei mir angekommen.«

Wieder angezogen, setze ich mich der Ärztin gegenüber an ihren Schreibtisch. Ich muss eine Menge Fragen beantworten nach meiner Gesundheit, der meiner Familie, Kais Familie – über die ich kaum was weiß – und alles Mögliche andere. Dann überlässt sie mich einer ihrer Sprechstundenhilfen für Blutdruckmessen, Blut- und Urinuntersuchung – ich komme mir vor, als ob ich in einem Film spiele. Bin ich das? Jenny Meier? Schwanger?

Anschließend muss ich noch mal ins Sprechzimmer. Die

Ratschläge und Informationen, die mir die Gynäkologin gibt, rauschen an mir vorüber, ich nicke eifrig und nehme stumm die Broschüren entgegen, die sie mir zum Schluss reicht.

»Dann alles Gute, Frau Meier! Wir sehen uns in vier Wochen, wenn die Untersuchungen alle in Ordnung sind. Aber davon gehe ich aus. Lassen Sie sich doch gleich einen Termin geben. Und bringen Sie auch den Papa mal mit«, zwinkert sie mir zu.

Den Papa! Wie oft hatte ich mir den großen Moment vorgestellt, wenn ich Kai endlich die freudige Nachricht mitteilen kann, mit Champagner, Feiern im Restaurant, er und ich total glücklich. Jetzt weiß ich nicht einmal, ob ich ihn gleich anrufen soll ... Was ist denn mit mir los, verdammt noch mal?

Zu Hause mache ich mir erst mal einen Kaffee, schwächer als sonst, wegen des Babys. Da endlich spüre ich ganz leise so ein schönes Gefühl in mir aufsteigen. Mein Baby! Es ist wahr und wirklich. Ich liebe es jetzt schon über alles!

Ich muss unbedingt all die Bücher über Schwangerschaft und Geburt wieder rausholen, die ich mir damals gekauft hatte, damit ich auch alles richtig mache von wegen Ernährung und so. Aber jetzt rufe ich den Menschen an, der immer für mich da ist, der mich bedingungslos liebt und auf den ich immer zählen kann: meine Mama!

»Ach Jennifer, wie schön! Wat gibs, mein Schätzken? Wir sehen uns doch am Wochenende?«

Ich hatte schon vor ein paar Wochen meinen Besuch in Mönchengladbach über Pfingsten angekündigt. Kai hat eh wieder irgendwelche Termine in der Firma – an den Feiertagen! – und die wird er auch wegen unserer Schwangerschaft nicht absagen …

»Natürlich! Aber ich komme nicht allein.«

»Wie, kommt dein Kai mit? Dat wär ja schön, dann könnt ich den noch bissken besser kennenlernen!«

»Nee, Kai hat keine Zeit. Aber ich bin zu zweit!«

»Wie zu zweit?«

Mama versteht nicht, wie ich das meine.

»Ich bekomme ein Baby, Mama!«

»Ach, mein Schätzken …«

Sie unterbricht sich, und ich weiß warum. Ich höre sie schniefen.

»Jennifer, dat freut mich ja so für dich! Nee, is dat schön! Jetzt find ich dat ja noch besser, dass du kommst!«

Inzwischen kann auch ich über mein Glück jubeln. Ich widerstehe dem Impuls, gleich zu Vera und Tanja zu rennen, um meine große Neuigkeit zu verkünden. So gut kenne ich die zwei ja gar nicht, obwohl die sich bestimmt so richtig mit mir freuen würden! Und Frederike, meine tolle, schone Nachbarin, kenne ich leider noch weniger. Ich hab sie schon ewig nicht gesehen. Noch nie hat es mit einem kleinen Schwatz mit uns beiden geklappt.

Ich schicke Kai eine Nachricht und frage, wann er heute nach Hause kommt, ich müsste was mit ihm besprechen. Irgendwann antwortet er, dass es auf jeden Fall wieder später wird. Auch gut. Ich rufe Hanna an und habe echt Schwein! Sie kann heute Abend weg, ihr Mann hat Babydienst.

»Das ist ja geil, dass wir mal wieder allein ausgehen! Dann lad ich dich zum Essen ein! Wo möchtest du gern hin, Schatzi?«, frage ich meine Freundin.

Wir verabreden uns bei einem Japaner in der Kantstraße. Meine Neuigkeit behalte ich noch für mich, die muss ich Hanna persönlich verkünden. Und Kai werd ich's erzählen, wenn er heute Nacht irgendwann heimkommt. Ich werde sowieso nicht früh ins Bett gehen. Irgendwie bin ich völlig aufgedreht vor Freude! Den Esstisch dekoriere ich mit Kerzen und Blumen, der Champagner steht auch mal wieder kalt, und ich werd ihn begrüßen: »Hallo mein Schatz – Überraschung!« Bin so gespannt, was er für ein Gesicht macht, der Papa!

Vera

Heute hat's mich mal wieder gepackt und ich habe einen Schokoladenkuchen gebacken, einfach so, ohne Anlass. Es bereitet mir immer wieder großes Vergnügen und ich kann dabei wunderbar entspannen. Diese bittersüße Sünde besteht fast nur aus Butter, Eiern und dunkler Schokolade und eignet sich hervorragend als Nachtisch.

Vom Duft aus dem Backofen angelockt, kam Reinhold in die Küche und gab zufriedene Laute von sich, als er den fertigen Kuchen entdeckte. Der ist beinahe schwarz, wunderbar feucht innen und schmeckt mit einem Klecks Sahne umwerfend. Da so ein ganzer Kuchen für uns beide viel zu viel ist, werde ich davon was unter unseren Nachbarn verteilen. An Jenny, an Thomas, die freuen sich bestimmt darüber.

Als wir wie immer mit dem Fernseher als Tischgenossen beim Abendessen sitzen, und wie fast täglich Bilder von Krieg, Hunger und Elend über die Mattscheibe flimmern, schüttelt Reinhold den Kopf. Das tut er häufig bei diesen Szenen. Manchmal versteht er die Zusammenhänge auch nicht richtig. Dann fragt er mich, und wie ein Kind seiner Mutter vertraut, vertraut auch er blind meinen Erklärungen zur Weltlage. Heute greift er mit seiner gesunden Hand nach meiner, schaut mich bestürzt an und brabbelt Unverständliches. Aber ich weiß sofort, was er meint.

»Die armen Menschen! Uns geht es richtig gut, ja, mein Schatz, willst du das sagen?«

Er nickt stumm und ergriffen. Er hat recht, denke ich betreten. Auch wenn wir es nicht leicht haben – er mit seinen diversen Behinderungen, ich mit meinem eingeschränkten, unfreien Leben – wir können dankbar sein. Wir sitzen in einem satten Frieden, unser Gemeinwesen funktioniert trotz aller Kritik immer noch zufriedenstellend, und selbst richtig böse Naturkatastrophen gibt es hier nicht. Die Leute jammern auf hohem Niveau. Und was ihn und mich betrifft: So reduziert unsere Beziehung auch sein mag – wir haben immer noch uns.

Gerade haben wir unser Abendessen beendet, als es klingelt, nach 20 Uhr. Das findet Reinhold, der ohnehin am liebsten mit mir allein ist, gar nicht gut. Doch als er Tanja sieht, nickt er ihr freundlich zu. Ich freu mich auch, sie zu sehen, das erste Mal seit Reinholds Krankenhausaufenthalt. Um ihn weiter fernsehen zu lassen, gehe ich mit ihr nach nebenan in mein Zimmer. Sie hat eine Flasche Prosecco mitgebracht. Nur so, wie sie sagt, was mich ein bisschen wundert, weil sie kaum Alkohol trinkt. Wir lassen die Flasche auch zu, denn wir haben beide keinen Appetit darauf.

»Wie geht es eigentlich deinem Mann nach dem epileptischen Anfall neulich?«, will sie wissen.

Ich erzähle ihr, dass die Tabletten, die Reinhold nun nehmen muss, ihn ziemlich müde machen und er morgens schwer aus dem Bett kommt. Sie meint, das könnten Anfangsschwierigkeiten sein. In ein paar Wochen, wenn er sich besser dran gewöhnt hätte, dann würde auch die Müdigkeit nachlassen.

»Heute war ich übrigens im *Urban*, hab Gerald besucht, den Oberarzt, der auch deinen Mann behandelt hat. Ich hab ihm erzählt, dass ich zum Wintersemester mein Studium wieder aufnehme. Hat sich echt gelohnt, mit ihm zu reden, er konnte mir ein paar gute Tipps geben.«

Wir quatschen so über dies und das, über ihre Kinder, über Dylans nächsten Auftritt, über ein Meditationswochenende auf dem Land, an dem Tanja über Pfingsten teilnehmen wird. Darauf freut sie sich schon sehr. Irgendwann landen wir bei Jenny. Beide haben wir sie ewig nicht gesehen und rätseln, wie es mit ihrem Kai laufen mag und ob es wohl diesmal mit dem Babymachen geklappt hat.

Dann sagt Tanja: »Übrigens, was ich dir noch sagen wollte: Als ich bei Gerald im Krankenhaus war, hab ich ihm erzählt, dass wir Nachbarinnen sind, du und auch Frederike. Ich soll dich und Reinhold schön grüßen. Er fand euch beide sehr sympathisch. Bei Frederike hat er sofort die Ohren gespitzt und mich nach ihr gefragt. Leider musste ich ihm sagen, dass ich sie kaum kenne. Gerald mag sie nicht und findet sie total merkwürdig. Er hat das Gefühl, sie meint, medizinisch mindestens so kompetent wie er zu sein. Bei der Ursache für die Anfälle des Kleinen tappen sie immer noch im Dunkeln. Als ich Frederikes Medikamentenvorräte erwähnte und dass sie mal in der Apotheke gearbeitet hat, fand er das sehr interessant und wollte wissen, was sie da so bunkert in ihrem

Apothekenschrank. So genau hab ich damals natürlich nicht geschaut. Ich brauchte halt vor allem die Fieberzäpfchen für Jamie und war froh, sie so schnell gefunden zu haben.«

Welches Interesse der Arzt an Frederikes Medikamenten haben könnte, frage ich Tanja. Sie hebt die Schultern.

»Keine Ahnung. Vielleicht denkt er, sie behandelt den Kleinen selbst, so medizinisch versiert, wie sie sich gibt, und richtet damit mehr Schaden an, als dass es was nutzt. Obwohl sie als ehemalige Apothekerin ja eigentlich über so was Bescheid wissen müsste.«

Tanja schaut mich an.

»Irgendwie würde ich schon gern wissen, was sie da alles hortet …«

»Ich glaube kaum, dass sie dir einfach so ihren Apothekenschrank zeigen wird. Fände ich auch komisch, wenn du das bei mir machen wolltest.«

»Was schlägst du vor?«

»Weiß ich nicht. Das ist schwierig.«

Tanja scheint der Sache wirklich auf den Grund gehen zu wollen. Im ersten Moment denke ich, sie übertreibt mit ihrem Misstrauen gegenüber Frederike. Aber ich weiß, dass Tanja eine verantwortungsbewusste, ernsthafte Frau mit Zivilcourage ist, und dass sie nichts täte, nur so aus Neugier oder um jemand anderem zu schaden.

»Übrigens ist Frederike vorhin aus dem Haus gegangen«, sagt sie auf einmal und sieht mich an. Ich schüttle den Kopf, muss unwillkürlich lächeln.

»Du bist unglaublich, Tanja Freudenreich! Willst du jetzt spionieren gehen?«

»So würde ich das nicht nennen. Ich will etwas überprüfen, und wenn ich falsch lag – ich weiß nicht, was ich dann zur Buße tue. Mir wird schon was einfallen.«

Das meint sie völlig ernst, so wie ich sie kenne.

»Na gut. Ich wollte Thomas ohnehin was von meinem köstlichen Schokoladenkuchen vorbeibringen. Dann komm! Wir nehmen deine Prosecco-Flasche mit und besuchen ihn. Wie in alten Zeiten.«

Frederike

11. Mai

Ich esse nicht, ich schlafe nicht. Es sind nur noch drei Tage ... Mit Frederics Gesundheit geht es auf und ab. Immer mal wieder hat er einen Anfall. Die neurologische Station im Urbankrankenhaus, das hier am nächsten liegt, ist fast schon unser zweites Zuhause. Allerdings überlege ich, in ein anderes Krankenhaus zu wechseln. Mit diesem Oberarzt komme ich einfach nicht klar. Ich vertraue ihm nicht und fühle mich von ihm bevormundet, wenn es darum geht, was Frederic guttut und was nicht. Als ob ich als seine Mutter das nicht am besten wüsste!

Und mir fällt alles so schwer, die kleinste Bewegung strengt mich entsetzlich an. Ich empfinde das Leben als eine einzige Strafe, fast so wie früher als arme Schlossmaus.

Erst heute weiß ich, wie viel Kraft es mich gekostet hat, von dort zu fliehen. Aber damals war so viel mehr Kraft als heute in mir. Ich war noch jung und hatte einen unglaublichen Lebenswillen, sodass ich den Ausbruch aus den finsteren Mauern schaffen konnte.

Manchmal sehne ich mich zurück nach unserer Gemeinschaft auf dem *Sonnenhof*, wo der Tageslauf geregelt war, jeder seine festen Aufgaben und Pflichten hatte. Nie wieder in meinem Leben habe ich mich so sicher und behütet gefühlt wie in den zwei Jahren, die ich dort verbrachte. Aber genauso wenig hätte ich gedacht, dass ich noch einmal in diese altbekannten Tiefen stürzen könnte …

Es ist nicht die Angst, Mutter und dem Alten leibhaftig gegenüberzustehen, die mich umtreibt. Da ist nichts Konkretes. Sie können mir heute nichts mehr antun, das glaube ich jedenfalls. Schlimm ist nur die Vergangenheit, die in meinem Innern wieder lebendig wird, sobald die beiden in mein Leben drängen. Die Vergangenheit nimmt mir den Atem, mein Selbstvertrauen, ich verliere den Boden unter den Füßen, und es reißt mich in einen Abgrund.

Gestern Abend blieb mir einmal mehr nur die Flucht zu Mister Wonderful. Ich bin froh, dass es wenigstens diesen Ausweg gibt, aber es ist nur wie einmal kurz Luftholen, wenn man am Ersticken ist, mehr nicht. Als wir uns nach der Taxifahrt unten an der Ecke trennten, sagte er mir, er stünde auch über Pfingsten jederzeit zu meiner Verfügung. Ein Trost, wenn auch nur ein schwacher.

Als ich eben nach Hause kam, empfing mich Thomas, wie immer. Er denkt wohl, ich freue mich, wenn er auf meine Rückkehr wartet, mich fragt, wie mein Abend war, und mir von seinem berichtet. Er hatte wieder Besuch, als ich weg war, »Damenbesuch« … Frau K. war mit etwas Selbstgebackenem vorbeigekommen und hatte gleich noch Tanja Freudenreich mitgebracht, die eine Flasche Sekt dabeihatte, um auf die Wiederaufnahme ihres Medizinstudiums anzustoßen. Vor meiner Zeit haben sie wohl des Öfteren alle zusammen gekocht und schöne Abende miteinander verbracht. Thomas erzählt das ohne Bedauern. Es wäre mir auch egal, wenn es anders wäre. Aber natürlich war es gestern wieder sehr nett mit den beiden!

Nebenbei erwähnte er, dass sich die Nachbarinnen eingehend nach Frederics Gesundheit erkundigt und ihre Hilfe im Notfall angeboten hätten. Für ihn beispielhafte nachbarliche Hilfsbereitschaft.

Ich will deren Hilfe nicht! Ich komme alleine klar, und Thomas' gutgläubige Art halt ich schon gar nicht mehr aus. Es ist doch offensichtlich, dass die alle nur abwarten, bis ich nicht zu Hause bin, um bei uns rumzuschnüffeln! Ach, liebes Tagebuch, wann erwache ich aus diesem schwarzen Traum?

Tanja

Puh, ich bin ganz schön müde. Glücklicherweise lässt sich dieser Mittwochmorgen ruhig an im Café, fünf Tische mit Frühstücksgästen und ein paar wenige Zeitung lesende Kaffeetrinker. Gestern ist es einfach zu spät geworden für jemanden, der in der Woche um 6 Uhr aufstehen muss so wie ich.

Thomas schien direkt erfreut, als Vera und ich ihn einfach so überfallen haben. Er bat uns in die Küche, und es war richtig nett mit ihm. Ein bisschen schäbig bin ich mir schon vorgekommen, als ich auf meinem Weg zur Toilette in Frederikes Zimmer geschlichen bin. Um möglichst ungesehen zu bleiben, habe ich den Schein des Flurlichts genutzt, das ins Zimmer fiel, und ganz vorsichtig den Rollladen des großen Schranks hochgeschoben. Da war vieles, das man in einem Haushalt mit kleinen Kindern braucht gegen Durchfall, Magenverstimmungen, Fieber und eine ganze Reihe angebrochener Medikamente, die dem kleinen Frederic wahrscheinlich bei seinen diversen Arztbesuchen und Krankenhausaufenthalten verordnet worden sind.

Außerdem gab es das allgemein Übliche wie Schmerz- und Erkältungsmittel, Mittel gegen Verdauungsbeschwerden, Sodbrennen, Blähungen und so weiter, Wunddesinfektionsmittel, Heilsalbe – die Mengen würden für unser ganzes Haus reichen. Einzig auffällig fand ich die große Anzahl verschiedenster Psychopharmaka, hauptsächlich Antidepressiva, wenn ich das richtig gesehen habe. Ein paar Namen habe ich mir gemerkt und später aufgeschrieben. Keine Ahnung, ob Thomas oder Frederike das Zeug nehmen oder genommen haben. Jedenfalls muss das eigentlich alles verschrieben werden.

Anschließend setzte ich mich wieder zu den beiden an den Tisch. Der spontane Abend mit Vera und Thomas war wirklich schön, fast wie früher. Schade, dass wir nicht mehr diese monatlichen Hausgemeinschaftsessen haben. Thomas ist so ein lieber Mensch. Wir sollten uns öfter sehen, meinte er zum Abschied zu uns.

Da ich ja gar nicht weiß, wonach ich suche, wollte ich mich im Internet noch ein bisschen schlaumachen. Doch bei uns in der Küche bin ich auf Jamal getroffen, der offensichtlich auf mich gewartet hatte und ziemlich aufgelöst war. Ein paar Kumpel im Deutschkurs haben ihm erzählt, womöglich könnten Afghanen demnächst in ihre Heimat abgeschoben werden. Und jetzt hat der arme Junge natürlich Angst. Aus seiner Familie arbeiteten einige früher für die Nato-Truppen und zwei seiner vier Brüder und ein Cousin haben das seit der Rückkehr der Taliban mit dem Leben bezahlt. Verständlich, dass Jamal nicht zurück will in sein Dorf in der Provinz Kunduz. Ich habe ihm gesagt, dass die Diskussion um Abschiebungen sich nur auf straffällig gewordene Leute bezieht und er sich ja nichts hat zuschulden kommen lassen.

Danach war Jamal immerhin etwas ruhiger, aber natürlich sind ihm die Sorgen um seine Familie wieder hochgekommen, die in jenem unsicheren Land leben muss. Oh Mann, der arme Junge!

Gerade hatte ich mich wieder an den Computer gesetzt, da kam Dylan nach Hause, völlig aufgekratzt und ein bisschen angetrunken. Als er mich in seine Bärenarme schloss, roch ich das Bier, mit dem er in seinem Lieblingspub im Bergmannkiez gefeiert hatte. Er hat jetzt einen Manager! Es war sein zweites Treffen in so einer angesagten Musikagentur, und sie sind sich einig geworden und haben ihn unter Vertrag genommen. Den ganzen Kram, der Dylan immer schon genervt hat, wie die Organisation von Konzerten und Touren, Promotion und Pressearbeit und was weiß ich noch alles, den nimmt ihm jetzt sein Manager ab.

»Mein Manager! Wie das klingt!«

Dylan ist total stolz. Endlich kann er sich ganz auf seine Kreativität konzentrieren und muss sich nicht gleichzeitig um die Vermarktung seiner Musik kümmern.

Es ist schön, ihn so glücklich zu sehen. Ich freu mich sehr für ihn! Bestimmt gibt ihm das einen echten Kick. Die in der Agentur waren sehr angetan von seiner neuen CD und planen als Erstes ein paar Gigs in Berliner Konzertlocations. Er wollte gar nicht aufhören, zu reden und Pläne zu schmieden, da konnte ich ihn doch nicht allein sitzenlassen und einfach ins Bett gehen! Das haben wir zusammen gemacht, und als wir schließlich zum Schlafen gekommen sind, war es 2 Uhr.

Mühsam unterdrücke ich ein Gähnen. Die ersten Mittagsgäste kommen ins *Méditerranée*, noch vier Stunden bis zum Feierabend. Ich sollte noch einen Kaffee trinken, sonst kipp ich um. Und ich muss heute Abend ganz früh schlafen gehen. Meine Medikamentenrecherche muss warten. Aber wenn ich das nächste Mal den Krankenwagen für Frederic vorfahren sehe, rufe ich bei Gerald an.

Kapitel XIV

Von Zeit zu Zeit erleben wir eine überraschende Gleichzeitigkeit von Ereignissen. Am Ziel unserer Wünsche angelangt, fällt eine schlechte Nachricht, eine bittere Erkenntnis wie ein Wermutstropfen in unser Hochgefühl. Nicht schön, aber vielleicht eine Entscheidungshilfe, die etwas voranbringt, das schon eine Weile gärte und sich nicht klären wollte.

Angesichts des makellosen Wetters hält es Reinhold nicht zu Hause. Er möchte stundenlang durch Straßen und Parks ziehen, entlegene Stadtteile erkunden. Da er dies nicht allein tun kann, muss Vera ihre kostbare Zeit opfern und ihn begleiten. Weil sie aber 1000 andere Dinge erledigen muss, kann sie dieses sinnfreie Flanieren nicht einfach genießen.

Frederike geht es nicht besser. Die Sorge um ihren kleinen Sohn nimmt ihr fast die Luft zum Atmen. Auch Tanja ist wegen Frederic beunruhigt …

Jenny

Irgendwie kann ich immer noch nicht richtig begreifen, was ich da heute Nacht gesehen habe. Es kommt mir vor wie ein schräger Traum. Wieder mal klingele ich an Frederikes Tür. Ich will mit ihr reden. Niemand öffnet, obwohl ich meine, drinnen leise Geräusche zu hören.

Das Treffen gestern Abend mit Hanna war superschön. Wir haben von früher gequatscht, sie hat vom Leben mit den Zwillingen erzählt und vor allem hat sie sich wahnsinnig gefreut, dass ich ein Baby bekomme.
So gegen 22.30 Uhr war ich zu Hause, überhaupt nicht müde, total kribbelig. Erst wollte ich mit Lulu, meiner Herzensfreundin, skypen, aber die war nicht online. Fernzusehen oder zu lesen, dazu hatte ich keine Lust und auch nicht die Ruhe.
Ich lief in der Wohnung im Kreis, setzte mich, stand wieder auf, schaute aus dem Fenster, eigentlich wartete ich nur auf Kai. Und ich hasse Warten! Die Blumen, Kerzen und Champagnergläser hatte ich ja schon nachmittags bereitgestellt. Alle fünf Minuten sah ich zur Uhr, stellte mir vor, was er sagen würde, wie er mich in seine Arme schließen würde. Stellte mir unser großes Glück vor.

Kurz nach Mitternacht, als ich wieder mal voller Ungeduld auf die Straße starrte, sah ich ihn endlich an der Straßenecke aus einem Taxi steigen. Gerade wollte ich losrennen und die Kerzen anzünden, da bemerkte ich, dass er nicht allein gekommen war. Eine große schlanke Frau stieg aus demselben Wagen, ihr langes braunes Haar wehte im Nachtwind, Kai legte schützend den Arm um sie. Frederike.

Erschrocken bin ich einen Schritt vom Fenster zurückgetreten, sodass ich gerade noch sehen konnte, wie er sie an sich zog, um sie zu küssen. Wild und heftig. Frederike schob ihn weg, dann trennten sie sich. Sie kam auf unser Haus zu und verschwand aus meinem Sichtfeld, wenig später folgte Kai.

Ich sprintete los, packte die Kerzen zusammen, stellte die Champagnergläser weg, schaltete im Wohnzimmer den Fernseher ein und setzte mich davor. Ich war wie betäubt. Von dem, was über den Bildschirm flimmerte, bekam ich nichts mit. Immer wieder sah ich das Taxi, sah Kai, sah Frederike, sah den ungestümen Kuss – so richtig habe ich gar nicht verstanden, was da unten auf der Straße vor sich ging. Andererseits hat es mich seltsam unberührt gelassen.

Aber eines wusste ich sicher: Das war nicht der Zeitpunkt, um mit Kai unser Baby zu feiern. Er war erstaunt, mich noch wach zu finden. Ich log, dass ich gerade erst von meinem Treffen mit Hanna zurückgekommen sei. Er müsse sofort ins Bett, meinte er und gähnte. Der Abend mit den Interessenten aus Fernost sei erfolgreich, aber verdammt anstrengend gewesen. Nach der Präsentation und einem Essen im Restaurant hätten die unbedingt noch in eine Bar gewollt, und zwei Japaner, die nicht mehr auf den Füßen stehen konnten, hätte er anschließend noch ins Hotel bringen müssen.

Alles, was er sagte, je mehr er sagte, fühlte sich für mich irgendwie falsch an. Normalerweise hält er es nicht für nötig, mir zu erzählen, was ihn abgehalten hat, früher nach Hause zu kommen. Und heute habe ich ihn nicht mal danach gefragt. Auf die einfache Erklärung, dass er zufällig unsere Nachbarin getroffen und sich mit ihr ein Taxi geteilt hat, wartete ich vergeblich.

Aber was denke ich denn? Bin ich wirklich so doof? Will ich mir mal wieder die Realität schönbasteln? Nach einem Zufallstreffen sah das doch wirklich nicht aus. Nein, nichts wollte ich ihm erzählen. Erst musste ich kapieren, was ich gesehen habe.

»Ich bin auch müde«, hab ich gesagt, bin aufgestanden, habe den Fernseher ausgemacht und bin ins Badezimmer. Als er leise schnarchend neben mir im Bett lag, hab ich die Hände auf meinen Bauch gelegt und dem Baby versprochen, dass ich alles tun werde, damit es ihm gut geht. Ob mit oder ohne Papa.

Noch einmal versuche ich es mit Klingeln bei meiner schönen Nachbarin. Ich will ihre Erklärung für gestern Nacht hören. Keine Reaktion. Ich klopfe an die Tür.

»Frederike, ich bin's, Jenny, deine Nachbarin. Ich würde gern mal mit dir reden.«

Niemand sagt etwas, niemand öffnet. Aber ich bin mir ziemlich sicher, es ist jemand zu Hause.

»Okay, es scheint jetzt nicht zu passen. Ich komm später noch mal wieder.«

Vera

Heute wieder volles Programm für mein Sorgenkind: rasieren, Haare waschen, Pediküre, Maniküre – um 10 Uhr sitzt Reinhold geschniegelt und gestriegelt endlich am Frühstückstisch. Er hat den Stadtplan mitgebracht. Draußen strahlt die Sonne vom wolkenlosen Himmel, und er möchte eine große Tour mit mir machen, die Gegend um die Storkower Straße erkunden, irgendwo Kaffee trinken gehen, in der Sonne sitzen.

»Reinhold, ich habe nicht so viel Zeit. Ich muss heute auch noch etwas arbeiten«, sage ich und meine damit nicht das Wäschewaschen, Spülmaschine ausräumen, Müll entsorgen, an die Krankenkasse schreiben, mit dem Arzt telefonieren, zur Apotheke gehen, das ich heute auch erledigen muss, sondern die paar Seiten, ach was, Zeilen, die ich täglich zusammenzubringen versuche, um einigermaßen im Zeitplan zu bleiben mit meinem neuen Manuskript.

»Bababaa!«, schimpft Reinhold empört, und sofort kriegen wir Streit, denn dass ich arbeiten muss, will er einfach nicht einsehen. Schon gar nicht, wenn darunter sein Spaziergang leiden soll. Es hat keinen Sinn, ihn mit logischen Argumenten überzeugen zu wollen. Wie ein uneinsichtiges Kind schüttelt er stur seinen Kopf. Also werde ich mich mal wieder fügen, zähneknirschend. Wäre ich eine Figur aus meinen Krimis, kämen jetzt mit Sicherheit Mordgedanken ins Spiel ...

Wenn Reinhold sich vorgenommen hat, zur Storkower Straße zu fahren, ist er davon nicht abzubringen. Sein Hirn hängt in dieser Schleife fest, weshalb ein kleiner Spaziergang, nur er allein durch unseren Kiez, nicht als Ersatz dienen kann. Ich kann Reinhold aber nicht einsperren, und ohne Begleitung kann ich ihn auch nicht mit den Öffis durch die Stadt fahren lassen – er würde sich hoffnungslos verfranzen, könnte niemanden nach dem Weg oder um Hilfe fragen und auch nicht bei mir anrufen, wenn er in Schwierigkeiten wäre.

»Lass ihn doch einfach mal die Erfahrung machen«, meinte meine Freundin Ute neulich, »er wird schon sehen, was er davon hat.«

Ute wieder! Das kann ich natürlich nicht, denn wer weiß, was ich davon hätte: womöglich einen noch schlimmer behinderten Mann nach einem Unfall, einem Überfall, womöglich einen spurlos Vermissten? Ich hätte keine ruhige Minute, wüsste ich ihn allein da draußen, hab ja auch die Verantwortung für ihn. Und passierte wirklich etwas, würde mich mein Gewissen plagen, solange ich lebe. Also kann ich heute nur hoffen, wenigstens am frühen Abend noch zum Arbeiten zu kommen.

Während ich die Wäsche aufhänge, bevor ich mich mit Reinhold auf die Piste begebe, muss ich an Becky denken. Als ich gestern von dem Abend mit Tanja und Thomas zurückgekommen bin, haben wir noch geskypt. Sie war auf dem Weg in ein Restaurant zu einer Verabredung mit ihrem Freund John. Mit ihm ist sie jetzt schon über ein halbes Jahr zusammen. Meine Mutter würde sagen, das scheint was Ernstes zu sein. John ist der Erste seiner aus China eingewanderten Familie, der in den USA geboren wurde. Er ist Anwalt. Ich kenne nur Fotos von ihm, die uns Becky auf dem Handy geschickt hat. Ein großer Schlanker, mit dunkler Hornbrille, der nicht unsympathisch, aber meist ziemlich ernst aussieht.

Sie sagte mir, sie fände es klasse, wenn wir ihn auch mal kennenlernen könnten. Dazu muss Becky wohl mit ihm hierher kommen, denn Reinhold weigert sich zu fliegen. Und sein Arzt mag keine Empfehlung dafür oder dagegen aussprechen. Und so gern ich allein nach New York reisen würde – was soll ich mit Reinhold machen? Das Wort »Heim« brauche ich gar nicht in den Mund zu nehmen. Da zeigt er mir gleich einen Vogel. Zugegeben, ist es auch schwierig. Wäre er völlig dement, könnte man ihn zur Obhut in ein Heim geben, wahrscheinlich würde er mich nicht einmal vermissen. Doch zum einen ist er noch ganz er selbst in vielen Dingen, zum anderen durch seine Sprachlosigkeit im Alltag auf fremde Hilfe angewiesen, um zu überleben. Doch wie soll das gehen, wenn er sich niemandem verständlich machen kann …?

Es ist kurz nach 12 Uhr, als ich den letzten von Reinholds Schlafanzügen auf die Leine hänge, da klingelt es.

»Hallo, Jenny! Schön, dich zu sehen.«

Ich bitte sie herein. Neugierig steckt Reinhold den Kopf in den Flur und zieht sich bei Jennys Anblick missmutig murmelnd in sein Zimmer zurück. Das passt ihm natürlich überhaupt nicht, dass sich der Start zu seinem Spaziergang verzögert. Ich biete ihr einen Kaffee an, aber Jenny fragt nach einem Kräutertee.

»Kräutertee? Das kenne ich von dir ja gar nicht, Jenny! Bist du etwa schwanger?«

Sie nickt nur. Ich bin verwirrt. Wo bleibt die grenzenlose Euphorie nach der langen Zeit des Wartens? Warum sprudelt sie nicht über vor Glück?

»Mensch, Jenny! Das ist ja eine schöne Neuigkeit! Ich gratuliere dir von ganzem Herzen.«

Ich muss daran denken, wie verzweifelt sich diese junge Frau gewünscht hat schwanger zu werden und bin irgendwie gerührt. Spontan umarme ich sie.

»Danke.«

Ein schwaches Lächeln spielt um ihren Mund. Gestern erst hat die Gynäkologin die Schwangerschaft festgestellt.

»Und, was sagt dein Kai dazu?«

»Nichts. Er weiß es noch gar nicht ...«

Jenny wirkt ruhig und gelassen, aber irgendwas stimmt nicht. Als ich frage, warum sie Kai die schöne Nachricht noch nicht mitgeteilt hat, erzählt sie mir, was sie letzte Nacht gesehen hat: Kai und Frederike, mehr als vertraut miteinander.

»Vielleicht hat es ja auch gar nichts zu sagen. Ich weiß es nicht. Aber es sah ziemlich eindeutig aus. Ich habe auch schon versucht, mit Frederike zu reden. Sie hat mir nicht aufgemacht.«

Also doch! Genau das, was Tanja und ich an anderen Abenden unabhängig voneinander beobachtet haben. Ich spüre mein Gewissen. Hätten wir Jenny doch davon erzählen sollen? Ich weiß es nicht. Umständlich erkläre ich, dass ich auch schon mal Ähnliches beobachtet habe, aber keine falschen Verdächtigungen verbreiten wollte. Musste ja gar nichts bedeuten.

Jenny nickt zustimmend.

»Das verstehe ich, hätte ich auch nicht gemacht. Es ist ja auch nicht so, dass so ein Seitensprung gleich das Ende einer Beziehung bedeuten muss. Aber weißt du, was richtig komisch ist? Ich sterbe nicht vor Eifersucht, bin auch nicht total deprimiert oder so was, nicht einmal ein bisschen traurig. Das ist doch nicht normal, oder?«

»Kann es sein, dass bei eurer Beziehung schon länger was schiefläuft?«, frage ich vorsichtig. Hab ja schon oft gerätselt, was die Basis bei diesem ungleichen Paar ist. »Vielleicht hat dein Kinderwunsch das alles überlagert, und du warst deshalb bereit, alle Irritationen zu übersehen.«

»Ja, da kannst du recht haben«, nickt Jenny und wirkt weder enttäuscht noch verzweifelt.

»Was wirst du jetzt machen?«

»Ich weiß es nicht. Erst mal muss ich mit Kai über gestern Nacht reden und sehen, wie er reagiert. Ich will einfach wissen, was da genau los ist.«

»Und das Baby?«

»Sicher werde ich ihm irgendwann sagen, dass ich schwanger bin. Aber ob ich mit ihm oder ohne ihn das Kind bekomme, ist ganz allein meine Entscheidung.«

Jenny, die mir immer ein bisschen unbesonnen vorkam, wirkt heute erstaunlich klar und entschlossen.

»Dann bist du also froh über die Schwangerschaft?«

Nun strahlt sie mich doch noch an.

»Ich bin superglücklich!«

Tanja

Auf dem Weg vom *Méditerranée* nach Hause treffe ich Vera und ihren Mann. Reinhold hat sie stundenlang durch den Prenzlauer Berg geschleift. Er ist glücklich, aber völlig platt, weil er seine Kräfte immer überschätzt, und Vera ist sauer, weil es so spät geworden ist und sie nun kaum noch zum Arbeiten kommt. Jenny ist schwanger, erzählt sie mir, und dass Jenny letzte Nacht ihren Freund mit Frederike zusammen gesehen hat. Laut Vera nimmt sie das ziemlich gelassen, will zwar der Sache auf den Grund gehen, aber irgendwie scheint sie gar nicht schockiert. Die Schwangerschaft macht sie wohl stark. Ach ja, wer weiß, wozu es gut ist, dass sie die beiden gesehen hat. Vielleicht ist es eine Chance, durch die sich etwas Neues entwickelt. Nichts geschieht ohne Sinn, auch wenn man es manchmal erst hinterher begreift.

Endlich zu Hause! Die Sonne steht schon hinterm Dachfirst gegenüber. Im ersten Stock hat man nicht lange das Vergnügen. Trotzdem gehe ich nach vorne auf unseren Balkon, denn es ist immer noch sehr mild. Ich genieße das Vogelgezwitscher in den Bäumen vor unserem Haus und freu mich über das Blühen in meinen Balkonkästen. Dayo und Elani sitzen an ihren Hausaufgaben, Dylan holt Jamie vom Kinderladen ab und geht einkaufen, Jamal ist auch nicht zu Hause – ein seltener Moment der Ruhe. Nach ein paar Yogaübungen fühle ich mich schon etwas frischer.

Ein Martinshorn kommt näher, bis es direkt vor unserem Haus ist und verstummt. Ich erhebe mich von meinem Stuhl, und tatsächlich, ein Notarzt rennt zu unserem Hauseingang. Mir fällt ein, dass ich ja noch mehr über diese Medikamente recherchieren wollte, die ich in Frederikes Apothekenschrank gesehen habe. Jetzt will ich aber erst einmal wissen, ob tatsächlich der arme kleine Frederic wieder der Grund für den Einsatz ist. Als die beiden Rettungsassistenten mit einer Trage auf unsere Haustür zulaufen, gehe ich in den Flur und schaue durch den Spion ins Treppenhaus. Komme mir vor wie eine ätzende neugierige Nachbarin …

Tatsächlich transportieren sie kurz darauf das Kind die Treppen hinunter, und Frederike kommt hinterhergelaufen. Ich denke, ich sollte Gerald anrufen. Vielleicht kann er ja schon mit dem, was ich bisher über Frederikes Medikamente herausgefunden habe, etwas anfangen. Vor unserer Tür höre ich Jamies aufgeregte Stimme, dann den Schlüssel im Schloss.

»Kind krank! Feuerwehr!«, kräht Jamie zur Begrüßung, rennt auf mich zu und zeigt aufgeregt zum Treppenhaus. Ich hebe ihn auf meinen Arm.

»Ja, der arme Frederic muss wieder ins Krankenhaus. Aber dort machen ihn die Ärzte bestimmt wieder gesund.«

»Gesund!«, nickt mein Sohn und versucht sich am Wort Krankenhaus, was er noch nicht ganz hinbekommt. Von besorgter Miene schaltet er übergangslos auf Strahlen.

»Daddy macht Pizza!«

»Ja, Dylan, der Meisterkoch, bäckt heute Pizza für alle!«, nickt der.

»Jamie auch!«

»Of course! You are my first assistant.«

Der Kleine windet sich aus meinen Armen, will, dass ich ihm die Schuhe ausziehe, und sprintet zum Händewaschen ins Bad.

»Klasse, dass du das Abendessen machst.«

Eigentlich wäre ich heute damit dran gewesen, zumal Dylan ja über das Pfingstwochenende die gesamte Kinderbetreuung übernehmen wird, wenn ich zu meinem Retreat fahre. Er ist wirklich lieb! Er kriegt einen Kuss, und ich helfe ihm in der Küche, die Einkäufe zu verstauen.

»Dann hab ich jetzt ja frei.«

Ich gehe in mein Zimmer und versuche, Gerald zu erreichen.

Frederike

11. Mai

Hört der grässliche Tag denn niemals auf? Diese Jenny hat mich heute mehrfach belästigt. Sie hat geklingelt, geklopft, gerufen, sie wolle mit mir reden. Was will diese Person von mir? Ich will mit ihr nichts zu tun haben. Ihre Impertinenz macht mir Angst. Sie wird mich abpassen, sie wird nicht aufhören, mich zu bedrängen. Und Thomas wird einmal mehr nicht verstehen, warum ich unsere ach so nette Nachbarin nicht hereinbitte.

Zum Glück ist er den ganzen Tag unterwegs, erst in der Schule und dann bei einem befreundeten Künstler, mit dem zusammen er eine Ausstellung plant. Er wird erst zum Abendessen nach Hause kommen.

Und heute Nachmittag hatte mein Ein und Alles wieder einen schrecklichen Anfall! Es war dramatisch, schlimmer als alles, was ich bisher erlebt habe! Ich habe den Notarzt gerufen, und wir brachten Frederic ins Krankenhaus, wieder ins *Urban*. Darüber war ich nicht so glücklich, vor allem wegen meines gestörten Vertrauensverhältnisses zu diesem Oberarzt. Doch das *Urban* liegt nun mal am nächsten von unserer Wohnung.

Natürlich versuchte ich, ständig an Frederics Seite

zu bleiben, aber man schickte mich auf den Flur. Meine Anwesenheit sei bei den anstehenden Untersuchungen störend. Mehr als eine Stunde saß ich und wartete. Es war eine Qual. Mein armer kleiner Frederic ganz allein da drin zwischen den ganzen Apparaten und völlig fremden Menschen, und ich konnte ihm nicht beistehen!

Schließlich durfte ich zu meinem Schatz, nachdem er auf die Intensivstation verlegt worden war. Die Anfälle waren vorbei, aber er sei noch nicht über den Berg, sagte man mir. Ich hatte unglaubliche Angst. Ich schickte Thomas eine Nachricht, mir meine stets gepackte Tasche vorbeizubringen, da ich mich darauf einrichtete, im Krankenhaus zu übernachten. Frederic lag in tiefem Schlaf, ab und zu zuckte er mit einem heftigen Atemzug zusammen, wachte aber nicht auf. Die Schwester, die immer wieder nach ihm schaute, lobte meine Umsicht, als ich sie auf das wiederholte Zusammenzucken aufmerksam machte, und bedauerte mich für die Sorgen, die mein Kind mir seit Wochen bereitet. Aber das macht mir doch nichts aus, gar nichts! Glücklicherweise funktioniere ich immer perfekt, wenn mein Einsatz für Frederic gefordert ist.

Und dann tauchte der Oberarzt auf, den ich die ganzen Stunden vorher noch nicht zu Gesicht bekommen hatte. Heute fand ich sein Verhalten nicht nur unverschämt, sondern geradezu feindselig mir gegenüber. Er könne mich nicht auf der Intensivstation dulden, ich könne keinesfalls bleiben. Als er laut wurde, konnte auch ich mich nicht zurückhalten und schrie zurück. Es nutzte alles nichts. Er schickte mich nach Hause! Wäre ich nicht freiwillig gegangen, drohte er, mich vom Wachschutz entfernen zu lassen. Ich konnte mich nicht dagegen wehren. Ich müsse seiner ärztlichen Autorität schon glauben, dass er besser weiß, was für mein Kind gut ist, meinte er. Vor morgen früh werde er mich nicht zu Frederic lassen und wenn er selbst Wache stehen müsste vor seiner Zimmertür. Der Mann ist vollkommen übergeschnappt!

Liebes Tagebuch, warum muss ich durch diese Hölle gehen? Lange halte ich das nicht mehr aus! Vorhin stand schon wieder die mehr als aufdringliche Jenny vor unserer Tür. Natürlich habe ich nicht reagiert. Aber sicher kommt Thomas bald nach Hause, und wenn sie es dann wieder versucht, was soll ich machen? Und an übermorgen mag ich gar nicht erst denken …

Kapitel XV

Die Menschen quälen sich mit ihren Problemen, wie auch immer diese beschaffen sein, was auch immer sie betreffen mögen, so lange, bis es nicht mehr geht, bis ihre Seele wund und ihr Kopf leer ist. Wenn sie stark genug sind, treffen sie in dem Moment eine Entscheidung, die ihr Leben ändert, ihnen eine neue Chance eröffnet. Das gelingt nicht allen. So wird auch in unserem Haus bei manchen Bewohnern und Bewohnerinnen das Glück, bei anderen das Unglück einkehren.

Und dann gibt es Ereignisse, die geschehen ohne Vorwarnung und ohne dass ein Mensch eine Entscheidung getroffen hätte ...

Frederike

12. Mai

Mein kleiner Frederic schwebt immer noch in Lebensgefahr! Eine schlaflose Nacht liegt hinter mir. Als ich ihn heute Morgen besuchen wollte, erlebte ich eine böse Überraschung. Sie haben irgendwelche ominösen Bluttests gemacht, und der Oberarzt beschuldigte mich plötzlich, für Frederics kritischen Zustand verantwortlich zu sein. Trotz heftigen Protestes meinerseits ließen sie mich nicht zu meinem Kind.

Zu Hause finde ich keine Ruhe, ständig muss ich an meinen kleinen Frederic denken. Meine aufdringliche Nachbarin wird bestimmt auch nicht nachlassen und mich weiter belästigen. Ach, liebes Tagebuch, ich halte das nicht mehr aus! Selbst ein Mister Wonderful kann mir jetzt nicht mehr helfen …

Vorhin kam der Telefonanruf, den ich schon seit Tagen fürchtete, und ein Höllenschlund tat sich auf. Morgen werden die bösen Geister aus der Vergangenheit auftauchen und ganz von mir Besitz ergreifen. Ich fühle mich zu schwach, um mich dagegen zu wehren.

Es tut mir leid, vor allem deinetwegen, Frederic, mein Ein und Alles! Ich wünsche dir von ganzem Herzen, dass du wieder vollkommen gesund wirst, ein gesundes, glückliches Kind, das mit seinem Lächeln die Menschen verzaubert. Leider kann ich dich dabei nicht mehr unterstützen.

Adieu, liebes Tagebuch! Ich kann nicht mehr.

Jenny

Das war kein gutes Gespräch mit Kai gestern Abend. Ich war vollkommen ruhig und sachlich, habe ihm keine Vorwürfe gemacht, habe einfach nur gefragt, was zwischen ihm und Frederike läuft. Aber Kai hat total gemauert. Erst hat er alles abgestritten, mich behandelt, als ob ich komplett durchgeknallt wäre. Was ich mit diesen völlig absurden Vorwürfen bezwecken würde? Mit so einem Blödsinn müsse er doch gar nicht seine Zeit verschwenden!

Aber ich hab nicht lockergelassen. Als ihm klar wurde, dass ich mehr wusste, als er vermutet hatte, laberte er was von zufällig über den Weg gelaufen, einen verrückten Abend miteinander verbracht, das könne halt mal passieren. Ein einmaliges Ding, und ich solle mich nicht so aufregen. Der Einzige, der sich aufgeregt hat, war er.

Irgendwann hat er kapiert, dass es keinen Sinn hatte, mich anzulügen. Ja, das sei nicht zum ersten Mal gewesen, na und? Es hätte überhaupt nichts zu bedeuten. Und plötzlich wirft er mir so einen schrägen Blick zu und meint, ich solle doch mal nachdenken. Vielleicht hätte das ja auch was mit mir zu tun. Tja, dann kam seine wahrhaft geniale Erklärung: In den letzten Monaten wollte ich ja nur noch zum Babymachen vögeln. Das sei ihm derart auf die Ketten gegangen, dass er auf Sex mit mir überhaupt keinen

Bock mehr hatte. Und da blieb ihm quasi gar nichts anderes übrig, als sich mit unserer schönen Nachbarin zu vergnügen.

Er hat überhaupt nicht gefragt, wie ich mich fühle, ob ich sauer bin oder so. Dass es ihm leid tut, hat er natürlich auch nicht gesagt. Seiner Meinung nach ist es ja eh meine Schuld, dass er Frederike vögeln musste.

Merkwürdigerweise haben wir aber gar nicht richtig gestritten. Es war eher so, als ob wir über ein anderes Paar sprechen und nicht über uns beide.

Je länger unsere Unterhaltung – oder wie man das auch immer nennen soll – dauerte, desto mehr entfernte ich mich von Kai. Kein Bedauern, keine Trauer. Was ich mich in letzter Zeit öfter gefragt hatte, ob ich ihn überhaupt noch liebe, ob sich irgendwas zwischen uns geändert hat, war plötzlich total präsent.

Er hat mich eigentlich schon immer behandelt wie ein dummes, einfältiges Mädel, das gut genug ist, seinen Dreck wegzuputzen, seine Socken zu waschen, seine Hemden zu bügeln und bei Bedarf zum Vögeln. Und ich habe das akzeptiert. So ökonomisch, wie er denkt, ist das praktisch und günstig. Von dem, was ich mir unter einer Beziehung vorstelle, ist es allerdings weit entfernt.

Aber ich bin ja selbst schuld: Die ganzen Jahre habe ich mir seine Chefallüren bieten lassen, kaum was kritisiert, alles akzeptiert, keinen Ärger gemacht. Irgendwie habe ich immer gedacht, ich könnte bei ihm als liebes, braves Mädchen alles erreichen. Eine Weile lief das ja auch, und ich glaube, ich war anfangs wirklich glücklich mit Kai. Jetzt frag ich mich, wie ich das nur so lange aushalten konnte. Wahrscheinlich lag es an meiner Bequemlichkeit, und ich hatte zu viel Angst vor dem Alleinsein. Vor allem aber hat die große Sehnsucht nach einem Baby mich wohl alles ertragen lassen.

Wenn ich ihn jetzt verlassen sollte, wird er natürlich denken, das ist, weil er als Erzeuger seine Pflicht erfüllt hat und nicht mehr gebraucht wird. Aber das ist es nicht, wirklich nicht. Ich bin ja erst total am Anfang mit der Schwangerschaft, und noch ist überhaupt nicht garantiert, dass es dieses Mal klappt. Mal sehen, wann ich ihm davon erzähle. Zur Eile besteht kein Grund. Kai wird wahrscheinlich überrascht sein. Ob er sich darüber freut? Im Moment kann ich es mir nicht so richtig vorstellen …

Gestern Abend sind wir nebeneinander eingeschlafen, als ob nichts gewesen wäre, beim Frühstück war Kai wortkarg wie immer, und dann ist er in die Firma, auch wie immer. Die Pfingsttage werde ich zum Nachdenken nutzen, zum Planen, wie es mit meinem Leben weitergehen soll. Doch mir wird schon jetzt immer deutlicher, dass ich nicht bei Kai bleiben werde.

Mit Frederike muss ich nicht mehr sprechen. Es ist alles klar für mich. Als ich es gestern Abend, bevor Kai nach Hause kam, noch ein letztes Mal versuchte, habe ich nur Thomas angetroffen. Frederike war zwar daheim, lag aber angeblich krank im Bett. Der Kleine hatte wieder so einen schrecklichen Anfall gehabt, erzählte Thomas, und befand sich seit dem Nachmittag im Krankenhaus, wo er rund um die Uhr überwacht wird. Frederike hatten die Ärzte nach Hause geschickt, worunter sie wohl sehr litt.

Ich erzählte Thomas nicht, weshalb ich sie hatte sprechen wollen. Er sah schon sorgenvoll genug aus wegen seines kranken Kindes und seiner leidenden Frau. Er fragte auch gar nicht nach.

So, bevor ich mich an diesem frühen Nachmittag endlich an den Schreibtisch setze, um mal wieder was zu arbeiten – schließlich muss ich bald wieder für mich allein sorgen, oder sogar für zwei – ruf ich Mama noch mal an und sage ihr, wann ich in Mönchengladbach ankomme. Übermorgen, am Sonnabend, fahre ich und will nur schöne Sachen machen. Mein letzter Besuch ist eine Ewigkeit her.

Mama fragt, was ich essen möchte, was sie einkaufen soll, was wir unternehmen wollen. Sie will mich doch verwöhnen, sagt sie, das hätte ich verdient. Ach, ihre lieben Worte gehen so richtig tief in mich rein und tun mir unheimlich gut.

Ich freu mich auf sie, ich freu mich auf meine Familie, die Kaffeetafel im Schrebergarten, den Mama nach Opas Tod übernommen hat. Mit meiner Schwester, ihrem Mann und meinen Nichten und Neffen werden wir dort an Pfingsten sitzen, Sahnetorte essen, mit den Kindern spielen, abends vielleicht grillen. Ganz einfach, ganz vertraut, ohne Gedöns – ich werd mir's nur gut gehen lassen.

Und nun muss ich mich mal wieder auf die Treppenlifte von *Militzke & Co.* stürzen. Es gibt ein neues, noch mehr Platz sparendes Modell, das ich mit lobenden Worten auf der Website anpreisen soll. Natürlich fällt es mir schwer, mich zu konzentrieren. Ich mach mir einen Kaffee, einen ganz schwachen. Vielleicht sollte ich doch erst mal einen Ernährungsratgeber für Schwangere im Internet suchen? Draußen kommt ein Martinshorn immer näher.

Mit meiner Tasse ziehe ich auf den Balkon und sehe, wie Notarzt und Rettungsassistent auf unseren Eingang zu rennen. Ob etwas mit Veras Mann ist? Jetzt höre ich schwere Schritte im Treppenhaus. Ich glaube, das ist direkt gegenüber! Thomas' Stimme ist zu hören, dann schließt sich die Wohnungstür. Der süße kleine Engel ist im Krankenhaus, Thomas empfängt den Arzt, dann kann es ja nur um Frederike gehen. War wohl doch keine Ausrede gestern Abend, dass es ihr schlecht geht.

Das interessiert mich jetzt aber! Als ich eine ganze Weile später wieder Geräusche auf dem Treppenflur höre, luge ich vorsichtig durch das kleine Guckloch. Thomas öffnet beide Flügel der Wohnungstür, und ich sehe zwei Rettungsassistenten eine Trage herausbugsieren, der Notarzt kommt hinterher. Sehr blass und mit geschlossenen Augen liegt Frederike da, im Mund irgendein dicker Schlauch, der aus einer Gasflasche kommt. Sauerstoff? Keine Ahnung, es sieht jedenfalls ziemlich ernst aus.

Vera

Oh Mann, hätte ich bloß nichts zu Reinhold gesagt heute Morgen ... Es war wie immer. Ich wollte nur nett sein und hatte mal wieder die Illusion, mich mit ihm ganz normal unterhalten zu können. Ich habe ihm erzählt, was sich gestern bei unseren Nachbarn zugetragen hat. Er hörte sich alles aufmerksam an und dann hatte er eine Frage, irgendein Detail, das ihn interessierte. Eine halbe Stunde habe ich versucht rauszubekommen, was er wissen wollte – ich kam nicht drauf. Binnen kurzer Zeit wurde er stinksauer, ließ nicht nach, wurde immer lauter und regte sich ganz fürchterlich auf. Die Chance, dass er in solchen Momenten an einer Herzattacke stirbt, ist durchaus gegeben. Doch heute tat er es nicht.

Es ist mal wieder ein Freitag, der 13. Ich mag die Zahl irgendwie und glaube auch nicht, dass sie Unglück bringt. Dem Unglück ist es egal, wann es uns trifft. Reinholds Aneurysma platzte auch an einem ganz harmlosen Sonnabend, einem 20. Dezember.

Und für Thomas war gestern, der 12. Mai, schon ein ziemlich schwarzer Tag. Als er am Abend bei uns geklingelt hat, was schon ewig nicht mehr vorgekommen war, sah ich gleich, dass etwas Schlimmes passiert sein musste. Reinhold winkte freundlich, als ich unseren Nachbarn in die Küche führte, und ließ sich ansonsten beim Fernsehen nicht stören.

»Frederike ist im Krankenhaus. Sie hat versucht, sich das Leben zu nehmen«, sagte Thomas mit rauer Stimme. »Ich habe sie bewusstlos in der Wohnung gefunden, als ich von der Schule nach Hause kam. Sie hatte Tabletten genommen. Man hat ihr den Magen ausgepumpt und sie zurückgeholt. Es war ganz schön knapp.«

Dann fing er an zu weinen. Ich streichelte einfach nur seine Hand, wusste im ersten Moment gar nicht, was ich sagen sollte.

»Hast du eine Idee, warum sie das gemacht haben könnte?«, fragte ich dann. Als er sich einigermaßen gefasst hatte, schüttelte er den Kopf.

»Ich weiß es nicht. Frederike war noch nicht ansprechbar, als ich sie auf der Intensivstation gesehen habe, und die Ärzte haben mich weggeschickt. Ich fühlte mich total hilflos, bin dann gleich zu Frederic, um den ich mir natürlich auch große Sorgen mache. Aber unser Sohn ist über den Berg, wie mir der Oberarzt sagte, und vielleicht hat er Glück, und es bleiben auch keine Spätschäden von seinen Anfällen zurück. Der Arzt wusste auch schon von Frederikes Suizidversuch. Und dann hat er mich beiseitegenommen und mir ein paar Sachen über sie erzählt ...«

Ich goss zwei Gläser Rotwein ein und schob ihm eines hin. Thomas achtete nicht darauf, war offensichtlich tief in seine Gedanken versunken.

»Ich bin ziemlich durcheinander, Vera. Ich hatte keine Ahnung, wovon der Arzt redet. Jedenfalls dachte ich nicht, dass er meine Frau meint. Eigentlich glaube ich es immer noch nicht.«

»Wieso, was hat er gesagt?«

»Er hat Frederike für die Anfälle unseres Sohnes verantwortlich gemacht. Ich wusste im ersten Moment gar nicht, was ich sagen sollte.«

Auch ich fand die Aussage des Arztes ziemlich irritierend.

»Wie kommt er denn darauf?«

»Er meint, sie habe unser Kind absichtlich krank gemacht, um eigene psychische Probleme zu bekämpfen. Sie hätte doch mal in einer Apotheke gelernt, ob das stimme. Natürlich seien das vorerst alles nur Vermutungen, schränkte er ein, aber ob Frederike schon mal in psychiatrischer Behandlung gewesen wäre. Davon weiß ich nichts, konnte ich nur sagen.«

»Aber du bist verunsichert?«

Er hob ratlos seine Schultern.

»Wenn ich so drüber nachdenke: Von den bald 40 Jahren ihres Lebens kenne ich sie nur knapp fünf. Über das, was davor war, hat sie kaum ein Wort verloren. Ich weiß nur, dass sie früh von zu Hause weggegangen ist und keinen Kontakt mehr zu ihrer Familie hat, also keinen Kontakt mehr haben will. Als ihre Eltern überraschend auf unserer Hochzeit aufgetaucht sind, obwohl wir sie nicht eingeladen hatten, hat sie die damals sehr entschieden weggeschickt.«

»Und was willst du jetzt machen?«

»Erst einmal kann ich nur abwarten. Ich bin morgen Nachmittag mit diesem Doktor Hackbarth verabredet.

Aber irgendwie fühle ich mich so illoyal. Frederike liegt hilflos auf der Intensivstation und kann sich gegen die ganzen Unterstellungen nicht wehren.«

Mir dämmerte, dass Tanjas Hinweis an Doktor Hackbarth über Frederikes merkwürdige Medikamentenvorräte in der Sache eine wichtige Rolle spielte, wenn ich auch noch nicht wusste, welche. »Hauptsache, dein Sohn und deine Frau werden wieder ganz gesund. Und es sieht doch gar nicht so schlecht aus«, versuchte ich, ihn ein bisschen aufzubauen.

»Ja, das hoffe ich, das kannst du mir glauben!«, nickte er. »Aber natürlich frage ich mich auch, ob Frederikes Selbstmordversuch etwas mit mir zu tun hat. Vielleicht war ich zu sehr mit mir und meinen Künstlerambitionen beschäftigt, bin in meinem Selbstmitleid ersoffen und habe mich nicht genug um sie und ihre Sorgen gekümmert …«

Thomas tat mir unendlich leid, wie er sich angesichts der niederdrückenden Situation mit Selbstzweifeln quälte. Natürlich war es auch nicht der Moment, ihm von Frederikes Eskapaden mit Jennys Freund zu erzählen, damit das idealisierte Bild seiner Frau etwas geradegerückt wurde. So sagte ich also nur: »Ach Quatsch, du bist mit Sicherheit nicht der Grund für ihre Verzweiflungstat, Thomas! Glaub mir. Ich weiß doch, wie sehr du ihretwegen mit deinen Bedürfnissen zurückgesteckt hast, wie du dein Leben an ihres angepasst hast. Der Grund liegt bestimmt ganz woanders.«

Er nickte, wenig überzeugt, und verabschiedete sich bald. Ganz bewusst hatte ich es auf heute Morgen beim Frühstück verschoben, meinem Mann zu erklären, was der Grund für Thomas' Besuch war. Ich ahnte wohl schon unsere Kommunikationsschwierigkeiten.

»Ach ja, ach ja!«, nickte Reinhold immer wieder und kommentierte mehrfach kopfschüttelnd »Boah!«. Bis er sich in eben jene Detailfrage verbiss, die ich nicht verstand und wir Krach bekamen. Die Geschichte unserer Nachbarin hat ihn trotzdem nachhaltig beeindruckt, und wahrscheinlich wird er noch tagelang immer mal wieder darauf zurückkommen.

Und heute Mittag stand Thomas schon wieder vor unserer Tür, um von einem verstörenden Telefonanruf zu berichten, der ihn auf Frederikes Handy erreicht hatte. Ein Mann namens Henry meldete sich, klang sehr aufgeregt, stellte sich als Frederikes jüngerer Bruder vor und sagte nur einen Satz: »Unsere Eltern sind tot.«

Auf mehrfaches Nachfragen von Thomas stellte sich schließlich heraus, dass die Eltern wohl heute früh auf dem Weg nach Berlin waren, um Frederike über Pfingsten zu besuchen und ihren Enkel kennenzulernen. Kurz hinter dem Autobahndreieck Bayerisches Vogtland hat es ihren Wagen aus der Kurve getragen. Beide waren sofort tot.

»Da der junge Mann am Telefon ziemlich durcheinander wirkte, habe ich erst einmal bei der Polizei angerufen. Aber es stimmt wirklich. Frederikes Eltern sind heute bei einem Unfall auf der A9 ums Leben gekommen.«

Er warf mir einen gequälten Blick zu.

»Wie kann das sein? So viele schlechte Nachrichten in so kurzer Zeit!«

»Das sind Zufälle, Thomas, nichts als Zufälle! So ist das Leben.«

Thomas stöhnte.

»Ich hatte überhaupt keine Ahnung, dass ihre Eltern uns besuchen wollten. Vielleicht wusste Frederike ja auch gar nichts davon. Natürlich kann ich ihr die traurige Nachricht erst einmal nicht mitteilen. Womöglich versucht sie es dann gleich noch mal ...«

»Musst du ja auch nicht. Du sagst doch, sie hatte gar keinen Kontakt mehr zu ihrer Familie, wollte keinen Kontakt mehr haben. Am besten fragst du den Arzt um Rat.«

Kaum hatte sich Thomas verabschiedet, lugte Reinhold mit neugieriger Miene in die Küche. So verständlich wie möglich erläuterte ich ihm die neuesten Ereignisse. Er verstand alles und hatte keine Fragen. Puh, wenigstens das.

Dann können wir ja gleich los. Ich habe Reinhold erklärt, dass ich in der *Markthalle 9* noch ein paar Sachen für Pfingsten besorgen will: Spargel, Schinken und Erdbeeren, und mal schauen, was es sonst noch Nettes gibt. Auch einen Strauß Pfingstrosen möchte ich unbedingt haben. Reinhold ist nicht begeistert. Einkaufen mag er gar nicht. Er würde am liebsten eine seiner Erkundungstouren machen und anschließend stundenlang irgendwo in einem Café sitzen, schauen, schweigen, das bunte Berliner Leben an sich vorüberziehen lassen.

Am Zugeständnis fürs Café komme ich nach dem Einkaufen nicht vorbei. Ach ja, was wollte ich nicht alles machen in den Jahren, die mir noch bleiben – reisen, schreiben, meine Enkel hüten. Aber ich sitze nur neben meinem kranken Mann, sehe Paare sich unterhalten, diskutieren, lachen, streiten, und habe das Gefühl, dass mein Leben einfach so durchs Stundenglas rieselt ...

Tanja

So, die Reisetasche steht bereit. Viel muss ich nicht mitnehmen für mein Wochenende im Zentrum im Lauenburgischen, nur einen Schlafsack, Handtuch, Waschzeug und bequeme Kleidung. Ich bin sehr gespannt, wie das wird, zwei Tage meditieren und schweigen. Eigentlich gehe ich spirituell am liebsten meinen eigenen Weg und finde Gruppen eher anstrengend. Aber ich habe dieses Wochenende von Omi und meiner Mutter geschenkt bekommen, die sich dabei wirklich was überlegt haben. Da kann ich sie doch nicht enttäuschen! Außerdem soll man dort ganz individuell seine Einkehr gestalten können. Und wenn es nicht mein Ding ist, kann ich zumindest in der schönen Umgebung einfach mal abschalten und Kraft tanken. An meiner Rauchentwöhnung kann ich auch arbeiten, denn sämtliche Suchtmittel sind im Zentrum natürlich tabu.

Als ich vorhin aus dem Café gekommen bin, habe ich Jenny getroffen. Ich hab ihr die Schwangerschaft gleich angesehen. So ein inneres Strahlen ging von ihr aus. Erst mal hab ich sie kräftig gedrückt und ihr gratuliert. Dann haben wir bei mir einen Tee zusammen getrunken. Ich freue mich sehr für sie, dass es endlich geklappt hat, auch wenn ihr Leben gerade im Umbruch zu sein scheint.

Ich glaube, sie wird sich von ihrem Partner trennen, obwohl sie noch nichts entschieden hat, wie sie sagt. Vielleicht sei Kais Nachbarinnen-Affäre der Anlass, über ihre Beziehung nachzudenken, aber der Grund läge ganz woanders, meinte sie. Schon länger habe sie hin und wieder Zweifel gespürt, sie aber aus Trägheit oder wer weiß was für einem Grund immer beiseitegeschoben. Jedenfalls wirkte sie sehr mit sich im Reinen.

Es interessiere sie auch nicht mehr, Details über das Verhältnis zwischen Kai und Frederike zu erfahren. Das Thema sei für sie erledigt, wenn sie sich auch frage, ob Frederike deshalb immer so abweisend ihr gegenüber gewesen ist. Gestern hat Jenny gesehen, wie unsere Nachbarin im Notarztwagen abgeholt wurde. Von Frederikes Suizidversuch wusste sie allerdings noch nichts. Vera hatte mich kurz informiert.

»Oh, wie schrecklich! Weiß man, warum sie das gemacht hat? Denkt sie denn gar nicht an ihr Kind?«

Auch ich hab mich das gefragt, konnte Jenny aber keine Antwort geben. Dann ist sie bald gegangen, weil sie für das Wochenende bei ihrer Mutter packen wollte.

So, und ich muss jetzt aber schnell ans Kochen gehen für die ganze Mannschaft. Mal sehen, ob mir jemand beim Schnippeln hilft. Es soll Ratatouille mit Käse überbacken und dazu Polenta geben.

»Hallo, Kinder, Jamal! Wer hilft mal beim Kochen?«

Zu viert sitzen wir am Küchentisch, Elani, Jamal, ich und natürlich Jamie, der total stolz ist, wenn er mit einem richtigen Messer schneiden darf. Bald liegt ein Berg geschnittener Zucchini, Auberginen, Paprika, Tomaten, Zwiebeln und Knoblauch auf dem Tisch. Ich gebe Olivenöl in eine große Auflaufform und schmore die Gemüse nacheinander an. Mmh, das riecht lecker.

Das Telefon klingelt, und ich überlasse Jamal die Oberaufsicht am Herd.

»Hallo, Gerald! Dich wollte ich auch schon anrufen.«

Er bedankt sich bei mir für die Hinweise auf Frederikes Medikamente.

»Ohne dich wären wir wohl nicht darauf gekommen, dass die Anfälle des Kleinen durch Gaben von trizyklischen Antidepressiva ausgelöst worden sind.«

»Wie bitte? Hat Frederike ihm die etwa gegeben?«

Gerald bejaht.

»Aber wozu? Das ist doch völlig sinnlos!«

»Eine schwierige Frage. Kurz gesagt: Frederike ist krank. Sie ist schwer traumatisiert. Die Wurzeln liegen wohl in ihrer Kindheit. Sie hat nicht viel erzählt, sie ist noch lange nicht so weit, offen darüber zu reden. Aber sie nannte mir den Namen einer Therapeutin, bei der sie vor Jahren lange in Behandlung war, und von der habe ich erfahren, dass Frederike Borderlinerin war – oder besser: ist. Vor vier, fünf Jahren ist sie in der Praxis auf einmal nicht mehr aufgetaucht. Eine ganze Weile hatte sie ihre psychischen Probleme wohl im Griff. Doch vor kurzer Zeit muss sie durch irgendein Ereignis getriggert worden sein, das heißt, die alten Ängste kamen wieder hoch und damit Selbstverletzungs- und Suizidgefahr. Um dem etwas entgegenzusetzen, hat sie quasi stellvertretend für sich selbst ihr Kind verletzt und sich so gerettet. Zumindest bis zu dem Moment gestern, an dem sie sich entdeckt fühlte.«

»Wie gruselig! Sie hat also einfach das Leben ihres Kindes aufs Spiel gesetzt. Krass!«

»So einfach ist das nicht. Ich denke nicht, dass sie in echter Tötungsabsicht gehandelt hat. Sie muss sich selbst in höchster Not, in einer absoluten Ausnahmesituation befunden haben und konnte das Ausmaß ihrer Taten gar nicht überschauen. Das siehst du ja deutlich daran, dass sie gestern diesen Suizidversuch unternommen hat, als sie sich in die Enge getrieben fühlte.«

»Was heißt das jetzt? Wird sie für die Gefährdung von Frederics Leben juristisch belangt werden?«

»Nein, Tanja, wir werden nichts in der Richtung unternehmen. Wie gesagt, sie ist krank und wird erst einmal für längere Zeit in eine Klinik gehen. Und anschließend muss sie wieder in Therapie, wahrscheinlich ihr Leben lang. Wenn man ihr etwas vorwerfen kann, dann, dass sie vor ein paar Jahren ihre Therapie abgebrochen hat.«

Bevor er sich verabschiedete, sagte Gerald noch, das hätte er mir nur erzählt, weil wir uns gut kennen und ich ja eine Quasi-Kollegin wäre. Ich solle sehr sorgsam mit den Informationen umgehen. Aber mir ist ohnehin nicht nach Quatschen, schon gar nicht über solche schrecklichen Dinge. Ich muss das alles erst einmal selbst verstehen und verarbeiten. Was für arme Wesen es doch gibt! Und gemacht ist ihr Leid von Menschen, womöglich von ihren eigenen Eltern, deren Pflicht es sein sollte, sie zu lieben. Wie kann das sein?

Ich höre Dylan kommen und fliege in seine Arme. Ich fühle mich so sicher bei meinem Bären! Dann stürze ich mich in mein Familienleben. Es tut gut, die Stimmen, das

Gelärme, das Lachen der anderen um sich zu haben. Ja, es ist manchmal ein bisschen chaotisch bei uns, aber vor allem ist es Liebe, die uns alle verbindet. Es ist ganz einfach, so wie seine Heiligkeit sagt: Die Mitte des menschlichen Lebens ist die Liebe.

Nach dem Essen, als Jamie im Bett und die anderen alle in ihren Zimmern sind, ziehe auch ich mich zurück. Immer wieder muss ich über Geralds Anruf nachdenken und was das für Frederike, Thomas und das Kind bedeutet. Was für eine Aufgabe, was für eine Prüfung! Es geht auf 21.30 Uhr zu, als es klingelt. Natürlich kommen Dayo und Elani, die neugierigen Nasen, sofort angerannt. Es ist Vera.

»Hallo, kann ich kurz mal reinkommen, Tanja?«

»Klar.«

Wie immer, wenn sie abends vorbeikommt, bringt sie eine Flasche Wein mit. Aber irgendwas ist heute anders. Sie scheint was Wichtiges mit mir besprechen zu wollen. Ich schicke die Kinder auf ihre Zimmer und rufe ihnen noch hinterher, dass es jetzt aber Zeit fürs Bett ist. Wir gehen in die Küche und setzen uns an den Tisch. Ich entkorke die Flasche und fülle zwei Gläser, für mich nur einen ganz kleinen Schluck, wie immer. Vera hebt ihr Glas.

»Auf das Leben!«, sagt sie ernst.

»Ja, auf das Leben!«

Wir stoßen an.

»Reinhold ist gestorben.«

Sie bringt das völlig ruhig vor und schaut mir dabei in die Augen.

»Was?«

Ich schreie das Wort fast heraus, so fassungslos bin ich.

»Wann? Wie? Vera, was ist passiert?«

»Ich kann dir nicht genau sagen, wann. Ich hab nicht auf die Uhr geschaut.«

Sie meint das völlig ernst.

»Wahrscheinlich war es so gegen 17.30 Uhr. Ich wollte die Balkonblumen gießen. Wie immer, wenn ich in den vorderen Teil der Wohnung komme, habe ich in Reinholds Richtung gerufen, ob alles in Ordnung ist. Jedes Mal, wenn er nicht gleich antwortet, setzt mein Herz vor Schreck fast aus. Manchmal hat er aber nur meine Frage nicht gehört oder ist zu beschäftigt, um zu antworten. So auch heute, dachte ich. Aber als ich dann einen Blick in sein Zimmer geworfen habe …«

»Oh Gott, Vera!«

»Er sah aus, als ob er ein Nickerchen in seinem Sessel macht. Sein Kopf im Nacken an der Sessellehne, die Augen zu, der Mund leicht geöffnet. Na, schläft mein kleines Faultier schon wieder, hab ich noch gestichelt. Der *Tagesspiegel* war ihm aus den Händen auf den Boden gerutscht. Als er auf meine Weckversuche nicht reagierte, bin ich näher an ihn ran. Er atmete nicht mehr.«

Ich fasse nach ihrer Hand und streichle sie, drücke sie. Vera achtet gar nicht darauf, redet einfach weiter.

»Ich habe seinen Hausarzt gerufen. Der kam sofort rum. Er hat gesagt, Reinhold sei friedlich eingeschlafen, sein Herz habe einfach aufgehört zu schlagen. Und ich dachte immer, Reinholds Herz wäre so wahnsinnig stark!«

Sie hält inne und schaut mich an, ohne mich zu sehen.

»Wo ist er jetzt? Ist er noch bei euch zu Hause?«

»Nein«, antwortet Vera bestimmt, »ich habe sofort das nächste Bestattungsinstitut angerufen und ihn abholen lassen. Ich mag diesen Totenkult nicht, mit Aufbahrung und allem, schon gar nicht bei uns zu Hause. Becky hab ich auch gleich informiert. Sie kommt morgen aus New York.«

Vera steht auf.

»Ja, das wollte ich dir nur sagen. Ich geh dann mal wieder.«

Auch ich erhebe mich, muss meinem Impuls folgen und sie in die Arme schließen, was sie nur widerstrebend geschehen lässt.

»Vera, Vera! Kann ich irgendwas für dich tun?«

Sie schüttelt den Kopf und macht sich sanft von mir los.

»Vielen Dank, aber ich will jetzt gern allein sein. Ich muss erst einmal versuchen zu verstehen, was passiert ist.«

Ich bringe Vera zur Tür und schaue ihr nach, wie sie mit langsamen, schweren Schritten die Treppe hochsteigt.

Drei Jahre später

Jenny

Da ist es, das Haus. Unser Haus. In der Zwischenzeit renoviert, leuchtet es nun in Eierschalenweiß. Schon komisch, wieder hierherzukommen. Ich bin ein bisschen aufgeregt, weiß eigentlich nicht, warum. Auch wenn wir hier nicht lange gewohnt haben, die Erinnerung ist noch sehr präsent. In den paar Monaten damals ist so viel passiert, mit mir ist so viel passiert, mein Leben, Denken und Fühlen sind Achterbahn gefahren. Das werde ich bestimmt nie vergessen.

Ich klingle bei Vera im dritten Stock. Der Summer ertönt, ich stehe im Treppenhaus, erkenne seinen ganz eigenen Geruch wieder. Während ich langsam hinaufsteige, zieht es mich zurück in die Vergangenheit. In der ersten Etage steht ein Kinderfahrrad neben der Tür. Mit Schuhen, einem zum Trocknen aufgespannten Regenschirm oder einem anderen Accessoire ihrer Existenz hatten die Bewohner hier schon immer ihr Revier markiert – sehr zum Ärger des gegenüber wohnenden Busfahrers mit seinem Springerstiefelsohn. Und genau wie früher dringt ein Gewirr aus Kinderstimmen aus der Wohnung, Tanjas muntere Schar.

Auf dem Klingelschild links im zweiten Stock stehen zwei neue Namen. Das war mal unsere Wohnung. Nach meinem Auszug bin ich nie wieder hier gewesen. Hier hatte ich mich in meine Vater-Mutter-Kind-Welt mit Kai und unserem Baby geträumt, war bereit, alles dafür zu tun. Ich glaube, ich war ganz schön schräg drauf zu der Zeit.

Am merkwürdigsten aber ist das Gefühl, an der Tür vorüberzugehen, vor der mir des Öfteren die schöne Frederike mit dem süßen Freddy begegnet ist. Auch hier ist jemand Neues eingezogen. Was ist wohl aus Frederike geworden und aus Thomas? Ich hoffe, es geht den beiden und dem kleinen Frederic gut. Ich empfinde keine Bitterkeit, keinen Groll gegen Frederike. Nie habe ich ihr die Schuld am Scheitern meiner Beziehung gegeben, die war eh schon am Ende. Aber was habe ich sie damals bewundert und beneidet und nicht mitbekommen, dass sie todunglücklich war. Und krank, was aber auch alle anderen nicht bemerkt hatten …

»Jenny, wie schön! Ich freu mich sehr, dich zu sehen. Toll, dass du es einrichten konntest!«

Vera steht auf ihrem Treppenabsatz und lächelt zu mir herunter. Ihr Haar ist immer noch hennarot gefärbt, und auch an ihrer individuellen Art, sich zu kleiden, hat sich nichts geändert. Sie hat ein bisschen zugenommen, denke ich, vielleicht weil sie jetzt mehr Ruhe hat? Andererseits sieht sie auch irgendwie erschöpft aus, eigentlich so wie früher, als sie ihren Mann pflegen musste.

»Ich freu mich auch! Bin ich etwa die Erste?«

»Eine muss ja die Erste sein. Tanja kommt sicher auch gleich. Tritt ein.«

Ich überreiche einen Strauß Pfingstrosen. Vera bedankt sich begeistert.

»Jetzt lass dich erst mal drücken, Mädchen!«

Sie schließt mich in ihre Arme, dann schiebt sie mich von sich weg. Sie schaut mich mit diesem prüfenden Blick an, dem so leicht nichts entgeht.

»Gut siehst du aus! Ein bisschen schmal bist du geworden. Wie geht's dir? Was macht die kleine Milena?«

»Die kleine Milena ist schon fast drei Jahre und gehört jetzt im Kindergarten zur mittleren Gruppe. Darauf ist sie sehr stolz! Und mir geht's …«

Es klingelt.

»Entschuldige, das ist Tanja. Wir reden gleich weiter, dann musst du auch nicht doppelt und dreifach erzählen.«

Tanja begrüßt Vera mit einer Umarmung, dann bin ich dran. Unter Tanjas Shirt, wie immer schwarz, spüre ich ihre zarten, knochigen Schultern. Sie scheint noch schmaler geworden zu sein. Was ganz neu für mich ist: Sie trägt die Haare raspelkurz, und sie sind grau. Genaueres weiß ich nicht, nur dass Tanja vor zwei Jahren ernsthaft krank gewesen ist. Wir waren nur sehr lose während der ganzen Zeit verbunden, nachdem ich kurz entschlossen aus Berlin zu meiner Mutter abgehauen bin, meldeten uns per Mail höchstens zu Geburtstagen oder mal zu Weihnachten. Zwar bin ich schon seit über einem Jahr wieder hier, aber offensichtlich sind wir alle drei für regelmäßigen Kontakt oder gar Besuche zu beschäftigt.

Vera führt uns in die Küche. Hier ist alles genau wie früher, auch der Tisch ist wieder üppig mit den tollsten Leckereien gedeckt. Als Erstes wollen Vera und Tanja alles hören über Milenas Geburt, die Zeit in Mönchengladbach, meinen neuen Job und wie mir das Leben mit dem Kind gefällt. Während ich erzähle, wie Mama mich durch die letzten Schwangerschaftsmonate begleitete, meine Herzensfreundin Lulu aus Neuseeland anreiste und ihren Urlaub nutzte, um mir bei der Geburt beizustehen, wie spannend die ersten Wochen mit dem Baby waren, merke ich, wie wohl ich mich seither fühle. Ich kann gar nicht glauben, was für ein verunsichertes, abhängiges Mäuschen ich mal war!

Stolz zeige ich auf meinem Handy Fotos von meiner süßen Kleinen. Mein Leben als alleinerziehende Mutter ist anstrengend, keine Frage, aber mit Milena ist mein größter Wunsch in Erfüllung gegangen. Natürlich habe ich auch großes Glück, in Berlin einen interessanten und gut bezahlten Job und vor allem eine Wohnung gefunden zu haben, denn nach einiger Zeit hab ich doch gemerkt, dass Mönchengladbach einfach nicht mehr meine Welt ist.

Vera erkundigt sich nach Kai, den sie nie mochte, wie ich weiß. Dass er seinen Unterhaltspflichten korrekt nachkommt und ich keine finanziellen Sorgen haben muss, findet sie das Mindeste. Viel mehr erwarte ich auch inzwischen nicht mehr.

Seit wir wieder in der Stadt wohnen, hatte ich versucht, regelmäßige Treffen von Kai mit Milena zu organisieren. Ich dachte, vielleicht will er ja eine echte Beziehung zu seiner Tochter aufbauen. Doch nachdem er immer wieder verschoben oder abgesagt hat, manchmal – wie an Milenas letztem Geburtstag – einfach nicht gekommen ist, habe ich das Experiment abgebrochen. Diese ständigen Enttäuschungen muss ich meinem Kind nicht zumuten, und wir kommen auch sehr gut alleine klar.

»Mensch, Jenny, wenn ich denke, wie mies es dir manchmal ging, als es mit dem Schwangerwerden ewig nicht klappte, und jetzt wirkst du irgendwie ziemlich zufrieden. Das freut mich für dich.« Vera tätschelt mir die Hand. »Ihr beide seid wirklich tolle, starke Frauen. Auch du, Tanja, wie du dein Medizinstudium durchziehst, deiner Erkrankung und allen sonstigen Hindernissen zum Trotz – ich bewundere euch!«

»Na komm, Vera, du hast ja auch in deinem Leben so manches gestemmt. Vor allem die letzten Jahre mit Reinhold waren für dich ganz schön anstrengend«, meint Tanja.

»Ach ja, Reinhold«, Vera seufzt und sinkt irgendwie zusammen.

»Wie geht es dir denn jetzt?«, frage ich vorsichtig. Ich erinnere mich gut, wie sie manchmal gestöhnt hat, weil es nicht einfach war mit ihrem kranken Mann, sie den ganzen Tagesablauf auf Reinholds Bedürfnisse ausrichten und die ihren immer zurückstellen musste. Als Vera sich wieder aufrichtet, hat sie ein Lächeln im Gesicht.

»Diese anstrengende Zeit ist Vergangenheit. Ich kann mich wirklich nicht beklagen. Es geht mir gut, ich schreibe, ich bin mit vielen Freunden und Freundinnen in Kontakt, ich kann meine Tochter in New York besuchen und ich werde Oma …«

»Wirklich? Das ist ja eine schöne Neuigkeit. Davon hast du gar nichts erzählt!«, ruft Tanja.

Ich bin froh, dass es Vera mit ihrem neuen Leben wohl ganz gut geht.

»Gratuliere zur Oma«, schließe ich mich an und muss

an meine Mama denken, wie die sich gefreut hat, als ich schwanger war.

Ach ja, ein bisschen ist es schon so, wie Tanja immer gesagt hat: Alles hat seinen Sinn, nichts passiert ohne Grund. Wahrscheinlich musste ich mich erst von Kai trennen, um mein eigenes Leben zu finden und allein glücklicher zu werden, als ich es jemals mit ihm war. Natürlich hätte ich nichts dagegen, eines Tages jemanden zu treffen, der sein Leben mit Milena und mir teilen will. Aber das überlasse ich der Zeit und dem Zufall. Eigentlich fehlt mir nichts.

Tanja

Hab mich richtig gefreut, Jenny wieder mal zu sehen. Vor allem, dass sie so gut klarkommt als alleinerziehende, berufstätige Mutter, ist toll. Sie hat sich ganz schön verändert, hat viel mehr Selbstvertrauen. Klingt vielleicht komisch, wenn ich das sage, wo wir ja ungefähr dasselbe Alter haben, aber sie wirkt insgesamt irgendwie reifer. Und was ich am schönsten finde: Sie scheint mit ihrem Leben zufrieden zu sein.

Aber ich hätte mich mehr um Vera kümmern müssen, habe ich gemerkt. Ich hatte in den letzten Monaten so wenig Zeit – die Arbeit in der Klinik, die Vorbereitung auf die Prüfung, die Kinder – es war so viel auf einmal, und ich hab's einfach nicht geschafft, mal bei ihr vorbeizuschauen.

Vor Jenny hat sie sich total zusammengerissen und die Starke gespielt, aber ich hab sofort bemerkt, wie sehr Vera die kurze Erwähnung von Reinhold getroffen hat. Auch nach drei Jahren hat sie seinen plötzlichen Tod noch nicht verarbeitet. Sie hat uns auch gleich wieder, wie schon des Öfteren, vor der Liebe gewarnt, je größer desto schmerzhafter. Aber deshalb kann man doch nicht von vornherein auf dieses wunderbare Geschenk verzichten!

Als wir uns neulich kurz im Treppenhaus über den Weg

gelaufen sind, da hat sie ihrem Kummer freien Lauf gelassen.

»Weißt du, als ich Reinhold gepflegt habe, da hab ich mir so oft gewünscht, ich könnte einfach tun und lassen, was ich will, wäre wieder ein freier Mensch. Und jetzt …«, sie hat mich todtraurig angesehen, »jetzt fehlt er mir. Immer noch.«

Bei der Gelegenheit hat sie auch erwähnt, dass sie nach wie vor sehr schlecht schläft und sich eigentlich permanent erschöpft fühlt, ihr der Alltag bisweilen zu viel wird. Für mich hört sich das stark nach einer Depression an, hab ich ihr gesagt und vorsichtig das Thema Therapie angesprochen. Sie schien dafür offen und meinte, sie denkt drüber nach. Aber wir waren beide in Eile und hatten keine Zeit, um intensiver darüber zu reden. Irgendwie muss ich es schaffen, nächste Woche mal bei Vera vorbeizuschauen.

»Tanja, du bist ja noch schmaler geworden«, meinte Jenny zu mir, nachdem Vera meine Erkrankung erwähnt hatte, »geht's dir wieder gut? Was hattest du eigentlich, wenn ich fragen darf?«

»Ich hatte Brustkrebs.«

Das Stichwort »Krebs« löst immer die gleiche Reaktion aus. Jenny schaute mich so betroffen an, als ob ich dem Tod geweiht wäre.

»Oh, du Arme! Das tut mir echt leid.«

Krebs ist für viele ein Tabuthema, über das sie sich nur ungern austauschen. Natürlich ist es eine tückische Krankheit mit ungewissem Ausgang. Aber manchmal glaube ich, die Leute denken, es liegt ein ansteckender Fluch darauf, oder sie wollen ihre eigene Angst verdrängen. Es war

Jenny jedenfalls sichtlich unangenehm, mich darauf angesprochen zu haben.

»Alles gut, Jenny. Ich darf mich zurzeit als geheilt betrachten.«

»Ein Glück! Aber die Diagnose war bestimmt erst mal ein Schock, oder?«

»Natürlich war es nicht schön, das gesagt zu bekommen. Aber ich habe von Anfang an geglaubt, dass ich diesen Kampf gewinne. Glücklicherweise war die Erkrankung noch in einem frühen Stadium, als ich den Tumor selbst ertastet habe. Er war noch sehr klein, nicht aggressiv, und die Lymphknoten waren auch nicht befallen. So bin ich mit einer OP und anschließender Bestrahlung davongekommen.«

»Und wie geht's deinen Kiddies?«, wollte Jenny dann wissen, »wohnt Jamal auch noch bei euch?«

»Tja, Dayo ist mehr als einen Kopf größer als ich, schon ein junger Mann, dem die Mädels an den Hacken hängen …«

»Das stimmt«, bestätigte Vera, »er sieht aber auch ausnehmend gut aus, dein Sohn, und vor allem ist er ein richtig Netter.«

»Eleni, die ist ein bisschen zickig im Moment. Aber mit 13 ist das wohl normal. Ich hoffe, das ändert sich bald wieder. Jamie ist ein problemloser Sonnenschein, und ansonsten kommen wir alle ganz gut klar miteinander.«

Ich erzählte, dass Jamal schon lange ausgezogen ist und mit einem Freund in einer eigenen Wohnung lebt, seit er als Asylberechtigter anerkannt wurde. Natürlich fragte Jenny auch nach Dylan.

»Er wohnt nicht mehr hier. Dylan ist ein ganz wunderbarer, lieber Mensch, der mir immer wichtig sein wird. Aber er ist ein Reisender. Auch wegen seiner Musik. Damit lief es immer besser, und er war immer mehr unterwegs. Und je länger mein Medizinstudium dauert, desto mehr brauche ich jemanden, der sich zu gleichen Teilen um Kinder und Haushalt kümmern kann. Aber ich kann ja den anderen nicht unglücklich machen, nur weil wir so unterschiedliche Bedürfnisse haben.«

»Schade, für mich wart ihr immer so ein tolles Paar«, bedauerte Jenny. »Lebt Dylan denn noch in Berlin?«

»Er verbringt öfter längere Zeit in der Stadt. Dann kommt er vorbei und kümmert sich um Jamie, das ist ihm wichtig. Und Dayo und Eleni freuen sich genauso, die hängen auch sehr an ihm. Und ich find's ja auch schön, ihn ab und zu mal zu sehen.«

»Und wie kriegst du das alles so hin, allein mit den Kindern und dem Haushalt?«

»Na ja, die Lücke in unserer Familie hat sich schon wieder geschlossen …«, sagte ich.

Etwas erstaunt schaute mich Jenny an.

»Vor ein paar Monaten ist Julian mit seinem Sohn Caspar bei uns eingezogen. Julian ist ein Kollege, wir haben uns im Krankenhaus kennengelernt. Bis jetzt läuft es ganz gut mit uns allen.«

Irgendwann landeten unsere Gespräche natürlich auch bei Thomas und Frederike. Die sind ein paar Monate nach Jenny ausgezogen, und Vera ist die Einzige, die über Thomas ab und zu noch von ihnen hört. Nach dem tödlichen Unfall ihrer Eltern haben Frederike und ihre beiden

Geschwister den Familiensitz im Frankenwald mit den ganzen Ländereien geerbt. Doch keiner von ihnen wollte in dem düsteren Schloss leben. Ich vermute, in dem alten Gemäuer würden sie zu sehr an die qualvollen Zeiten ihrer lieblosen Kindheit erinnert, wo auch die Ursprünge für Frederikes Störung liegen, wie Thomas erzählt hat. Eigentlich unvorstellbar, dass Eltern so grausam mit ihren eigenen Kindern umgehen.

Thomas hat Vera vor ein paar Wochen mit seinem Sohn besucht. Wir hatten uns seither noch gar nicht wieder gesehen, und ich finde es schön, von Vera zu hören, dass aus Frederic ein fröhliches, aufgewecktes Kind geworden ist. Sie leben zusammen mit Frederikes jüngerem Bruder auf einem Hof im oberen Maintal, Thomas malt wieder, denn durch Frederikes Erbe brauchen sie sich finanziell keine Sorgen zu machen, und er konnte den ungeliebten Lehrerberuf aufgeben. Ich wünsche ihnen, dass sie die schwere Zeit langsam vergessen können. Für Frederike hoffe ich, dass sie Hilfe von guten Therapeuten erhält, damit sie lernt, sich selbst zu mögen, und dass sie zukünftig ein einigermaßen gutes Leben führen kann. Ich wünsche es ihr von Herzen.

Vera

Ich bin allein. Jenny und Tanja haben sich gerade verabschiedet. Jetzt bin ich am Aufräumen. Ich tu das gerne und mag es, wenn alles wieder geordnet und an seinem Platz ist. Seit einiger Zeit habe ich eh das Bedürfnis, Dinge zu sortieren, meinen Hausstand zu reduzieren, Ballast abzuwerfen. So alt bist du doch noch gar nicht, hat meine Tochter erstaunt gesagt, als ich ihr davon erzählte. Das stimmt, heute zum Beispiel fühle ich mich wirklich noch ziemlich fit. Die Stunden mit den Frauen sind unglaublich schnell vergangen. Das Zusammensein mit Jüngeren gibt mir Energie. Die haben so eine frische Perspektive auf das Leben, und man redet mal nicht nur über Krankheiten wie sonst mit vielen Gleichaltrigen.

Ich habe die Zeit mit Jenny und Tanja sehr genossen. Schön ist auch, dass die beiden Reinhold gekannt haben oder zumindest wissen, von wem ich rede, wenn ich ihn erwähne. Und ich tu das immer noch ziemlich oft, wie mir heute wieder aufgefallen ist. Aber so ist das eben, wenn man seinen Menschen verliert, seinen Herzensmenschen, mit dem man mehr als das halbe Leben verbracht hat. Auch wenn der Dalai Lama sagt, nur wer Leid erträgt, kann Glück erfahren, wie Tanja mir erklärt hat – ich hätte auf die Erfahrung gern verzichtet.

»Eine große Liebe ist das Wunderbarste, das einem im Leben begegnen kann. Ich hatte das Glück. Aber sie kann einem auch den tiefsten Schmerz zufügen«, hab ich zu Jenny und Tanja gesagt, bestimmt nicht zum ersten Mal. »Darüber sollte man sich im Klaren sein, wenn man sich mit dem Menschen seines Herzens zusammentut. Hört auf den Rat einer weisen alten Frau, meine Lieben.«

Natürlich wird keiner die Liebe meiden, wenn er seinen Herzensmenschen gefunden hat. Und das ist ja auch richtig so. Der Kummer vernebelt mir eben manchmal das Hirn. Trotz der anstrengenden Jahre mit dem kranken Reinhold, trotz der Leere, die mich seit seinem Tod umgibt, hab ich so viele wunderbare Erinnerungen, haben wir so ein tolles Leben zusammen gehabt, das ich um nichts in der Welt missen möchte.

Ich versuche zwar, einfach so weiterzumachen wie bisher, aber ich bin manchmal sehr erschöpft. Dann strengt mich jede Kleinigkeit an. Auch das Schreiben fällt mir schwerer als früher. Als es den kranken Reinhold noch gab, hatte ich so viele Pläne und Projekte und nie ausreichend Zeit, um sie zu verwirklichen. Die Pläne und Projekte gibt es immer noch, aber ich muss mich zwingen, mich an den PC zu setzen. Es kostet so viel Kraft. Dabei bin ich erst Anfang 60, eigentlich kein Alter, wie heute oft behauptet wird.

Tanja rät mir zu einer Therapie. Sie meint, ich solle mal darüber nachdenken, was ich in den vergangenen Jahren alles stemmen musste. Ich müsste erst einmal wieder zu mir selbst kommen. Vielleicht hat sie recht. Seit Reinhold nicht mehr ist, weicht zuweilen meine Energie aus mir wie die Luft aus einer kaputten Luftmatratze. Reinhold war, das habe ich inzwischen kapiert, auch in seiner kranken Phase, der Motor meines Lebens.

Oft habe ich mich während dieser Jahre gefragt, wie sich wohl mein Leben verändert, wenn mein Mann plötzlich stirbt. Ich erwartete die große Freiheit – schreiben, reisen, das Leben genießen. Jetzt weiß ich es besser. Natürlich komme ich mit meinem Alltag irgendwie klar, musste ja schon während der Pflegejahre alles allein schaffen und hab das hervorragend gemeistert, war richtig stolz auf mich. Aber allein reisen? Wohin? Wozu? Das muss ich wohl erst wieder lernen. Meine letzten großen Reisen allein habe ich als junge Studentin unternommen. Und das Leben so ganz für sich genießen ist auch nicht so einfach, wenn man vorher immer jemanden an seiner Seite hatte, seine Eindrücke teilte, sich gemeinsam freute, manchmal leidenschaftlich stritt.

In vier Wochen fliege ich jetzt erst mal wieder zu Becky nach New York. Das ist eine Reise, die ich gern unternehme. Endlich wieder meine Tochter sehen, mein engstes Familienmitglied, darauf freue ich mich sehr. Ich werde sie auch ein bisschen unterstützen, denn in fünf Wochen soll das Baby kommen. Noch kann ich mir das überhaupt nicht vorstellen. Viele meiner Freunde sind schon Großeltern geworden. Die meisten erzählen begeistert von den Kleinen, zeigen Fotos auf dem Handy herum, babysitten und gehen den jungen Eltern zur Hand.

Wie schade, dass Reinhold das Kleine nicht mehr kennenlernen kann. Er mochte Kinder und hat immer sehr bedauert, dass wir nicht mindestens noch eines bekommen haben, als wir später dazu bereit waren. Doch da war es vorbei und hat nicht mehr geklappt.

Ich bin sehr gespannt, wie das für mich sein wird mit meinem Enkelkind. Wird es mir nah sein, wird es mich lieben? Ich bin jetzt schon fest entschlossen, dem kleinen Wesen bedingungslos meine Liebe zu schenken. Ein neuer Lichtpunkt in meinem Leben, ein Trost, eine Ahnung von beginnendem Glück.

Danke sagen möchte ich ...

... meinen aufmerksamen, engagierten Testleserinnen.
... meinem Verlag und vor allem meiner Lektorin Claudia Senghaas für ihre uneingeschränkte Unterstützung und für ihr Vertrauen in dieses besondere Projekt.
... Dr. Ulrike Reetz-Kokott, Fachärztin für Psychiatrie und Psychotherapie, für die fachliche Beratung.
... meiner vielbeschäftigten, wunderbaren Kollegin Nina George für Kritik und Anregungen, die sie trotz ihrer knappen Zeit beisteuerte.

Allen von Herzen Danke!
Ella Danz

*Weitere Titel finden Sie auf den
folgenden Seiten und im Internet:*

WWW.GMEINER-VERLAG.DE

Alle Bücher von Ella Danz:

Kommissar Angermüller ermittelt: 1. Fall: Osterfeuer
ISBN 978-3-8392-2922-4

2. Fall: Steilufer
ISBN 978-3-89977-707-9

3. Fall: Nebelschleier
ISBN 978-3-89977-754-3

4. Fall: Kochwut
ISBN 978-3-8392-0039-1

5. Fall: Rosenwahn
ISBN 978-3-8392-1056-7

6. Fall: Ballaststoff
ISBN 978-3-8392-1112-0

7. Fall: Geschmacksverwirrung
ISBN 978-3-8392-1248-6

8. Fall: Unglückskeks
ISBN 978-3-8392-1518-0

9. Fall: Schockschwerenot
ISBN 978-3-8392-1766-5

10. Fall: Strandbudenzauber
ISBN 978-3-8392-2340-6

11. Fall: Trugbilder
ISBN 978-3-8392-2790-9

12. Fall: Wintermondnacht
ISBN 978-3-8392-0516-7

Weitere:
Schatz, schmeckt's dir nicht?
ISBN 978-3-8392-1109-0

Eisige Weihnachten
ISBN 978-3-8392-2468-7

Nachbarinnen
ISBN 978-3-8392-0743-7

WWW.GMEINER-VERLAG.DE
Wir machen's spannend

Sabine Trinkaus
**Henriette –
Ärztin gegen alle Widerstände**
Roman
448 Seiten, 12,5 x 20,5 cm,
Broschur
ISBN 978-3-8392-0699-7

Als Henriette 1834 auf Sylt das Licht der Welt erblickt, scheint ihr ein Dasein im Schatten eines Mannes vorbestimmt. Allerdings steckt sie ihre Nase in Romane und lernt heimlich Latein, statt sich auf ihre hausfraulichen Pflichten vorzubereiten. Weil ihre Familie in Not gerät, fügt sie sich in die Ehe mit einem reichen Gutserben, der sich als gewalttätiger Trinker entpuppt. Mittellos flieht sie nach Berlin. In der pulsierenden Metropole nimmt die beharrliche Henriette ihr Schicksal selbst in die Hand: Sie will nach Amerika, um Zahnärztin zu werden!

GMEINER SPANNUNG

WWW.GMEINER-VERLAG.DE
Wir machen's spannend